Melissa Schneider
So bittersüß Gefühle sind

Melissa Schneider

So bittersüß Gefühle sind

Roman

Impressum:

Dieser Titel ist auch als E-Book erschienen.

Lektorat: Elja Janus
Buchsatz: Melissa Schneider

Der Standardvermerk der Deutschen Nationalbibliothek Bibliografische Information der Deutschen Nationalbibliothek: Die Deutsche Nationalbibliothek verzeichnet diese Publikation in der Deutschen Nationalbibliothek; detaillierte bibliografische Daten sind im Internet über dnb.dnb.de abrufbar.

So bittersüß Gefühle sind
⊠ Melissa Schneider

Melissa Schneider
c/o autorenglück.de
Franz-Mehring-Str. 15
01237 Dresden

Herstellung und Verlag: BoD - Books on Demand, Norderstedt
ISBN: 978-3-75344-348-5

Playlist

Puff Daddy feat. Faith Evans - I'll be Missing you
Hey Violet - Clean
Celine Dion - I´m Alive
Bill Withers - Lovely Day
Maroon 5 - This Love
Shawn Mendes - Mercy
Julia Michaels - If you need me
Philipp Dittberner - Wolke 4
Lady Gaga - Just Dance
Dire Streits - Walk of live
Celine Dion - All by Myself
Usher feat. Alicia Keys - My Boo
Julia Michaels - Haven
Joe Cocker - You are so Beautiful
Robbie Williams feat. Nicole Kidman - Somethin´ Stupid
Pictures This - One Night
Justin Timberlake - Can´t Stop the Feeling
Johnny Rakete - Michelle

Die Playlist zum Buch findest du auf Spotify.

Aber die Zukunft ändert sich dauernd.
In der Zukunft wohnen unsere tiefsten
Ängste und unsere größten Hoffnungen.
Aber eins ist gewiss:
Wenn sie sich am Ende offenbart ist die
Zukunft nie so wie wir sie
uns vorgestellt haben.

Meredith Grey, Grey´s Anatomy

Kapitel 1

Rob, 2011

Mit schweren Schritten schleppte ich mich durch den Sand zurück zu meinem Leihwagen. Ich konnte mich kaum davon abhalten, einen Blick zurück in Carlies Richtung zu werfen. Es widerstrebte mir, sie zu verlassen und allein nach New York zu fliegen.

Wie sollte ich Jane erklären, dass Carlie nicht mehr bei uns leben würde? Das kleine Mädchen hatte erst vor wenigen Wochen seine Mutter verloren und nun würde es auch noch Carlie verlieren. Jane war zu jung, um das zu verstehen. Ich begriff es ja selbst kaum. Ich wusste, dass ich meine Traumfrau nicht erst heute verloren hatte, sondern in dem Moment, in dem sich mein Geheimnis offenbart hatte.

Wir hätten uns in vielen Punkten anders verhalten müssen. Das hatte ich die ganze Zeit gewusst und dennoch hatte ich es nicht geschafft, etwas zu ändern. Immer wieder hatte ich gedacht, dass Carlie Verständnis und Geduld haben würde. In ein paar Monaten wäre alles in geregelten Bahnen gelaufen, wir hätten uns an die neue Situation gewöhnt. Ich hatte gehofft, dass wir es bis dahin schafften. Doch das war naiv, nein dumm gewesen.

Ich stand neben dem Auto und blickte ein letztes Mal zum See zurück. Ein kleiner Punkt war am Ufer zu erkennen.

Meine große Liebe.

Vor acht Jahren hatte ich mich hier in sie verliebt und am selben Ort musste ich Carlie jetzt gehen lassen.

Zögernd setzte ich mich in das Auto und startete den Motor. Fieberhaft dachte ich darüber nach, wie ich Carlie umstimmen konnte.

Frustriert trommelte ich mit den Händen auf das Lenkrad. Da gab es nichts, stellte ich traurig fest.

Sie hatte recht.

Es würden nur ein paar Wochen vergehen, bis wir wieder an diesem Punkt wären. Ich hatte es gar nicht anders verdient. In den letzten Monaten hatte ich zu wenig Rücksicht auf Carlies Gefühle genommen. Wenigstens jetzt musste ich dafür sorgen, dass es ihr nicht noch schlechter ging.

Ich legte den ersten Gang ein und verließ den Parkplatz. Als ich in Great Falls angekommen war, hatte ich Hoffnung verspürt, obwohl ich es geahnt hatte. Carlie war meinetwegen ans andere Ende des Landes geflohen. Da hatte ich nicht nur gewusst, dass unsere Beziehung verloren war, sondern auch erkannt, dass ich alles falsch gemacht hatte. Zu spät.

Mein Leben änderte sich erneut und ich wusste nicht, wie ich das meistern sollte. Die letzten

Wochen waren schon schwer genug und da war Carlie noch an meiner Seite gewesen.

Für Jane da sein und meinen anderen Verpflichtungen gerecht werden: Konnte ich das alles überhaupt schaffen?

Um meinen Gedanken etwas zu entkommen, stellte ich das Radio an, die Musik würde mich ablenken.

»Verdammt«, fluchte ich laut.

This Love, von *Maroon 5*. Unser Lied.

Nun schlug ich richtig mit der Faust auf das Lenkrad ein und stellte das Radio wieder aus. Bisher hatte ich immer gegrinst, wenn ich den Song gehört hatte. Er erinnerte mich daran, dass ich alle Bedenken überwunden und unserer Liebe die Chance gegeben hatte zu entstehen. Jetzt war genau das eingetreten, wovor ich damals Angst gehabt hatte. Unsere Liebe war verloren, unsere Freundschaft wahrscheinlich auch. Gab es überhaupt eine Möglichkeit, dass wir eines Tages normal miteinander umgehen konnten? Mir stellte sich die Frage, wie sich unser Leben in den nächsten Wochen entwickeln würde. Ich blieb mit Jane in der Wohnung zurück, in der mich alles an die Beziehung erinnerte. Carlie würde ausziehen. Wie oft würden wir uns dann noch sehen?

Gab es diese Option überhaupt oder würden wir uns aus dem Weg gehen? Schlagartig wurde mir bewusst, dass ich Carlie nicht mehr sehen und lachen hören würde. Ich würde sie nicht mehr beim Lesen beobachten, wenn sie verträumt an ihren Haaren spielte und gespannt der Handlung folgte.

Ich bekam kaum Luft. Japsend fuhr ich auf den Seitenstreifen, stellte den Motor ab und stieg aus. Ich ging ein paar Meter auf und ab, versuchte dabei die Gedanken zu ordnen. Wie hatte ich nur so dumm sein können? Warum hatte ich in Kauf genommen, dass ich Carlie mit meinem Verhalten verletzte, und nicht versucht, das Ende unserer Beziehung zu verhindern?

Jetzt, wo es zu spät war, wusste ich, was ich ändern musste. Ich hasste mich für mein Verhalten in den letzten Monaten und konnte selbst nicht verstehen, warum ich so war.

Langsam beruhigte ich mich und atmete tief ein und aus. Ich genoss noch kurz die Stille, dann beschloss ich weiterzufahren. Als ich mich in den Wagen setzen wollte, klingelte mein Handy. Voller Hoffnung griff ich nach dem Telefon, nur um enttäuscht festzustellen, dass es mein Bruder war.

»Hey, Jackson. Was gibt es?« Ich erinnerte mich an das, was Carlie erzählt hatte. Amy war im Krankenhaus. Ich betete, dass es der Verlobten meines Bruders gut ging.

»Ich wollte nur fragen, wie es gelaufen ist?«

»Ich komme allein zurück«, antwortete ich knapp und legte auf, war aber erleichtert, dass es Amy gut ging. In ein paar Stunden musste ich ein verantwortungsvoller und alleinerziehender Vater sein. Bis dahin wollte ich mit meiner Trauer und Wut allein sein.

Kapitel 2

Carlie, 2011

Am Ufer des Sees, an dem unsere Beziehung geendet hatte, stand ich und sah in die Ferne. Der Wind blies mir um die Ohren, bitterkalt. Es war kaum zu glauben, dass in dem vereisten See in wenigen Monaten die ersten Menschen schwimmen gingen. Der Frühling würde ausbrechen und alles grün werden lassen. Jugendliche würden sich hier an den Wochenenden zum Feiern treffen, so wie ich es mit meinen Freunden früher getan hatte. Nichts davon würde ich mitbekommen. Für mich war es für einige Zeit das letzte Mal, dass ich hier stand. Auch wenn ich nicht wusste, wann ich erneut nach Great Falls käme, würden nicht noch einmal vier Jahre vergehen. Das war klar. Das Verhältnis zu meinem Vater war besser, es gab keinen Streit mehr. Vermutlich war dies das einzig Positive an der ganzen Situation, die mein Leben auf den Kopf gestellt hatte.

Ich brauchte einen Neuanfang. Am Abend würde ich nach Los Angeles fliegen, um dort mein Leben in den Griff zu bekommen, mein Studium zu beenden und in die Zukunft zu starten.

Dass ich so schnell eine Entscheidung getroffen hatte, verdankte ich Sue. Sie war in den vergangenen Tagen an meiner Seite gewesen und versicherte mir, dass ich mich wieder besser fühlen würde. Dank Sue gab ich nicht auf. Ohne sie würde ich wohl noch immer im Bett meiner Kindheit liegen, weinen und trauern. Sie hatte recht, jetzt sollte ich an mich und meine Zukunft denken. Kaum hatte ich die Zusage bekommen, dass ich mein Studium an einer anderen Uni beenden könnte, hatte mir Amy das Angebot gemacht, in ihre alte Wohnung zu ziehen.

Von morgen an würde ich in Pasadena leben. In einer kleinen WG, nicht weit vom Strand entfernt. Amys ehemalige Mitbewohnerin Lynn wohnte zurzeit allein in der Vierzimmerwohnung.

Das Klingeln des Handys durchbrach meine Gedanken. Wie so oft in den letzten Tagen war es Jackson.

»Hallo.«

»Hi, Carlie«, begrüßte er mich gut gelaunt.

»Wie geht es Amy?«

»Die junge Mutter ist wohlauf.«

»Sie sind da?«, fragte ich aufgeregt.

»Sarah und Lilliana Hanson haben vor einer Stunde das Licht der Welt erblickt.« Jackson klang unheimlich stolz.

Mich hingegen machte es traurig, dass ich nicht da war, um die beiden Mädchen zu sehen. Noch hatten wir regelmäßig Kontakt, doch das würde sich in den nächsten Wochen sicher ändern. Ich würde wieder studieren, die beiden würden mit ihren Kindern viel zu tun haben.

»Wann kommst du her?«, fragte er sofort.

Ein Kloß bildete sich in meinem Hals. »Ich kann nicht.«

»Amy hat schon vermutet, dass du nicht kommen wirst«, sagte er traurig. »Aber bei unserer Hochzeit wirst du sein, oder?«

Der Gedanke, dass ich zur Trauung in sechs Monaten noch immer nicht so weit sein würde zurückzukehren, löste Verzweiflung in mir aus. Ich wollte zu gern dabei sein, aber Rob zu sehen, konnte ich mir nicht vorstellen. »Ich denke schon.«

»Du fehlst mir. Ich hoffe, dir wird es in Los Angeles gut gehen. Falls nicht, du kannst immer zurück zu uns.«

»Das weiß ich, danke«, sagte ich dankbar.

»Ich muss Schluss machen, aber ich schick dir gleich ein paar Fotos von deinen Nichten.«

Schon wieder dieser Kloß in meinem Hals. Ich musste schwer schlucken, um nicht sofort in Tränen auszubrechen. Irgendwann würde es eine neue Frau an der Seite von Rob geben. Ich war einmal ein Teil der Familie gewesen, doch das war vorbei. Sie würden mich nur aus Erzählungen kennen. Mehr nicht.

In diesem Moment wollte ich mein altes Leben unbedingt wiederhaben und bei Rob sein. Doch das ging nicht. Erneut sah ich auf das zugefrorene Wasser, die Berge und Wälder, versuchte, mir alles bestmöglich einzuprägen. Dann lief ich zurück und stieg in das Auto, um nach Hause zu fahren. Mein Flug ging um achtzehn Uhr, ein neues Leben wartete auf mich. Ich musste nach vorne sehen. Hier hatte alles geendet, es gab kein Zurück mehr.

**

»... und das ist dein Reich«, sagte Lynn lächelnd und erinnerte mich mit ihren kurzen braunen Haaren nun noch mehr an Alina, nur ihre Brille ließ sie ein klein wenig strenger wirken. Sie öffnete die Tür und beendete damit ihre kleine Führung.

Wir traten in einen fast leeren Raum, in dem lediglich ein verblichenes gelbes Sofa stand. Die Wände waren weiß und kalt, der Holzfußboden hingegen ließ den Raum wärmer wirken. Die Abendsonne schien durch das Fenster auf mich und kitzelte meine Arme. Meine Schritte hallten etwas nach, als ich durch das Zimmer zum Fenster lief und es öffnete. Rob würde es hier gefallen, vermutlich hätte er in Gedanken schon das komplette Zimmer eingerichtet. Ich lächelte wehmütig bei dem Gedanken an ihn. Vor ein paar Wochen hatten wir gemeinsam in einem großen Apartment gelebt, jetzt stand ich allein in einem kleinen Zimmer. Es war nicht so hektisch wie in New York. Man hörte kaum Autos, etwas völlig anderes. Es war ein seltsames Gefühl, aber ich freute mich darauf, das Zimmer mit Leben zu füllen und ihm meine persönliche Note zu verleihen.

»Für das andere Zimmer hat sich auch schon jemand beworben. Sie kommt aber erst in vier Wochen. Ich fand sie sehr nett, wenn sie dir auch gefällt, dann nehmen wir sie.«

»Mir?«, fragte ich überrascht und trank den

letzten Schluck meines Kaffees, den mir Lynn bei meiner Ankunft serviert hatte.

»Natürlich, du wohnst jetzt auch hier und entscheidest mit, wer einzieht.« Wieder lächelte sie.

Die Vorstellung, in eine WG in Pasadena zu ziehen, mit unbekannten Menschen in einer fremden Stadt, hatte große Bedenken in mir ausgelöst. Aber Amy, die das Zimmer noch vor fünf Monaten bewohnt hatte, hatte mir versichert, dass ich unbesorgt sein konnte. Mit Lynn zusammen zu wohnen, würde mir gefallen.

Also hatte ich bei ihr angerufen.

Bereits in den ersten Minuten unseres Telefonats hatten sich meine Sorgen in Luft aufgelöst, am nächsten Tag skypten wir und verstanden uns noch besser. Seither waren wir täglich in Kontakt gewesen und hatten uns schon etwas anfreunden können.

Wir verließen mein Zimmer und standen wieder in dem großen Wohnzimmer, an das drei Schlafzimmer, ein Bad und eine geräumige Küche direkt anschlossen. Wohnzimmer und Küche teilten sich einen Balkon, von dem aus sogar das Meer zu sehen war.

Lynn blickte mich lächelnd an. »Wenn du willst, können wir morgen ein paar Möbel für dich kaufen. Dann gehen wir noch etwas essen und ich zeige dir die Stadt.«

»Das klingt gut.«

»Sei nicht traurig.«

Fragend sah ich zu Lynn.

»Trennungen sind nie leicht, aber es wird besser werden.«

Sue hatte das ebenfalls gesagt. Doch im Moment konnte ich nicht glauben, dass dies je der Fall sein würde. Es war schmerzhaft, fühlte sich regelrecht grausam an.

»Komm, lass uns eine Pizza bestellen.« Lynn grinste und griff nach ihrem Handy. »Worauf hast du Lust?«

**

Eine Stunde später saßen wir im Wohnzimmer auf dem grünen Sofa, aßen Pizza, tranken Wein und lernten uns besser kennen. Ich hatte das Gefühl, das Richtige getan zu haben, es war eine gute Entscheidung gewesen, hierher zu kommen. Lynn gab mir das Gefühl, eine neue Freundin gefunden zu haben. Das machte alles etwas leichter. Und dass sie mir bereits an unserem ersten gemeinsamen Abend ihre eigene traurige Liebesgeschichte anvertraute, gab mir noch mehr das Gefühl, in dieser fremden Stadt nicht allein zu sein.

»Ich habe mich vor einem halben Jahr von meinem Freund getrennt. Wir haben hier zusammengelebt. Ich erinnere mich noch gut, wie Alex in der Küche stand, als ich zur Tür reinkam, und mir erzählte, dass er nun hier wohnen würde.«

Ich blickte zur Haustür und dann zur Küche und hatte die Situation genau vor Augen. Sie war durch eine Durchreiche mit dem Wohnzimmer verbunden und ließ den Raum dadurch größer wirken.

Lynn lächelte. »Wir kannten uns vom Studium und ich konnte ihn nicht ausstehen, dennoch gab Amy ihm das Zimmer. Obwohl wir gar keinen Mitbewohner gesucht hatten. Mit der Zeit verstanden wir uns immer besser und verliebten uns. Wir waren drei Jahre zusammen. Vor sieben Monaten, als Amy mit Jackson nach New York gegangen ist, zog Lisa hier ein. Nur fünf Wochen später zogen beide aus, nachdem ich Alex und Lisa zusammen unter der Dusche erwischt hatte. Wie sich herausstellte, war Lisa nicht die Erste.« Lynn brach ab und trank einen großen Schluck von ihrem Wein.

Auch ich musste schlucken, ehe ich zumindest flüstern konnte: »Das tut mir leid.«

»Das muss es nicht.« Sie lachte traurig. »Mir tut es um die drei verschwendeten Jahre mit ihm leid.« Sie zuckte mit den Schultern. »Danach wollte ich allein sein. Amy war davon nicht begeistert. Sie drohte sogar, eine Wohnungsanzeige zu schalten, damit ich nicht allein lebe. Ich hab ihr versichert, ich würde mich darum kümmern. Dann rief sie letzte Woche an und sagte, dass sie gern hätte, dass du hier einziehst. Erst war ich skeptisch, aber sie hat recht. Es wird Zeit, nicht mehr allein zu sein.«

Amy hatte ein großes Herz. Jetzt, wo sie an sich denken musste, kümmerte sie sich noch immer um ihre Freunde.

Nicht nur für mich war dieser Neuanfang gut, Lynn würde es ebenfalls helfen, dass ich hier war. Ich goss ihr noch etwas Wein ein und trank selbst einen Schluck aus meinem Glas.

»Ich wollte eigentlich nicht mehr in eine WG«, gab ich zu, »aber ich glaube, mit dir habe ich die richtige Wahl getroffen.«

»Oder ich hab gelogen, bringe dich heute

Nacht um und lass deine Leiche verschwinden. Vielleicht wohne ich ja deswegen allein.« Lynn sah mich ernst an, doch schnell begann sie, laut zu lachen, ich stimmte mit ein.

In diesem Moment wusste ich endgültig, dass ich hier richtig war.

Kapitel 3

Carlie, 2011

Ich schloss die Seite der Fluggesellschaft und klappte frustriert meinen Laptop zu. In wenigen Tagen war die Hochzeit von Jackson und Amy, weswegen ich ein Ticket buchen wollte, um nach New York zu fliegen.

Lynn, die ebenfalls flog, um bei der Eheschließung ihrer Freundin dabei zu sein, drängte mich seit Tagen, endlich zu buchen. Ständig lag sie mir damit in den Ohren, hatte Angst, dass ich keinen Flug mehr bekäme.

Natürlich wollte ich dabei sein. Mir lag einiges daran, Amy und Jackson wiederzusehen und ihre beiden Mädchen kennenzulernen, die ich nur von Fotos und über Skype kannte.

Doch jetzt konnte ich nicht mehr. Wenige Minuten zuvor hatte ich eine Nachricht von Rob bekommen, ein schlichtes *Happy Birthday*, aber es hatte mir vor Augen geführt, dass ich ihn wiedersehen würde. Es war das erste Mal seit sieben Monaten, dass ich etwas von ihm hörte, und ich realisierte, dass ich nicht bereit war, ihm zu begegnen. Auch wenn ich wusste, dass Lynn dabei sein und mir Sicherheit geben würde, fühlte ich mich nicht in der Lage dazu.

»Carlie?«

Ich wandte mich zu meiner Zimmertür, doch

dort war niemand. Die Stimme jedoch gehörte Diana, sie wohnte seit etwa drei Monaten bei uns.

»Carlie?« Sie klang seltsam. Ich stand auf und verließ mein Zimmer.

Diana stand mitten im Wohnzimmer und schaute mich verzweifelt an. Im Gegensatz zu mir war sie etwas größer und hatte eine schlanke Figur. Allerdings waren ihre Haare anders als sonst. Zuvor lang und braun, standen sie ihr jetzt wild und blond vom Kopf ab.

»Oh Gott.«

»Du sagst es. Sie hat mich verunstaltet.« Diana warf mir einen verzweifelten Blick zu. »Was mache ich denn jetzt?«

»Was ist denn passiert?«

Sie lachte bitter. »Ich hab Mag von meinem Date erzählt. Wie sich herausstellte, kennt sie Mike schon recht lange.« Diana arbeitete in einem Club und lernte dort des Öfteren Männer kennen, mit manchen traf sie sich gelegentlich privat. »Die beiden sind seit vier Jahren ein Paar. Der Mistkerl hat eine Freundin und ich erzähle ihr von dem guten Sex.« Sie schüttelte den Kopf. »Ich verstehe, dass sie mir meine Haare abgeschnitten hat, ich verstehe es. Ich hätte nicht anders gehandelt. Aber guck doch mal, wie ich jetzt aussehe?«

Die Badezimmertür öffnete sich und Lynn kam ins Wohnzimmer. Als sie Diana entdeckte, lachte sie.

Diese fand das noch immer nicht lustig und entschied sich, das Thema zu wechseln. »Wann geht denn dein Flug?«

Ich zuckte mit den Schultern.

»Was ist passiert? Alle Flüge ausgebucht?« Nun lachte Diana doch, verstummte aber gleich wieder, als sie einen bösen Blick von Lynn zugeworfen bekam. »Also, was ist los?«

»Nichts«, sagte ich und floh in die Küche.

Meine Mitbewohnerinnen folgten mir.

»Du fliegst doch nicht?«, fragte Lynn überrascht, ihre Augen weiteten sich. »Aber warum denn? Ich dachte, wir waren uns einig? Amy freut sich auf dich.«

»Ich muss früher im Krankenhaus anfangen«, log ich und nahm meine blaue Tasse mit den weißen Punkten aus dem Schrank, drückte auf den Startknopf der Kaffeemaschine und sah zu, wie zuerst die Milch und dann endlich die braune Flüssigkeit in den Becher liefen.

Wehmütig blickte ich auf die Tasse. Ein paar Tage nach unserer Trennung kam ein Paket von Rob bei meinem Vater an. Alles, was ich in New York zurückgelassen hatte, sorgfältig eingepackt. Auf einem kleinen Zettel, der auf einem Pullover gelegen hatte, stand:

Es tut mir leid. Könnte ich die Zeit zurückdrehen, würde ich es sofort tun. Bitte verzeih mir ... irgendwann.

Das Paket war zu einem Zeitpunkt angekommen, als ich noch nach New York zurückgewollt hatte, doch diese Entscheidung hatte mir Rob damit abgenommen. Erst die Trennung, dann das Telefonat mit Alina, in dem sie mir die Freundschaft gekündigt hatte. Mein Hab und Gut in einer Schachtel vor mir zu sehen, hatte mich zu dem Entschluss kommen lassen, dass es keinen Grund gab zurückzugehen.

»Du bist so eine schlechte Lügnerin«, holte mich Diana zurück ins Hier und Jetzt. »Was ist wirklich passiert?«

Ich zog mein Handy aus der Hosentasche, erweckte das Display zum Leben und hielt es ihr vor die Nase.

Sie las die Nachricht und zog fragend ihre Augenbrauen nach oben. »Wer ist denn *Robby-Boy*?« Stirnrunzeln sah sie mich und dann Lynn an, begriff aber recht schnell.

Rob hasste es, wenn man ihn so nannte. Damals vor unserem ersten Date hatten Alina und ich uns immer einen Spaß damit erlaubt. Seitdem war er als *Robby-Boy* in meinem Telefon abgespeichert. Das hatte sich in den letzten Monaten nicht geändert.

»*Happy Birthday*?«, kam es von Lynn.

Ich griff nach meiner Tasse, die mit einem heißen Cappuccino gefüllt war, und verließ die Küche.

»Hat er die Nachricht versehentlich an dich geschickt?«, fragte Diana.

Die beiden folgten mir ins Wohnzimmer.

»Nein.« Lynn hatte ihr Handy gezückt. »Verdammt, wir haben deinen Geburtstag vergessen. Warum sagst du denn nichts?«

Ich setzte mich auf das Sofa und trank einen Schluck aus meiner Tasse.

Lynn nahm rechts von mir Platz. Diana ließ

sich auf einen Sessel links vom Sofa fallen.

Dass die beiden nicht an meinen Geburtstag gedacht hatten, war nicht schlimm. Ich war sogar froh deswegen. Es war ein Tag wie jeder andere. Aber ein entscheidendes Detail war anders. Es war der erste Geburtstag seit Jahren ohne Rob, Alina und ihre Familie. Meine alte Familie. Ich wollte nicht daran denken, wie sich alles verändert hatte.

»Wir sollten in einen Club gehen«, schlug Diana vor. »Uns schick machen und Spaß haben. Das würde dir guttun. Ich rufe Sofie an und reserviere einen Tisch im Galaxis.«

Sie griff nach ihrem Handy.

»Eher sollten wir herausfinden, warum diese Nachricht dich davon abhält, zu deinen Freunden zu fliegen«, meinte Lynn. Diana nickte zustimmend und legte ihr Telefon wieder weg.

Ich zuckte mit den Schultern. »Es war das erste Mal seit Monaten, dass ich etwas von ihm gehört habe. Ich bin noch nicht bereit, Rob wiederzusehen, ich kann das nicht.«

»Liebst du ihn noch?«, fragte Diana.

Ich nickte. Das würde ich ewig tun. Wir waren so lange ein Paar gewesen, hatten zusammen viel erlebt, Rob würde immer einen Platz in meinem Herzen haben.

»Willst du etwa nie wieder nach New York wegen ihm?«, fragte Diana etwas vorwurfsvoll.

»Nein, das nicht, ich will unbedingt wieder hin, doch jetzt bin ich noch nicht bereit. Außerdem ist das mit Alina noch nicht geklärt. Es ist nicht nur Rob, den ich nicht sehen will.«

»Vielleicht solltest du Alina anrufen.«

»Sollte sie nicht.« Diana sah Lynn an, schüttelte den Kopf.

Die beiden waren in diesem Punkt schon immer geteilter Meinung.

Lynn hatte Verständnis für Alina, sie sagte, Blut sei dicker als Wasser, es sei verständlich, dass sie zu ihrem Bruder hielt.

Das sah ich ja ebenfalls so, zumindest konnte ich ihr Handeln zum Teil verstehen.

Diana hingegen empfand das völlig anders. Dass Alina eine jahrelange Freundschaft aufgab, nur weil Rob und ich uns getrennt hatten, war ihr unbegreiflich. Alina stand zwischen den Stühlen, aber sie hätte für mich da sein sollen.

»Alina war diejenige, die Carlie verständlich gemacht hat, dass sie nichts mehr mit ihr zu tun haben will, dann sollte sie sich auch von sich aus melden«, verkündete Diana ihre Meinung.

»Aber nur wegen der beiden kann sie doch nicht nicht zur Hochzeit gehen.«

Ich trank in Ruhe meinen Cappuccino und hörte den beiden weiter zu. Erneut wurde mir klar, wie gut ich es mit ihnen getroffen hatte. In der kurzen Zeit waren wir zu einer kleinen Familie geworden. Ich war Amy dankbar, dass sie mir die Möglichkeit gegeben hatte, hier zu wohnen.

Als Lynn und Diana sich immer mehr in ihre Diskussion hineinsteigerten, unterbrach ich sie jedoch. »Ich werde nicht fliegen, ich rufe Amy an und erkläre es ihr. Es ist keine große Feier. Es würde wohl nicht klappen, dass ich Rob aus dem Weg gehe.«

Lynn sah mich traurig an. »Du kannst einer Begegnung nicht für immer aus dem Weg gehen.«

»Ich weiß. Aber aktuell bin ich noch nicht so weit, ich brauche noch etwas Zeit. Amy wird es bestimmt verstehen.«

Lynn nickte. »Ich hoffe es.«

Diana stand auf. »Mach das, ich werde kurz in die Stadt fahren. Ich hatte mich so gefreut, die Wohnung mal ganz für mich zu haben. Ihr gönnt einem aber auch gar keinen Spaß.« Sie lachte, zog ihre Schuhe an und verließ dann das Apartment.

**

Nach einer heißen Dusche beschloss ich, Amy anzurufen. Ich setzte mich an meinen Schreibtisch, öffnete Skype und drückte hinter ihrem Namen auf den Butten Anrufen. Wie üblich dauerte es nicht lange und sie nahm den Videoanruf entgegen. In den letzten Monaten war dies zu einem festen Ritual geworden. Ich war froh, dass ich entgegen meiner Befürchtung immer noch ein Teil von ihrem Leben war.

»Hey«, begrüßte Amy mich und setzte sich auf den Sessel in ihrem Wohnzimmer. Der Laptop stand auf dem Tisch vor ihr. Auf ihrem Arm hatte sie eine ihrer Töchter. Im Hintergrund war schemenhaft ein winziger Teil der New Yorker Skyline zu sehen. »Wie geht's dir?«

»Gut und dir? Wie laufen die Vorbereitungen?«

»Abgeschlossen. Laut Alina wäre noch viel zu machen, aber sie hätte ja eh alles anders gemacht.« Auch wenn es nicht so klang, hatte sich das Verhältnis der beiden etwas verbessert.

»Ich muss dir etwas sagen«, wisperte ich bedrückt.

Amys Lächeln verschwand. »Ich hab es schon geahnt.« Sie wandte sich kurz vom Bildschirm ab, als würde sie etwas suchen, und sah mich dann wieder an. »Natürlich finde ich es schade, dass du nicht kommen wirst, aber ich kann es verstehen.«

»Es tut mir leid, wirklich.«

»Wir laden Rob aus, kommst du dann?«

Ich lachte, es war ein nettes Angebot. Doch sie konnte ihren zukünftigen Schwager natürlich nicht bitten, der Hochzeit fernzubleiben.

»Hör zu, ich bin dir wirklich nicht böse. Jackson und ich kommen in den nächsten Wochen einfach mal zu dir. Dann lernst du deine Nichten endlich persönlich kennen.«

»Das wäre schön.«

Im Hintergrund war ein lautes Poltern zu hören.

Amy drehte sich um und rief nach Jackson, da keine Antwort kam, stand sie wortlos auf und verschwand aus dem Bild.

Ich war froh, dass sie nicht sauer war. Vor einigen Wochen, im Sommer hatte ich schon einmal vorgehabt, nach New York zu fliegen und dann kurzfristig abgesagt. Damals hatte ich eine E-Mail von einer Pension in Vermont bekommen, die mich an den geplanten Roadtrip mit Rob erinnert hatte. Ewig hatte ich vor meinem Laptop gesessen und den Bildschirm angestarrt. Die Monate zuvor hatte ich mich so in Arbeit vergraben, dass ich gar nicht mehr daran gedacht hatte. Doch in diesem Moment waren all die

Gedanken und Gefühle, die ich erfolgreich verdrängt hatte, erneut aufgetaucht. Am nächsten Tag hatte ich meine geplante Reise das erste Mal abgesagt.

»Jackson ist manchmal so ein Schussel.« Amy verdrehte lächelnd die Augen und setzte sich wieder vor den Bildschirm. »Soll ich dir mal was zeigen?«

Ich nickte.

Sie grinste, dann wurde das Bild schwarz.

Ich konnte zwar Stimmen hören, verstand aber nicht, was gesagt wurde.

Es dauerte nicht lange, dann war Amy wieder zu sehen. Hinter ihr stand Jackson und beide Mädchen waren nun mit im Bild. Alle vier trugen kleine Partyhüte, Jackson hatte eine Tröte im Mund, in die er immer wieder blies. Sarah hatte ein Shirt an, auf dem *Happy Birthday* stand, auf dem von Lilly konnte man *Tante Carlie* lesen.

»Happy Birthday!« Amy strahlte. Auch Jackson gratulierte mir.

»Danke«, kam ein Flüstern über meine Lippen. Ich war überwältigt und gleichzeitig so traurig, dass ich nicht bei ihnen war. »Das ist so lieb von euch.«

»Das ist das Mindeste.« Jackson lachte und setzte sich neben seine zukünftige Frau. »Es ist echt schade, dass du nicht kommst.«

»Tut mir Leid. Aber ich kann Rob einfach noch nicht sehen.«

Er nickte. »Mach dir deswegen keine Gedanken.« Lächelnd sah er zu Amy, sie hatte ebenfalls ein Grinsen im Gesicht.

Ich war unglaublich dankbar, dass beide in den

29

letzten Monaten immer für mich da waren, obwohl uns Tausende Meilen trennten.

**

Einige Stunden später, nachdem ich auch mit Sue und Dad gesprochen hatte, verließ ich mein Zimmer, um mir in der Küche etwas zu essen zu holen. Von Lynn und Diana hatte ich den ganzen Tag keinen Mucks gehört. Ich würde mir ein paar Folgen einer Serie ansehen und dann schlafen gehen. Mehr hatte ich für diesen Tag nicht geplant und das war gut so.

Als ich das Wohnzimmer betrat, blieb ich wie angewurzelt stehen. Meine beiden Mitbewohnerinnen hatten überall Luftschlangen, Ballons und einen großen Happy Birthday-Banner aufgehängt.

»Alles Gute zum Geburtstag«, rief Diana und kam mit einem Glas Sekt auf mich zu. »Du willst nicht Feiern, aber ich könnte es nicht ertragen, wenn wir nicht wenigstens auf deinen Geburtstag ausstoßen würden.«

Lächelnd griff ich nach dem Sekt, denn auch wenn ich nicht feiern wollte, so freute ich mich.

Mit Rob war ich an diesem Tag abends immer etwas essen, mit Alina mittags in einem Café. Nun waren beide nicht mehr da. Es machte mich traurig, aber dennoch sah ich nach vorne. Diese Rituale waren ein Teil von meinem alten Leben. Jetzt war es an der Zeit für neue Traditionen, das Vergangene wollte ich in Erinnerung halten.

»Danke«, sagte ich und stieß mit meinen beiden Freundinnen an.

Kapitel 4

Carlie, 2012

Ich öffnete das Fenster und ließ die frische Luft in den Raum, das Gezwitscher von Vögeln war zu hören. Es fehlten mir zwar der Winter und der dazugehörige Schnee, doch dass es ständig angenehm warm war, war ein großer Pluspunkt von Los Angeles. Anfang März und draußen herrschten sommerliche Temperaturen, in New York war es unmöglich, zu dieser Jahreszeit den ganzen Tag das Fenster offenzulassen. Ich vermisste die Stadt, hatte mich aber nach über einem Jahr in Pasadena eingelebt und wohnte gern hier. Ich hatte neue Freunde gefunden und liebte meine Arbeit mit den kleinen Kindern im Krankenhaus.

Später hatte ich eine Verabredung, bis dahin wollte ich ein paar Kapitel lesen. Also griff ich nach meinem aktuellen Lieblingsbuch, um es mir am Fenster damit gemütlich zu machen, doch leider wurde ich vom Klingeln meines Handys unterbrochen. Ohne auf das Display zu sehen, wusste ich, wer es war. Schon seit Jahren ertönte jedes Mal *Just Dance* von *Lady Gaga*, wenn Alina anrief.

Mein Herz pochte wild, ich hatte seit Monaten nichts von ihr gehört. Zeitgleich mit meiner Beziehung hatte auch unsere Freundschaft geendet. Ich hatte oft an sie gedacht und gehofft, dass sie sich melden würde, war ich doch selbst zu stur dafür. War etwas passiert? Oder hatte sie sich nur verwählt? Das erschien mir am wahrscheinlichsten.

»Hallo?«, fragte ich vorsichtig.

»Carlie«, flüsterte sie weinerlich.

Meine Angst wuchs. »Ist etwas passiert?«

Sie schluchzte. »Es tut mir so leid.«

»Was ist denn los?«

Sie zog ihre Nase hoch und schniefte. »Kannst du mir verzeihen?«

»Was?«

»Ich ... ich ... Es tut mir leid, was ich zu dir gesagt habe.«

»Warum weinst du?«

Sie lachte auf. »Das fragst du noch? Du bist meine beste Freundin und ich war so dumm, ich hätte das nicht tun dürfen, ich hätte das nicht sagen dürfen«, nuschelte sie verzweifelt in das Telefon.

»Alina ... «

»Geht es dir gut?«, unterbrach sie mich.

»Ja.«

»Verzeihst du mir?«

»Ich ... «

»Bitte«, unterbrach sie mich erneut. »Bitte, Carlie, du musst mir verzeihen. Ich will unsere Freundschaft zurück.«

Oft hatte ich uns und unsere Freundschaft vermisst, hatte ich mir nichts sehnlicher gewünscht, als mit ihr sprechen zu können. Aber der Schmerz über ihr Verhalten saß tief. »Alina, ich ... «

»Bitte«, flehte sie.

»Ich kann dir nicht sofort verzeihen. Du hast mir zu wehgetan. Ich hätte dich gebraucht und du hast mir gesagt, dass du nichts mehr mit mir zu tun haben willst. Das hat mich so verletzt.«

»Ich weiß, dass ich mich nicht richtig verhalten habe. Es tut mir sehr leid. Wenn nicht jetzt, dann irgendwann?«

»Bestimmt, aber das braucht Zeit.«

»Danke«, flüsterte sie. »Ich hätte mich eher melden müssen, aber mir wurde jetzt erst einiges klar. Vor drei Monaten habe ich mich von Brian getrennt.«

Vor ein paar Wochen hörte ich bei einem Skypeanruf Jackson sagen, dass er die Muffins seiner Schwester bald nicht mehr sehen könne. Daher hatte ich es schon geahnt.

»Was ist passiert?«

Alina lachte bitter. »Brian stand vor mir und sagte mir, dass er heiraten wolle. Erst dachte ich, endlich könnten wir mit der Planung beginnen, dann aber meinte er, dass er jemanden kennengelernt habe. Er sei verliebt in sie und habe gemerkt, was Liebe wirklich bedeuten könne. Brian ist noch am selben Tag ausgezogen, ich habe nichts mehr von ihm gehört.«

Es tat mir leid, dass die Beziehung so schmerzvoll für sie geendet hatte. Dennoch war ich froh, dass es so gekommen war. Zu oft hatte ich miterlebt, das es ihr wegen Brian schlecht ging.

»Wie geht es dir jetzt?«

»Es ist gut, dass es vorbei ist. Ich hatte viel

Zeit zum Nachdenken. Mir ist klar geworden, warum du dich von Rob getrennt hast. Ich kann dich jetzt besser verstehen. Es tut mir leid, dass ich so am Telefon zu dir war. Und dass ich dir in der Zeit davor keine gute Freundin war, ich hätte vieles anders machen müssen.«

»Ich bin froh, dass du dich entschuldigst.«

»Das hätte viel eher geschehen müssen.«

»Das Wichtigste ist, dass du es jetzt tust.«

Wir unterhielten uns lange, es tat gut, mit Alina zu sprechen, ich hatte sie vermisst. Wir kannten uns schon so ewig. Bevor ich von Robs Geheimnis erfahren hatte, war unsere Freundschaft leicht und unbeschwert gewesen, dass hatte ich sehr vermisst. Ich hoffte, dass es wieder so werden könnte.

**

»Du siehst gut aus.« Diana musterte mich vom Sofa aus.

Ich trug eine enge Jeans und eine graue Bluse, die etwas lockerer saß, mein Haar war offen und fiel gelockt über meine Schultern. Es war Nachmittag und ich war bereit für meine Verabredung. Besser gesagt: unser viertes Date. Seit einigen Wochen traf ich Ben, einen Kollegen aus dem Krankenhaus. Er machte viele Witze und brachte mich ständig zum Lachen, ich mochte Ben und verbrachte gern Zeit mit ihm. Aber ob ich für eine neue Beziehung bereit war, konnte ich nicht sagen. Ich hatte gar nicht vorgehabt, mit Männern auszugehen, mehr hatte ich mich von Lynn und Diana überzeugen lassen, nicht nur zu Hause zu sitzen.

»Danke.«

»Du bist unsicher«, stellte sie lächelnd fest.

Ich nickte.

Ben war nett, doch mehr als ein paar Gespräche war nicht passiert. Er war zurückhaltend, vielleicht weil er wusste, dass er seit der Trennung von Rob der erste Mann war, mit dem ich mich traf. Einen neuen Mann zu daten, war zu Anfang seltsam. Ich hatte Magenschmerzen und Herzrasen, es hatte sich falsch angefühlt und ich hatte absagen wollen. Doch Diana überredete mich, es zu wagen. Ich sollte endlich mit Rob abschließen und wieder leben und nicht ewig in der Vergangenheit feststecken. Überzeugt hatte mich, dass sie versprochen hatte zu kommen, um mich abzuholen, sollte es mir nicht gefallen. Aber das war nicht nötig gewesen. Ich hatte den Abend mit Ben genossen.

Diana grinste mich an. »Küss ihn und schau, was passiert. Wenn du dann noch immer nichts fühlst, ist das so. Du musst ja keine Beziehung mit ihm eingehen, aber etwas Spaß würde dir guttun. Du rostest noch ein.«

»Mal sehen«, antwortete ich lachend, griff nach meiner Tasche und verließ die Wohnung.

**

Wir wollten einen Kaffee trinken und im Anschluss einen kleinen Spaziergang machen, daher trafen wir uns vor einem Café nahe der

Promenade. Das Wetter war traumhaft, überall waren zwitschernde Vögel zu hören, die Sonne wärmte mein Gesicht.

Ben wartete schon, er grinste, als er mich entdeckte. »Hi.«

»Hallo.« Ich lächelte.

Zur Begrüßung nahm er mich kurz in den Arm. Mir fiel sofort sein süßliches Parfüm auf, außerdem trug er heute keine Brille. Zum ersten Mal bemerkte ich, wie schön das Braun seiner Augen doch war, sein Haar hatte exakt dieselbe Farbe.

»Wollen wir uns setzten?«, fragte er.

Ich sah mich um. Normalerweise war der Stand immer gut besucht, egal zu welcher Tageszeit, doch gerade nicht. Es waren nur vereinzelt ein paar Menschen zu sehen. Surfer waren auf dem Wasser, obwohl es an diesem Tag kaum Wellen gab. Es war perfekt für einen ungestörten Spaziergang.

»Lass uns ein Stück gehen«, schlug ich vor und gemeinsam liefen wir über die Promenade zum Strand.

»Du siehst gut aus«, bemerkte Ben, nachdem wir ein paar Minuten schweigend durch den unter unseren Füßen knirschenden Sand gelaufen waren.

»Danke, du aber auch. Es steht dir, keine Brille zu tragen.«

»Danke. Leider geht es ohne sie nur ein paar Stunden, dann sehe ich immer schlechter. Aber wenn es dir gefällt, werde ich sie öfter weglassen.«

Ich war mir nicht sicher, ob es etwas brachte, mit Ben weiter auszugehen, ich hatte Angst davor, dass er Gefühle für mich entwickeln könnte, die ich nicht hatte.

So wie es bei Marc war. Er hatte sich in mich verliebt, ich hatte seine Gefühle verletzt, weil ich nicht dasselbe empfunden hatte. Hätte ich ihn nach der Trennung von Rob kennengelernt, wäre es anders gekommen. Ich verbrachte gern Zeit mit ihm, genoss es, in seiner Nähe zu sein.

Wir hatten wieder Kontakt, mittlerweile war er in einer Beziehung und glücklich. Ich war froh, dass wir es geschafft hatten, Freunde zu werden. Kurz schüttelte ich den Kopf, in diesem Moment sollte ich nicht an Marc denken, nicht während eines Dates mit Ben.

»Was beschäftigt dich? Du bist so still.«

Ich sah ihn an.

Diana hatte Recht.

Ich musste wissen, ob da Gefühle waren. Ich beugte mich ein kleines Stück vor, stellte mich auf die Zehenspitzen und drückte vorsichtig meine Lippen auf seine.

Ben reagierte sofort und erwiderte den Kuss, er zog mich näher an sich und schloss seine Arme um mich.

Ich öffnete leicht meine Lippen, unsere Zungen trafen aufeinander. Ein seltsames Gefühl machte sich in mir breit, es war gut, mehr nicht. Mir ging zu viel durch den Kopf, als dass ich mich in der Situation wohlfühlte. Nur Sekunden später lösten wir uns voneinander und sahen einander an. Der Kuss hatte nur eines verändert, ich wusste, dass ich nichts für Ben empfand und sich das nicht ändern würde.

Er sah mich an, ein leichtes Grinsen lag auf seinen Lippen. Was er wohl dachte? Hoffentlich hatte ich damit nicht alles schlimmer gemacht. Ich wusste nicht, was ich sagen oder denken sollte. Auf keinen Fall wollte ich seine Gefühle verletzten, hatte aber große Angst, dies durch mein Schweigen schon zu tun. Ich sah an Ben vorbei zum Wasser und versuchte, meine Gedanken zu sammeln.

Zum Glück durchbrach er die unangenehme Stille. »Ich mag dich wirklich. Sehr sogar, es hat auch nichts mit dir zu tun, aber ... ich kann mir keine Beziehung mit dir vorstellen. Dieser Kuss, er war schön, mehr aber auch nicht.«

Ich konnte nicht anders, als erleichtert zu lächeln. »Kein Problem, mir geht es nicht anders.«

Scheinbar erleichtert atmete Ben aus.

»Ich hatte das schon die ganze Zeit im Gefühl, wusste aber nicht, wie ich es dir sagen sollte«, erklärte ich ihm.

»So ging es mir auch«, sagte er ehrlich. »Ich würde aber sehr gern mit dir befreundet sein.«

»Das fände ich schön.« Mit diesen Worten fühlte ich mich gleich besser. Die Anspannung verflog. Eine Freundschaft war genau das Richtige.

»Komm, lass uns noch ein Stück gehen.«

Ich merkte erst jetzt, dass ich die ganze Zeit gewusst hatte, dass ich keine Beziehung mit Ben wollte und mir mehr als eine Freundschaft nicht vorstellen konnte. Der Grund war offensichtlich: Rob hatte einen großen Platz in meinem Herzen. Unsere gemeinsame Zeit beschäftigte mich noch immer.

Der Zeitpunkt für eine neue Liebe würde kommen. Doch noch war es nicht so weit.

Erst als wir vor meiner Wohnung ankamen, stellten wir fest, dass wir ewig unterwegs gewesen waren. Wir hatten noch einige Zeit vor der

Haustür auf einer kleinen Bank gesessen und das Wetter genossen. Es war schön, mit Ben zu reden, er fand immer wieder die richtigen Worte.

»Ich brauche noch Zeit für mich«, erklärte ich irgendwann. »Der Schmerz über das Beziehungsende sitzt noch zu tief.«

»Vielleicht verliebst du dich aber auch morgen unsterblich. Wichtig ist nur, dass du auf dein Herz hörst und dich nicht verschließt vor dem, was kommt.«

Ich lächelte, seine Worte taten gut. »Möchtest du noch kurz mit hochkommen?«

Ben nickte.

Wenig später betraten wir die Wohnung.

Er sah sich um, sein Blick verweilte kurz am offenen Fenster im Wohnzimmer, von wo aus in der Ferne das Meer zu sehen war. »Schön habt ihr es hier.«

Ich wollte gerade etwas sagen, da öffnete sich die Tür zu Lynns Zimmer, sie sah erst zu mir und dann zu meiner Begleitung. Sie blieb wie angewurzelt stehen.

In diesem Moment beobachtete ich etwas Seltenes.

Die beiden hatten nur Augen füreinander, sie begannen zu strahlen und schienen alles andere auszublenden. Ben ging auf sie zu, beide standen nur wenige Zentimeter voneinander entfernt, die Spannung zwischen ihnen war spürbar.

Ich fühlte mich vollkommen fehl am Platz.

»Ich bin Ben«, durchbrach er die Stille. »Würdest du mit mir essen gehen?«

Lynn schienen die Worte zu fehlen, nur ein leichtes Nicken war zu sehen.

Ich wollte diesen Moment nicht zerstören, traute mich daher weder, etwas zu sagen, noch, mich auch nur ein Stückchen zu rühren.

Ganz anders Diana. Sie kam zur Wohnungstür rein, schmiss ihre Tasche auf einen Sessel und knallte die Tür hinter sich zu. Sogar die Musik aus ihren Kopfhörern war deutlich zu vernehmen.

Erst in diesem Moment schienen Lynn und Ben aus ihrer Starre zu erwachen.

Diana stellte lächelnd die Musik ab und sah zu meiner Verabredung. »Hi. Du bist dann wohl Ben, Carlie hat schon viel von dir erzählt.«

Im selben Moment wurde Lynn sichtlich unbehaglich zumute. »O Gott. Nein. Wir können nicht miteinander ausgehen. Nein.«

»Was?«, fragte Diana verwirrt, das Lächeln gefror ihr auf den Lippen, wütend blickte sie zu meinem Date.

»Das ist schon okay«, versuchte ich, die Situation zu retten. »Ben und ich, wir sind nur Freunde, du kannst mit ihm ausgehen.«

Lynn schien erleichtert zu sein, auch wenn es ihr noch immer sichtlich unangenehm war.

Diana sah misstrauisch von mir zu Ben, doch das war egal. Lynn und Ben hatten nur Augen füreinander.

**

Spät in der Nacht saß ich allein und deprimiert in meinem Zimmer, hatte die zweite Flasche Wein geöffnet und schaute mir Fotos auf meinem Laptop an. Das hatte ich schon länger nicht mehr gemacht. Nach der Trennung von Rob hatte ich stundenlang unsere Bilder angesehen und mich in Erinnerungen gesuhlt. Bis ich erkannt hatte, dass ich dadurch nur in der Vergangenheit lebte. Doch nach diesem verrückten Tag brauchte ich etwas Ablenkung.

Wehmütig dachte ich an Rob. In diesem Jahr hätte uns der Roadtrip durch Virginia geführt. Wenn alles beim Alten wäre, hätte ich gerade mitten in den Vorbereitungen für zwei unvergessliche Wochen gesteckt.

Ein neues Foto erschien auf dem Bildschirm. Rob hatte seinen Arm um meine Schulter gelegt, wir sahen einander glücklich an. Im Hintergrund waren Jackson und Alina zu sehen, er bewarf seine Schwester mit einem Schneeball. Das Foto war bei unserem vorletzten gemeinsamen Weihnachten entstanden. Wir hatten mit Robs Geschwistern und Eltern in New Orleans gefeiert.

An manchen Tagen wachte ich morgens auf und fragte mich, wo ich war, bis ich begriff, was passiert war. Zu gern wüsste ich, wie sein Leben zurzeit aussah, doch wir hatten nicht nur keinen Kontakt, auch mit Amy oder Jackson sprach ich nicht über ihn. Rob hatte praktisch aufgehört zu existieren. Auf seine Glückwünsche hatte ich nicht geantwortet. Es war das Beste.

Ich sah zur Uhr. Es war schon längst ein neuer Tag angebrochen. Robs Geburtstag. Ich griff nach meinem Handy und schrieb ihm eine Nachricht. So wie ich sie von ihm bekommen hatte, ein kurzes *Happy Birthday*.

Kapitel 5

Rob, 2011

»Das war die Letzte«, teilte ich meinem Bruder mit und stellte die Kiste in den kleinen Transporter, gerade noch rechtzeitig, ehe die ersten Regentropfen vom Himmel fielen. Mit jedem Karton, den ich aus der Wohnung getragen hatte, hatte sich der Himmel mehr verdunkelt, wie meine Stimmung. Beim Einladen sprang der Karton wieder auf, ich sah auf das Foto, das obenauf lag. Wann es entstanden war, wusste ich nicht mehr. Carlie und ich standen am Strand und hatten ein Selfie von uns gemacht. Dieses Strahlen in ihren Augen – es brach mir das Herz, wenn ich daran dachte, dass es in den letzten Wochen unserer Beziehung immer mehr verschwunden war.

Ich blickte ein weiteres Mal zum Haus, als würde Carlie jeden Moment aus der Tür kommen. Doch das würde nicht passieren.

»Musst du noch mal hoch?«

Ich schüttelte den Kopf. Es tat weh, aber ich wollte nur weg von hier.

»Dann lass uns fahren«, sagte Jackson sanft.

Ich nickte und ließ mich auf den Beifahrersitz fallen. Die letzten Monate in dem Apartment waren eine Qual gewesen. Sobald ich die Tür geöffnet hatte, musste ich begreifen, dass mich nicht meine Freundin erwartete. Es war eine beängstigende Stille gewesen, die die Wohnung erfüllt hatte. Zwar war Jane da, doch die Erinnerungen, die ich mit der Wohnung verband, galten alle Carlie. Ein Umzug war das einzig Richtige. Diese Entscheidung zu treffen, war schwer gewesen. Obwohl ich es mir nicht vorstellen konnte, hoffte ich, dadurch mit Carlie abzuschließen. Acht Monate waren vergangen. Meine Gedanken kreisten dennoch täglich um meine verlorene Liebe.

Beim Kistenpacken waren mir immer wieder Dinge in die Hände gefallen, die mich an glückliche Zeiten erinnert hatten. Ständig war ich kurz davor gewesen, sie anzurufen, doch es hatte keinen Zweck. Carlie hatte nicht einmal auf die Nachricht geantwortet, die ich ihr zum Geburtstag geschickt hatte. Von Jackson wusste ich, dass sie meinetwegen nicht zu ihrer Hochzeit gekommen war. Ich hatte es versaut, das musste ich akzeptieren, auch wenn es schwer war. Genervt stöhnte ich auf und bemerkte aus dem Augenwinkel, dass mein Bruder zu mir sah.

»Was ist eigentlich aus dieser Lisa geworden?«, wollte er wissen.

»Nichts.«

»Warum nicht?«

»Weil ich Carlie liebe«, entgegnete ich schlicht und sah nun auch meinen Bruder an.

Jackson nickte und startete das Auto.

Damit war das Gespräch beendet.

Nachdem Carlie weg war, hatte ich mich mit einigen Frauen getroffen, um mich abzulenken. Hatte versucht, Spaß zu haben und zu vergessen, was passiert war.

Lisa kannte ich von der Arbeit, wir hatten ein paar Verabredungen gehabt. Obwohl wir uns gut verstanden hatten, war nicht mehr daraus geworden. Ich hätte öfter mit ihr ausgehen können, doch das hatte sich falsch angefühlt. Meine Gefühle für Carlie waren zu groß. Ich wollte nicht ein weiteres Mal dafür verantwortlich sein, dass sich eine Frau meinetwegen schlecht fühlte.

**

Ein paar Tage später war ich mit Jane auf dem Weg zu meinem Bruder und seiner Frau. Wie jeden Morgen brachte ich sie her, damit sich Amy den restlichen Tag um sie kümmern würde.

»Daddy?«

Ich sah zu meiner Tochter. »Was ist los?«, fragte ich und drückte im Fahrstuhl den Knopf für die Etage von Jacksons Wohnung.

»Ich hab unterschiedliche Schuhe an.«

Mein Blick glitt zu ihren Füßen. Stöhnend schüttelte ich den Kopf. Es war nur halb so schlimm, Amy hatte genügend Kleidung und auch ein Paar Ersatzschuhe von Jane in ihrer Wohnung. Sie würde sich darum kümmern. Wie so oft in den letzten Monaten verließ ich mich auf meine Schwägerin, wie ich mich auf Carlie verlassen hatte. Ewig durfte das so nicht weitergehen. Dessen war ich mir bewusst, doch zurzeit ging es nicht anders.

Ein *Bing* ertönte, die Türen des Fahrstuhls öffneten sich und eine junge Frau stieg ein.

Jane begrüßte sie freudig.

Die Schwarzhaarige lächelte, betrachtete meine Tochter, blickte dann zu mir und ihr Lächeln wurde zu einem Grinsen. »Jeder hat mal einen schlechten Tag.«

»Ist das so offensichtlich?«, fragte ich zerknirscht.

Sie nickte. »Machen sie sich keine Gedanken.«

Kurz darauf öffneten sich die Türen des Fahrstuhles zum Glück erneut. Die Etage, in der wir aussteigen mussten. Ich griff nach der Hand meiner Tochter und verabschiedete mich. Beim Verlassen des Aufzuges war ich froh, dieser Situation zu entkommen. Ja, ich war überfordert, aber das brauchten ja nicht zwingend alle mitbekommen. Wie jeden Morgen gingen wir den langen Gang entlang. Ohne Amy wüsste ich nicht, wie ich das alles schaffen sollte. Vermutlich gar nicht.

Jane rannte vor und klingelte.

Mein Bruder öffnete kurz darauf. »Spät dran heute morgen«, stellte er fest. »Hast du Stress?«

Er hatte ja keine Ahnung.

Jane war schon dabei, ihre Schuhe auszuziehen, da hörte ich es. Das Lachen, das ich seit Monaten vermisste. Das ich so liebte, das mich bis in meine Träume verfolgte.

»Amy ist in der Küche, die beiden skypen«, erklärte mir Jackson.

Carlie hatte regelmäßig Kontakt zu Amy und meinem Bruder, das wusste ich. Doch noch nie hatte ich es mitbekommen.

Ich hörte genauer hin, leise war ihre Stimme zu hören. Am liebsten wäre ich in die Küche gegangen und hätte mit ihr gesprochen. Mein Herz machte allein bei der Vorstellung einen Sprung, ich könnte ihr hübsches Gesicht sehen. In den letzten Monaten waren mir nur Fotos geblieben. Doch die befanden sich seit dem Umzug in einer Kiste, in der hintersten Ecke meines Kleiderschrankes, obwohl es mir schwerfiel, mich von ihnen fernzuhalten. Doch ich konnte unsere Fotos nicht ständig ansehen. An manchen Tagen war ich mir nicht mehr sicher, wie genau ihre Augen aussahen. Wir waren so lange zusammen gewesen und nach nur wenigen Monaten begann ich, kleine Details von ihr zu vergessen.

Jackson deutete meinen Blick richtig. »Du vermisst sie noch immer.«

Ich nickte.

»Was willst du machen?«

»Ich will, dass sie zurückkommt und wir wieder zusammen sind. Doch das wird nicht passieren. Aber du kannst mir ja gern sagen, was ich jetzt machen soll.«

Jackson schwieg.

Carlie lebte am anderen Ende des Landes und war glücklich. Ohne mich ging es ihr besser. Irgendwann würde ich darüber hinwegkommen.

»Hey, Rob.« Amy kam aus der Küche.

Die Chance, Carlies Stimme, ihr Lachen zu hören, war verstrichen. Hätte ich doch nur besser zugehört.

»Einen roten und einen gelben Schuh?« Ihre Augenbrauen waren herablassend nach oben gezogen. »Wo ist nur dein Kopf? Konzentrier dich doch mal ein bisschen.«

»Ist ja schon gut.«

»Nein, ist es nicht.« Sie schüttelte den Kopf.

Manchmal dachte ich, sie würde mich hassen.

Egal was ich tat, Amy hatte immer etwas daran auszusetzen. Was ich ihr nicht verübeln konnte. Es war nicht das erste Mal, dass ich etwas vergaß oder falsch machte. Ich war kein guter Vater.

»Reg dich nicht auf«, versuchte Jackson, sie zu beruhigen.

»Ich muss los«, sagte ich schnell. Eine weitere Standpauke von Amy würde ich jetzt nicht ertragen.

»Sei heute Abend pünktlich. Ich will Jane nicht wecken müssen. Sonst schläft sie hier.«

Sie ahnte gar nicht, wie verlockend ihre Drohung klang. Ich liebte Jane über alles, aber etwas freie Zeit würde mir guttun. Doch das konnte ich Amy nicht antun. Meine Aufgabe bestand darin, zu arbeiten und morgens und abends für mein Kind da zu sein.

Amy tat den ganzen Tag nichts anderes, als sich um ihre Töchter und Jane zu kümmern. Dazu erledigte sie ihren Haushalt nahezu perfekt. Ich durfte ihr nicht noch mehr aufhalsen.

Bald würde es besser werden, hoffte ich.

Kapitel 6

Carlie, 2012

Der heutige Tag war besonders stressig gewesen. Am Morgen hatte ich verschlafen, die U-Bahn hatte Verspätung gehabt und ich war viel zu spät zur Arbeit gekommen. Den ganzen Tag war ich schon von einem Termin zum anderen gehetzt und hatte versucht, alles Verpasste aufzuholen. Nun saß ich in der Kantine und versuchte, in der kurzen Mittagspause, die ich hatte, etwas zu entspannen und in Ruhe etwas zu Essen. Ausgerechnet an diesem Tag war der kleine Raum brechend voll und so gut wie jeder Tisch besetzt. Ich hatte einen Platz am Fenster bekommen und konnte einen Teil des Parks sehen, der an das Krankenhaus grenzte.

»Darf ich?«

Ich blickte von meinem Salat auf, sah den jungen Mann an, der vor mir stand, und nickte.

Er zog den freien Stuhl nach hinten, setzte sich und begann, sein Sandwich zu verschlingen.

»Kyle. Was machst du hier? Geht es dir gut?« Eine schrille Stimme drängte sich durch das restliche Gemurmel immer näher an den Tisch.

Ich sah auf, eine junge blondhaarige Frau eilte in Richtung unseres Tisches.

»Gina«, stöhnte mein Gegenüber und schüttelte ungläubig den Kopf. Seine gelockten, blonden, etwas längeren Haare schwangen hin und her. »Was machst du denn hier? Woher weißt du, wo ich bin?«

»Ich ... war in der Nähe. Was machst du im Krankenhaus?« Sie klang besorgt und berührte sanft seine Schulter.

Er schob ihre Hand weg und rückte mit dem Stuhl von ihr ab. »Habe ich dir nicht klar gesagt, dass du mich in Ruhe lassen sollst?«

»Aber ich weiß doch, dass du das nicht so gemeint hast.« Sie lachte schrill. »Also, geht es dir gut? Bist du krank? Ich mache mir Sorgen um dich. Hast du dich deswegen nicht mehr gemeldet?«

»Hör zu, zum letzten Mal. Ich will nichts mehr mit dir zu tun haben.«

Ihr Mund klappte auf. »Du hast eine Neue?«

»Ja«, mischte ich mich genervt ein. »Er hat eine Neue, mich. Und ich würde dich bitten, uns jetzt essen zu lassen.« Ich wollte doch nur für ein paar Minuten, so gut es ging, in Ruhe essen. Die beiden mussten das nicht vor mir klären.

»Was?«, fragte Gina und sah mich herablassend an. »Das ist deine Neue? Du musst wirklich krank sein.« Sie drehte sich um und verschwand in der Menge.

Endlich war wieder Ruhe und ich konnte mich meinem Salat zuwenden.

»Danke«, meldete sich Kyle. »Bis jetzt hat es noch niemand geschafft, Gina in die Flucht zu schlagen.« Er lachte verlegen. »Ich würde mich gern bei dir bedanken. Hast du noch Zeit für einen Kaffee?«

Nun schüttelte ich den Kopf. »Ich will nur den Salat essen und dann muss ich wieder zur Arbeit.«

»Okay. Wie wäre es dann mit einer Verabredung? Samstag? Ich hole dich ab.« Erwartungsvoll sah er mich an. »Ich bin übrigens Kyle.« Seine dunkelbraunen Augen strahlten mich an.

Obwohl ich keine Lust auf ein Date hatte, nickte ich sanft.

**

»Ich will nicht, ich werde ihm absagen«, klagte ich Lynn mein Leid, schlüpfte jedoch in meine roten Pumps und sah in den Spiegel.

»Einen Abend, an dem du etwas Spaß haben wirst, solltest du überleben«, entgegnete Lynn belustigt und kicherte.

»Ich kenne ihn doch gar nicht«, versuchte ich, ein gutes Argument zu finden.

»Deswegen sind Verabredungen doch da, um sich kennenzulernen. Jetzt stell dich nicht so an.«

Viel lieber hätte ich den Samstagabend auf dem Sofa verbracht und ein Buch gelesen. Seit Wochen hatte ich nicht mehr frei gehabt und entspannen können. Dass ich jetzt auf ein womöglich langweiliges Date ging, ließ nicht unbedingt Freude in mir aufkommen. Seit ich mich mit Ben getroffen hatte, der jetzt mit Lynn zusammen war, hatte ich nicht mal mehr an ein Date gedacht.

Dummerweise hatte ich Diana von dem Vorfall im Krankenhaus erzählt, woraufhin sie mich dazu gedrängt hatte, die Verabredung wahrzunehmen. Ich hoffte nur, dass ich schnell wieder nach Hause kam und sich der Abend nicht ziehen würde. Was Kyle vorhatte, wusste ich nicht.

»Dass er nicht pünktlich ist, macht ja mal keinen guten Eindruck«, rief Diana aus der Küche. »Also bei mir wäre er da schon unten durch.«

Ich sah zur Uhr. Vor Zehn Minuten hatte er hier sein wollen. Allerdings lag die Schuld für sein Zuspätkommen nicht an Kyle. Eventuell hatte ich versucht, unser Date zu sabotieren.

»Das wäre ja schade, wenn er dich versetzt«, murmelte Lynn und sah mich traurig an.

Dieser Gedanke zauberte ein freudiges Lächeln auf meine Lippen.

Ein paar Minuten später klingelte es aber doch an der Tür und ich öffnete.

Kyle stand davor und sah mich abgehetzt an. »Sorry, dass ich zu spät bin. Irgendwas hat mit der Adresse nicht gestimmt, dummerweise war ich im Haus nebenan.«

»Macht doch nichts«, sagte ich, etwas enttäuscht darüber, dass er es doch geschafft hatte, und griff nach meiner Handtasche. »Wollen wir los?«

Kyle nickte entspannt. »Hast du andere Schuhe? Ich glaube, die sind etwas unpassend.« Wir blickten beide auf meine Füßen.

»Was stimmt denn damit nicht?«

»Nichts, sie stehen dir richtig gut, aber für heute Abend sind sie nicht die richtigen. Die kannst du das nächste Mal tragen.«

Das nächste Mal! Ich hoffte, dass dieser Abend schnell vorbeiging, und er sprach schon von einem weiteren Date. Das konnte ja heiter werden. Ohne noch mal zu fragen, zog ich die Pumps wieder aus und schlüpfte in ein paar gelbe Sneaker.

**

Zwanzig Minuten später fuhr Kyle auf einen großen Parkplatz, ich entdeckte ein Plakat, auf dem in neongelber Schrift stand: *Nachtflohmarkt – Für neue Schätze ist es nie zu dunke*l.

»Ein Flohmarkt?«, fragte ich überrascht und sah zu Kyle. »Damit hatte ich nicht gerechnet.«

»Ja. Ich dachte, das ist mal etwas anderes für ein erstes Date. Gefällt es dir?«

Seit Jahren war ich nicht mehr auf einem Flohmarkt gewesen. In New York hatten Rob und ich das ab und zu gemacht, meist sonntags, wenn wir beide frei hatten.

»Wenn du lieber woanders hinwillst, dann ist das auch okay. Ich hatte das Gefühl, du bist mehr wert als das Standardprogramm.« Kyle zuckte mit den Schultern.

»Standardprogramm?«, fragte ich belustigt und sah ihn neugierig an.

»Ja, ich hole mein Date mit Blumen ab. Wir gehen etwas essen, dann ein paar Cocktails in einer Bar oder irgendwo tanzen. Vielleicht ein Spazierganz und dann fahren wir zu ihr oder mir, verbringen die Nacht zusammen.«

»Ah, okay. Ich hätte mich ja über Blumen gefreut«, sagte ich und warf Kyle einen gespielt bösen Blick zu, lachte dann aber. »Es ist schön, dass ich nicht ins Standardprogramm falle.«

Kyle atmete erleichtert aus. »Blumen gibt es

52

beim nächsten Date.«

»Das will ich aber auch hoffen«, sagte ich kichernd. »Komm, lass uns gehen. Sonst bekommen wir nichts Gutes mehr.«

Kapitel 7

Carlie, 2013

Trotz des eisigen Windes war es ein sonniger Tag. Ich liebte Great Falls zu dieser Jahreszeit abgöttisch, langsam wurde es etwas wärmer, auch wenn es die Temperaturen nur selten über acht Grad schafften. Die Sonnenblumen, die ich auf das Grab meiner Mutter gelegt hatte, würden in wenigen Stunden komplett gefroren sein und so lange halten.

»Es ist kälter, als ich gedacht habe.« Er zog die Schultern hoch.

Ich nickte lächelnd und atmete tief ein, die frische Luft erfüllte meine Lungen. »Ich hab dich gewarnt, dass es im Februar kaum fünf Grad werden, was hast du erwartet?« Ich lachte auf, blickte auf das Grab meiner Mutter und versuchte, mich an ihr Lachen zu erinnern, doch es gelang mir nicht.

»Keine Ahnung. Ich fürchte nur, dein Dad sperrt mich nachts in den Garten, damit ich erfriere.«

»Unsinn.« Ich grinste. »Er mag dich.«

»Da bin ich mir noch nicht sicher.« Kyle griff nach meiner Hand. »Ist dir mal aufgefallen, wie er mich ansieht?«

»Ja, natürlich, er ist nur noch etwas skeptisch.

Du bist der erste Mann, den ich ihm vorstelle, seit ...«

»Rob, ich weiß«, unterbrach mich Kyle und blickte ebenfalls auf das Grab. »Willst du noch etwas bleiben? Du bist so selten hier.«

»Dir ist doch kalt.«

Er nickte. »Aber ich will nicht, dass du meinetwegen keine Zeit bei deiner Mum verbringen kannst.«

Obwohl es mir oft fehlte, nicht mit ihr sprechen zu können, lehnte ich den Vorschlag ab. Kyle fror und das wollte ich nicht. »Ich komme morgen noch mal her.«

»Und lässt mich mit deinem Vater allein?«, fragte er etwas ängstlich.

»Der hat wegen der Hochzeit genug zu tun.«

Grinsend zog Kyle mich zu sich, er drückte mir einen sanften Kuss auf die Stirn und sah mich freudestrahlend an.

Mit einem zufriedenen Lächeln nahm ich seine Hand, langsam verließen wir den Friedhof. Ich war nicht nur glücklich, sondern auch frisch verliebt und fühlte mich gut mit ihm an meiner Seite. Kyle war völlig anders als Rob, auch vom Aussehen unterschieden sich beide in vielen Punkten. Er war nur wenige Zentimeter größer als ich. Liebte es zu, zu surfen und arbeitete gelegentlich als Surf-Lehrer. Kyle nahm sein Leben völlig locker, einer regelmäßigen Arbeit ging er nicht nach.

Zu der Hochzeit von Dad und Sue waren wir nach Great Falls gefahren. Es war das erste Mal, dass Dad auf Kyle traf, und auch wenn er ein anderes Gefühl hatte, wusste ich, dass mein Vater ihn mochte. Zu Anfang verhielt er sich ihm gegenüber zwar etwas misstrauisch, das hatte sich aber schnell gelegt.

»Sollen wir noch essen gehen?«, fragte ich Kyle, als wir den Friedhof verließen. »In der Stadt gibt es ein nettes kleines Diner, die machen die besten Burger in ganz Montana. Ich hab einige Jahre dort gearbeitet, es wäre schön, meine ehemalige Chefin mal wiederzusehen. Ich könnte dir sicher ein paar alte Freunde vorstellen.«

»Hört sich gut an. Ich würde auch sehr gern etwas essen.« Kyle grinste. »Ist dein Dad zu Hause?«

»Nein, er und Sue sind beim Schneider. Warum?« Ich öffnete die Beifahrertür unseres Mietwagens und stieg ein. Wir waren den Weg von Los Angeles nach Great Falls gefahren. Das war Kyles Idee gewesen, so hatten wir uns auf der Fahrt das Land ansehen können.

»Dann hätten wir ja sturmfrei.« Auf seinem Gesicht entstand ein breites Grinsen.

»Dann lass uns nach Hause fahren«, beschloss ich freudig.

Wir stiegen in das Auto und fuhren zurück. In den vergangenen Wochen hatte ich mich oft gefragt, wie alles gekommen wäre, hätten Rob und ich uns nicht getrennt. Wie hätte sich der Kontakt zu meinem Vater entwickelt? Desto länger ich mir darüber den Kopf zerbrochen hatte, umso mehr wurde mir klar, dass ich die Vergangenheit ruhen lassen musste, auch wenn ich Angst hatte, wieder enttäuscht zu werden. Ich hatte jetzt einen neuen Partner an der Seite, das war das Einzige, was zählte.

**

Ich kuschelte mich an Kyles nackte Brust und lauschte seinem Herzschlag, hier in seinen Armen genoss ich den Moment. Ein kurzer Blick aus dem Fenster verriet mir, dass es schon wieder schneite.

»Carlie, kannst du ...«, begann mein Vater, der, ohne zu klopfen, in mein altes Kinderzimmer platzte. Er riss die Augen auf, als er mich und Kyle zusammen im Bett sah, sein Kopf wurde rot.

So schnell er ins Zimmer gekommen war, verschwand er wieder. Ich hörte noch, wie er sich entschuldigte und dann nach unten hastete. Kurz darauf fiel die Haustür zu.

»O Mist. Jetzt mag er mich wohl noch weniger«, fand Kyle nach einem Moment des Schweigens seine Stimme wieder.

Für mich war es der Startschuss, um loszulachen. Die Situation war so absurd. »Red keinen Unsinn. Er mag dich«, kicherte ich.

»Ich glaube kaum, dass es ein Vater gern sieht, wenn seine Tochter nackt mit einem Kerl im Bett liegt. Ihm ist doch klar, was wir getan haben.«

Ich fand es süß, dass er sich so darum sorgte, ob mein Vater ihn mochte oder nicht. Ich hatte ihm erzählt, dass Dad und Rob kein gutes Verhältnis zueinander gehabt hatten. Kyle bemühte sich, dass es bei ihm anders war.

»Sicher, ein fremdes Bild für ihn, aber hör auf, dir darüber Gedanken zu machen.« Ich stütze mich auf meinem Ellenbogen auf und sah ihn an.

»Küss mich lieber.«

»Sorry, Baby-C., aber das geht jetzt nicht mehr. Ich kann nicht mehr, wenn ich weiß, dass dein Vater da ist.«

Ich liebte den Spitznamen, den er mir gegeben hatte.

Diana hingegen war zu Beginn skeptisch gewesen und hatte gemeint, das würde er sicher zu all seinen Frauen sagen. Mittlerweile schien sie ihn zu mögen.

»Du sollst mich doch nur küssen«, lachte ich.

»Als wenn dir ein Kuss genügen würde.« Kyle lachte ebenfalls und zog mich zu sich. »Mir genügt es nicht.«

»Mir auch nicht«, flüsterte ich, bevor unsere Lippen aufeinander trafen. »Ich liebe dich«, hörte ich mich sagen, bevor ich über meine Worte überhaupt nachdenken konnte. Ich versteifte mich, fürchtete mich vor seiner Reaktion. Außerdem war es seltsam, dies zu einem anderen Mann zu sagen.

»Ich liebe dich, Baby-C.«, erwiderte er zärtlich.

Mein Kopf sank wieder erleichtert auf seine Brust. Es fühlte sich an, als würden unzählige Schmetterlinge in meinem Bauch verrücktspielen. Eine angenehme Wärme breitete sich in mir aus.

Vor einem Jahr hatte ich in meinem Zimmer gesessen, trübselig und allein nach dem Date mit Ben Wein getrunken und darüber nachgedacht, ob ich je wieder glücklich werden würde. Ich hing zwar noch oft der Vergangenheit nach, meist dann, wenn etwas passierte, was ich zuvor nur mit Rob erlebt hatte. Aber ich fühlte mich besser und führte jetzt ein völlig anderes Leben mit einem Mann an meiner Seite, der mich glücklich machte.

**

Es war fast Mitternacht. Kyle schlief längst.

Ich saß im Wohnzimmer neben dem Kamin, in dem das brennende Holz knisterte und eine angenehme Wärme abgab. Seit ein paar Minuten telefonierte ich mit Amy.

»Ich bin müde«, klagte sie. »Aber die Eröffnung war echt klasse. Schade, dass du nicht da warst.«

Alina hatte an diesem Tag ihre Boutique im Herzen von New York eröffnet. Natürlich hatte sie mich eingeladen. Doch ich hatte abgesagt mit der Begründung, ich müsste meinem Vater bei den Hochzeitsvorbereitungen helfen, was gar nicht stimmte. Es war alles vorbereitet. Ich hätte ohne Stress nach New York fliegen können und dann zurück nach Great Falls. Aber noch immer wollte ich Rob nicht begegnen.

»Schade, dass du nicht da warst.«

»Beim nächsten Mal«, versicherte ich Amy. Ein Versprechen, das ich in den letzten Monaten schon oft gemacht und gebrochen hatte.

»Das hoffe ich. Deine Nichten würden dich gern endlich kennenlernen und ich würde gern einen Kaffee mit dir trinken.«

»Ja, ohne Bildschirm dazwischen über die letzten Jahre reden. Mit einem Glas Wein«, darauf hätte ich große Lust.

Amy lachte. »Das wird in den nächsten Monaten wohl eher nicht gehen.«

»Was?«, fragte ich verwirrt. »Warum nicht?« Doch dann dämmerte es mir. »Du bist schwanger?«, fragte ich überrascht nach.

»Ich weiß es seit heute. Du bist die Erste, die es erfährt.« Ihr Strahlen war deutlich durch die Leitung zu hören. Es stimmte mich etwas traurig, ihre Zwillinge kannte ich noch nicht persönlich, nun war ein weiteres Baby unterwegs. »Jackson weiß es natürlich. Wir haben vor ein paar Wochen das erste Mal über weiteren Nachwuchs gesprochen. Aber dass es so schnell geht, haben wir beide nicht erwartet. Jackson hofft auf einen Jungen und ich hoffe, dass ich das alles schaffe. Ist jetzt schon stressig genug, wenn Jane auch den ganzen Tag bei uns ist.«

Soweit ich wusste, hatte Rob mehrmals versucht, ein Kindermädchen einzustellen, doch nie hatte es richtig geklappt. Entweder waren sie unzuverlässig und nahmen ihre Arbeit nicht ernst oder sie behaupteten, mit Jane nicht klarzukommen. Amy, die mir das erzählt hatte, vermutete eher, dass es daran lag, dass Rob oft bis spät in die Nacht arbeitete und dies den Kindermädchen ein Dorn im Auge war. Mittlerweile ging Jane zwar in den Kindergarten, dennoch kümmerte sich meist Amy um das kleine Mädchen.

»Herzlichen Glückwunsch. Spätestens zur Geburt werde ich nach New York kommen.«

»Ich verlass mich darauf.«

»Versprochen«, sagte ich und meinte es wirklich ernst.

»Sag, bist du glücklich?«, wollte Amy dann wissen.

»Ja. Kyle tut mir gut, bringt mich zum Lachen, hört mir zu, er ist genau das, was ich zurzeit brauche.«

»Du hast es wirklich verdient, ich freu mich für dich.«

»Danke.«

Dann war ein Weinen im Hintergrund zu hören.

»Das ist Lilly«, erklärte Amy. »Sie ist etwas erkältet, wir müssen Schluss machen.«

»Gib ihr einen Kuss von mir.«

»Natürlich. Tschüss.«

»Tschüss.« Dann war nur noch ein Tuten in der Leitung zu hören.

Ich legte mein Handy zur Seite und ging in die Küche, um mir ein Glas Wasser zu holen. Es war schon verrückt, was in der letzten Zeit alles passiert war. Für den Moment war ich glücklich, ich hoffte, dass dies noch lange so bleiben würde.

Kapitel 8

Carlie, 2014

Ich trank einen Schluck von meinem Kaffee und sah auf den Bildschirm, auf dem noch immer *Anrufer wird erwartet* stand. Seit einer halben Stunde versuchte ich ständig, Marc zu erreichen. Wie jeden zweiten Samstag im Monat hatten wir uns zum Skypen verabredet. Meist rief er bei mir an. Sollte er diesen Anruf verpassen, würde ich ihm eine Nachricht schicken und ihm sagen, dass wir unser Gespräch verschieben müssten.

Da tauchte Marc lächelnd im Bildschirm auf. »Hi. Sorry, wir sind beim Packen.«

»Sollen wir lieber morgen reden?«, wollte ich wissen.

Er schüttelte den Kopf und lehnte sich zurück.

»Du siehst müde aus, wäre kein Problem.«

»Nein«, erwiderte er. »Lena ist ist gerade los, neue Kisten zu holen. Ich freue mich doch, dich zu sehen. Wie geht es dir?«

»Gut. Ich will mir später noch die New Yorker Nachrichten ansehen, Jackson wird heute das erste Mal Live auf Sendung sein.«, sagte ich wehmütig.

Für ihn ging ein großer Traum in Erfüllung und ich war nicht dabei. Wieder ein Ereignis, das ich

62

verpasste. Zwar würde ich mir die Sendung später auf *YouTube* ansehen, doch das war nicht das Gleiche. Er hatte mir schon vor Wochen gesagt, wie nervös er sei.

»Soll ich dich vom Flughafen abholen?«, fragte Marc lachend. Er wusste, dass ich New York und meine Freunde vermisste. Ein Grinsen huschte kurz über mein Gesicht. »Nein, aber ein nettes Angebot. Danke.«

Drei Jahre waren vergangen und noch immer war ich nicht nach New York geflogen, auch wenn ich es oft vorgehabt hatte. Mittlerweile war es nicht mehr nur die Angst, dass ich auf Rob treffen könnte, es war das Leben, das mir jedes Mal einen Strich durch die Rechnung machte.

Ich lächelte und wechselte das Thema. »Also, wie laufen die Planungen für den Geburtstag deines Vaters? Kann ich noch bei etwas helfen?«

Wie sich herausgestellt hatte, waren mein Dad und Marcs Vater alte Freunde. Wenn Charlie im Sommer zum Angeln gefahren war, dann hatte er das mit Marcs Vater getan und bei ihnen übernachtet. In drei Wochen würde er seinen sechzigsten Geburtstag feiern, ein großes Fest, zu dem Kyle und ich eingeladen waren. Ich freute mich nicht nur auf Great Falls, sondern auch auf Marc. Zwar hatten wir regelmäßig Kontakt über Skype, gesehen hatten wir uns aber nicht mehr, seit ich ihm die Wahrheit gesagt hatte.

In der nächsten halben Stunde planten wir gemeinsam, was zu erledigen war. So hatten Marc und seine Geschwister vor, ein großes Grillfest zu veranstalten. Alle waren eingeweiht, nur für das Geburtstagskind sollte es eine Überraschung sein. Die letzten Monate waren stressig und eine kleine Auszeit zu Hause würde Kyle und mir guttun.

Ich dachte auch immer wieder darüber nach, mit ihm nach New York zu fliegen. Von Tag zu Tag verpasste ich mehr aus dem Leben derer, die mir so viel bedeuteten, und das wollte ich unbedingt endlich ändern. Bis jetzt war es nicht passiert, aber meine Angst wuchs, dass wir uns eines Tages aus den Augen verlieren könnten. Wie lange war es möglich, Freundschaften über solch eine Distanz aufrechtzuerhalten, ohne sich je zu sehen?

Noch wurde ich zu jedem großen Ereignis eingeladen, doch das würde irgendwann aufhören. Ich war zufrieden mit dem Leben im sonnigen Kalifornien, aber es fehlte etwas. Meine alte Familie hatte noch immer einen großen Platz in meinem Herzen, das hatte sich nach drei Jahren nicht geändert.

Ich sollte Kyle fragen, wann er sich im Sommer freinehmen konnte. Es war nicht nur an der Zeit, dass ich zurückflog, meine Freunde sollten auch den neuen Mann an meiner Seite kennenlernen.

**

Das Taxi parkte vor dem Haus, in dem Kyle lebte. An diesem Abend war es ungewöhnlich frisch, ein Windstoß streifte mich und damit auch ein mulmiges Gefühl. Schlechtes Wetter hatte ich in den vergangenen Monaten in dieser Stadt selten erlebt. Hoffentlich würde es nicht regnen, wir waren zum Essen verabredet und wollten in ein

Restaurant am Stand gehen. Außerdem mussten wir besprechen, wann wir nach Great Falls fahren würden. Kyle hatte sich extra ein paar Tage freigenommen. Mit seinem besten Freund hatte er vor Kurzem eine Surf-Schule eröffnet, was ihn vollkommen einspannte.

Die anfängliche Verliebtheit war längst verflogen, dennoch genoss ich meine Zeit mit ihm. In ein paar Wochen wollten wir zusammen nach Hawaii fliegen und ich freute mich schon auf unsere Zeit dort.

Ich betrat das Hochhaus und ging die Treppe hinauf. An diesem Tag hatte ich nichts von ihm gehört, die Tage seit der Eröffnung waren für ihn stressig und kräftezehrend.

Etwas fühlte sich anders an, als ich den Schlüssel in das Türschloss steckte und die Wohnungstür öffnete. Ich sah eine schwarze Bluse auf dem Wohnzimmerboden liegen. Schockiert sah ich mich um, was hatte das zu bedeuten? Langsam ging ich Richtung Schlafzimmer, vor dessen Tür mir ein roter Rock ins Auge fiel. Ich betete, eine harmlose Erklärung dafür zu finden, wünschte mir, die dazugehörige Frau schlafend auf dem Sofa vorzufinden. Angst keimte in mir auf, als ich meine feuchte Hand um den Türknauf legte. Ich wusste, dass sich alles veränderte, sobald ich ihn drehen würde.

Ich würde Kyle verlieren. Plötzlich wusste ich wieder genau, wie sich die Wut, die Enttäuschung, die Verzweiflung anfühlten, die hinter der Tür auf mich lauerten. Dennoch öffnete ich sie mit zitternder Hand. Erst nur einen Spalt, der Geruch eines fremden Parfüms strömte mir entgegen. Tränen schossen mir in die Augen, mein Herz raste, fühlte sich an, als würde es gleich aus meiner Brust springen. Ich wollte es nicht sehen, dennoch öffnete ich die Tür ein weiteres Stück.

Alle Befürchtungen bestätigten sich.

Kyle lag in seinem Bett, neben ihm eine dunkelhaarige Frau. Schockiert sah er mich an, er hatte eindeutig nicht mit mir gerechnet.

»Warum?«, flüsterte ich.

Die Brünette schreckte auf, hielt die Decke schützend vor ihren Körper.

Doch mein Blick lag auf meinem Freund.

Er sagte nichts, sah mich nur an, Schuld lag in seinen Augen.

Ich wirbelte herum und stürmte aus seiner Wohnung.

**

Stunden später saß ich auf einem Sessel allein in meinem Zimmer und sah zum Fenster hinaus. Feine Regentropfen fielen vom Himmel, an dem dunkle Wolken hingen. Das Wetter hatte sich so schnell verschlechtert wie meine Gefühle. Hätte ich es kommen sehen müssen? Hatte es Anzeichen gegeben? War es das erste Mal?

»Lass mich zu ihr.«

Ich blickte zur Tür und fühlte mich schlagartig einige Jahre zurückversetzt. An den Morgen nach Robs Geständnis, als ich in Alinas Gästezimmer saß und Rob unbedingt zu mir wollte. Wut brodelte in mir hoch und vermischte sich mit dem Schmerz, der sich in meinem Herzen breitgemacht hatte.

»Auf keinen Fall, du lässt sie in Ruhe«, zischte Diana.

Als ich nach Hause gekommen war, hatte sie sofort gewusst, was los war. Ich musste nichts sagen, da hatte Diana mich schon in ihre Arme gezogen und mir versichert, dass alles gut werden würde. Später hatte ich sie mit Lynn reden hören, Diana hatte sich aufgeregt und mehrmals wiederholt, dass sie sofort gewusst hatte, dass Kyle nichts Gutes im Sinn hatte.

»Bitte, ich muss mit ihr reden.«

Ich fragte mich, ob sich Rob auch so verzweifelt angehört hatte, als ihm der Weg zu mir von seiner Schwester versperrt worden war. Doch so sehr ich es versuchte, ich schaffte es nicht, mich zu erinnern.

»Du musst gar nichts, das hättest du dir eher überlegen sollen«, giftete Diana meinen Freund an. Eher würde sie die Polizei rufen, als ihn zu mir zu lassen. Ich hätte Kyle nicht gegenübertreten müssen. Dennoch stand ich zögerlich auf.

»Bitte, lass mich zu ihr«, flehte er sie an.

Es schmerzte, seine Stimme zu hören, dennoch öffnete ich die Tür. Es tat noch mehr weh, Kyle zu sehen. Seit ich ihn mit dieser Frau erwischt hatte, waren pausenlos Anrufe und Nachrichten von ihm bei mir eingegangen. Mittlerweile war mein Handy aus.

Als sie mich bemerkten, sahen beide zu mir. Kyle ging sofort auf mich zu. Doch Diana griff nach seinem Arm und hielt ihn davon ab, mir näher zu kommen.

Ich war so froh, dass sie da war.

»Was willst du?«, fragte ich mit brüchiger Stimme. Ich war so müde.

»Baby-C., es tut mir so leid.«

Mein Herz hatte immer einen kleinen Hüpfer gemacht, wenn er diesen Spitznamen benutzt hatte. Jetzt zog sich mein Magen zusammen und mir wurde schlecht.

»Lass uns bitte reden«, flehte er.

Ich drehte mich um und ging zurück in das Zimmer. Obwohl ich gewusst hatte, dass er mit mir sprechen wollte, fehlte mir plötzlich jegliche Kraft dazu.

Kyle folgte mir.

Kraftlos ließ ich mich wieder in meinen Sessel sinken, der neben dem Fenster stand, und sah den Mann an, den ich liebte. Weshalb hatte er das getan?

»Baby-C.« Kyle kniete sich vor den Sessel. »Es tut mir leid.«

»Warum?«

Er sah mich schuldbewusst an. »Ich war gestern bei Randy, wir haben ein paar Bier getrunken und etwas geraucht. Sie hat gefragt, ob wir uns ein Taxi teilen, ich hab ja gesagt. Im Taxi hat sie mich geküsst und ist dann einfach mit mir ausgestiegen. Ich hab ihr gesagt, dass das nicht geht, was sie auch verstanden hat. Sie entschuldigte sich und fragte, ob sie drinnen auf ein neues Taxi warten könne. Wir haben noch was zusammen getrunken, dann ist es einfach passiert.«

»Einfach passiert.« Ich lachte verbittert. »So etwas passiert nicht einfach«, wisperte ich und sah ihn fassungslos an.

Rob hatte damals ähnliche Worte gewählt. Immer wieder die gleiche dumme Ausrede. Ich ertrug es nicht mehr und wünschte, ich hätte ihn nie getroffen. Dann wäre ich nicht erneut in so einer schmerzlichen Situation.

»Baby-C.« Er griff nach meiner Hand.

»Nenn mich nicht so«, unterbrach ich ihn schreiend und zog meine Hand zurück. »Nenn mich nie wieder so. Verschwinde einfach.«

»Kannst du mir verzeihen?« Es schmerzte, seine traurigen Augen zu sehen.

Ich schüttelte den Kopf. »Niemals«, flüsterte ich voller Hass.

Kapitel 9

Carlie, 2014

Ich blickte in den sternenklaren Himmel und schloss die Augen. Es war nicht mehr kalt, der Schnee hatte zu schmelzen begonnen und gab so den ersten Blumen den Weg frei, um durch die Erde nach oben zu gelangen. Der Frühling kam langsam in Montana an, einige Sträucher und Büsche hatten schon zarte Knospen und würden bald zu blühen beginnen.

»Wie geht es dir?«

»Gut«, antwortete ich, ohne die Augen zu öffnen.

»Wirklich?«, fragte er nach, ich nickte nur. »Du siehst aber nicht gut aus.«

Der Schmerz wegen der Trennung von Kyle saß tief, es waren erst drei Wochen vergangen. Dad hatte ich erzählt, dass mein Freund keine Zeit hatte mitzukommen.

Aber Marc hatte mir das nicht abgenommen, er hatte gleich gesehen, dass etwas nicht stimmte. Seiner Aussage nach überspielte ich meine Traurigkeit auf die gleiche Weise wie damals bei Rob.

Also erzählte ich ihm, dass wir uns getrennt

hatten, und bat ihn, es für sich zu behalten. Ich wollte nicht wieder gute Ratschläge hören oder bemitleidet werden.

»Ich vermisse die Sterne.« Ich öffnete die Augen und blickte wieder hinauf. In Los Angeles einen sternenklaren Nachthimmel zu sehen, war durch die vielen Lichter fast unmöglich. In New York hatte mir das ebenfalls gefehlt, es war mir nur nie so sehr aufgefallen.

»Wollen wir ein Stück gehen?«

»Nein, geh wieder rein. Lena wartet sicher auf dich.«

»Sie lässt sich gerade von meiner Schwester die Nägel machen. Sie vermisst mich bestimmt nicht, komm.«

Ich nickte und folgte Marc durch den Garten. Heute hatte ich seine ganze Familie kennengelernt. Seine Geschwister hatten mich sofort aufgenommen und für einen Moment hatte ich meine Sorgen wegen Kyle vergessen können.

»Wann fährst du zurück?«

»Sonntagmittag geht mein Zug«, erklärte ich ihm. Ein Flug kam für mich nicht infrage, mit dem Auto allein war es mir zu weit, die Bahn war perfekt. »Und ihr?«

»Erst Ende nächster Woche. Wir sehen uns noch ein paar Häuser an.«

»Ihr wollt hier herziehen?«

»Ich hab ein gutes Jobangebot bekommen. Lena sagt, sie wäre bereit, hier zu leben.« Marc wirkte glücklich, was mich sehr freute. Zwar redeten wir oft über Skype, doch als er jetzt neben mir herlief, musste ich an unsere Zeit denken.

Unsere Zeit.

Konnte ich das so überhaupt nennen? Ich hatte seine frisch aufkeimenden Gefühle durch meine Unehrlichkeit verletzt und unsere Freundschaft fast zerstört. Ich war erleichtert, dass wir das hatten aus der Welt schaffen können.

Schweigend spazierten wir nebeneinander her, bis wir vor einem Spielplatz standen. »Möchtest du schaukeln?«

Ich lachte, nickte aber sofort und setzte mich auf eine der Schaukeln. Marc tat es mir gleich. »Hast du noch mal mit Kyle gesprochen?«

»Nein, ich ignoriere alle seine Anrufe.«

Er schien nicht zu akzeptieren, dass es vorbei war. Er rief oft an oder stand vor der Tür. Weder Lynn noch Diana ließen ihn rein. Er hatte mich zu sehr verletzt. Es waren erst drei Wochen vergangen. Das Bild, wie er mit dieser Frau im Bett lag, hatte ich noch immer deutlich vor Augen.

»Du solltest mit ihm sprechen.«

»Warum?«

»Er ist nicht Rob«, sagte Marc sanft. Überrascht sah ich zu ihm. »Kyle hat einen Fehler gemacht, aber er hat dich nicht jahrelang belogen.«

»Du meinst, ich soll ihm verzeihen?«, fragte ich überrascht.

Marc schüttelte den Kopf. »Nein, das nicht. Ich weiß, dass es dich beschäftigt, dass du nach eurer Trennung nicht mehr mit Rob gesprochen hast. Das sollte dir mit Kyle nicht auch so gehen. Es wird dir guttun, mit ihm zu reden, dann wirst du auch damit abschließen können.«

Auch wenn ich es mir nicht gerne eingestand, war immer noch die fehlende Aussprache mit Rob der Grund, aus dem ich es vermied, nach

New York zu fahren. Obwohl es möglich war, ihm aus dem Weg zu gehen, würde ein klärendes Gespräch mit Kyle das Beste sein. Marc hatte Recht, wenn ich zu Hause war, würde ich mich bei ihm melden und nochmals mit ihm sprechen. Doch jetzt wollte ich nicht mehr darüber nachdenken.

**

Wir hatten länger auf der Schaukel gesessen, uns unterhalten und dabei völlig die Zeit vergessen. Es war weit nach Mitternacht, als wir zurück zum Haus seines Vaters gingen.

»Freust du dich, wieder herzuziehen?«

Er nickte. »Ja, zwar war der Plan, erst wieder zurückzukommen, wenn ich Vater bin, aber ich liebe es hier und kann es kaum erwarten. Ich hoffe, dass es Lena gefallen wird. Nicht dass sie New York vermisst.«

»Sie wird es bestimmt lieben.«

Marc griff nach meiner Hand und lächelte. »Ich hoffe es.«

Ich hoffte es auch. Er verdiente dieses Glück.

Wir kamen an einer Bank vorbei, die mir bekannt vorkam. Es sollte eine Abkürzung sein, doch das bezweifelte ich langsam. »Bist du wirklich sicher, dass wir hier richtig sind?«

»Klar.« Marc nickte. »Als ich ein Kind war, war ich täglich hier. Natürlich kenne ich den Weg.«

»Als Kind. Weißt du, wie lange das her ist?«

»Willst du etwa sagen, ich bin alt?«

»Nicht alt, aber älter. Ist dir klar, wie schnell sich etwas verändern kann?«

»Vertraust du mir?«, fragte er grinsend.

Ich schüttelte den Kopf. »Gerade eher nicht.«

Marc drehte sich zu mir um und lachte. »Okay, vielleicht haben wir uns etwas verlaufen.«

»Etwas?«, fragte ich kichernd und sah mich suchend um. Es war dunkel und schwer zu sagen, aus welcher Richtung wir ursprünglich gekommen waren.

»Lass uns rechtsrum gehen, da kommen wir wieder zur Straße.« Marc griff erneut nach meiner Hand und zog mich mit sich.

Ein paar Minuten später standen wir an einem kleinen Hügel, den wir runter mussten. Es war etwas rutschig, sodass wir nach wenigen Schritten ins Stolpern gerieten und auf unseren Hintern landeten. Wir lagen lachend auf dem Boden, ich hatte schon lange nicht mehr so viel Spaß gehabt und mich so gut gefühlt.

Ich blickte zu ihm, Marc sah mich bereits an.

»Danke.«

»Wofür?«, fragte ich.

»Dass du da bist.« Er drehte sich so, dass er mich geradewegs ansehen konnte. Sein Blick hatte sich verändert.

Erst versuchte ich, diesem auszuweichen, doch dann suchte ich den Blickkontakt mit ihm. Wir sahen einander in die Augen und lächelten. Es war ein seltsamer Moment. Ich wusste, dass es falsch war, dennoch musste ich es tun. Ich rollte mich etwas auf die Seite, um näher bei Marc zu sein. Im nächsten Moment trafen sich unsere Lippen. Ein kurzer, zarter Kuss. Erneut sahen wir uns an, dann beugte Marc sich zu mir und küsste mich wieder. Länger und intensiver als zuvor.

Ein Feuerwerk schien in meinem Bauch zu explodieren. Wir lagen nebeneinander im Matsch und küssten uns. Es war genau das, was mir guttat, erschreckte mich gleichzeitig aber auch. Dann schaltete sich mein Kopf aus.

Kapitel 10

Carlie, 2014

»Und du denkst, das ist eine gute Idee?«, fragte mich Amy skeptisch und zog die Augenbrauen hoch.

Ich konnte ihre Skepsis verstehen, doch sie musste sich keine Sorgen machen. Ich hatte gut und lange darüber nachgedacht.

»Ja«, antwortete ich und warf ein paar Jeans in den Koffer. »Wir fliegen als Freunde zusammen.« Ich drehte mich um und sah wieder zum Bildschirm, Amy und ich skypten mal wieder. Sie hatte ihren kleinen Sohn Daniel auf dem Arm und schüttelte den Kopf. »Ich sollte wohl besser mehr Kleider einpacken. Es wird sicher sehr warm.«

»Dass du Kyle überhaupt verzeihen konntest.«

»Das habe ich nicht«, klärte ich Amy auf und setzte mich vor den Bildschirm. »Wir haben uns ausgesprochen und erkannt, dass wir nur Freunde sein wollen.«

»Aber zusammen nach Hawaii fliegen?«, fragte sie ungläubig.

Lynn und Diana hatten ähnlich reagiert. Diana regte sich noch immer darüber auf.

»Die Tickets waren schon gebucht und bezahlt, hätte man die verfallen lassen sollen?«, fragte ich zurück.

Amy zuckte mit den Schultern.

Ich war erleichtert, dass ich so entspannt mit ihr reden konnte. Am Tag zuvor hatte ich mit Alina gesprochen, sie konnte mich überhaupt nicht verstehen. Obwohl sie es nicht direkt gesagt hatte, war sie froh, dass Kyle und ich uns getrennt hatten. Ich hatte das Gefühl, dass Alina mich immer noch lieber an der Seite von Rob gesehen hätte.

»Ich weiß nicht, pass nur auf, dass er dir nicht noch mal dein Herz bricht.« Amy klang besorgt.

Ich griff lachend nach meinem Kaffee. »Das wird er nicht, wie sollte er auch? Ich hab keine Gefühle mehr für ihn, wir sind Freunde und fahren zusammen in den Urlaub.«

»Ich hoffe es, diesmal käme Jackson wirklich und würde ihm den Kopf abreißen.«

»Ich weiß.«

»Hast du ihm von Marc erzählt?«

»Da gibt es nichts zu erzählen. Es war nur ein Kuss, ein Moment der Schwäche.«

Über Marc wollte ich nicht reden. Zu sehr schmerzten mich die Erinnerung an ihn und dass unser Kontakt wieder abgebrochen war. Das tat mir mehr weh als die Trennung von Kyle.

»Der Kleine ist wirklich süß«, wechselte ich das Thema, um nicht länger an den Abend mit Marc zu denken.

Amy begann zu strahlen. »Ja, das ist er. Jackson hätte gern noch ein Kind.«

»Er wollte immer eine große Familie.«

»Ich weiß schon jetzt kaum, wie ich das alles schaffen soll.« Plötzlich klang sie kraftlos. »Die Zwillinge, einen Säugling und Jane. Dann ist Jackson den ganzen Tag auf der Arbeit. Rob ist ja auch keine große Hilfe, Alina hat genug mit ihrem Geschäft zu tun. Peter und Carla sind nicht hier, meine Eltern in Los Angeles und du, du versprichst seit drei Jahren, dass du herkommst und machst es nie.«

Es war das erste Mal, dass Amy mir ihr Leid klagte. Ich hatte schon oft mit Jackson telefoniert und ihm gesagt, dass ich Angst hätte, dass ihr alles zu viel werden könnte. Das hatte ich auch Alina gesagt, doch keiner hatte auf mich gehört. Nun saß sie mir gegenüber, aber dennoch Tausende Meilen entfernt und ich konnte ihr nicht helfen. Die Augenringe, das fehlende Make-up und die Tatsache, dass sie meist nur Jogginghosen und alte Shirts anhatte, zeigten, dass sie müde war. Doch so richtig fiel es mir erst jetzt auf.

»Ich rufe Kyle an und sag ihm ab, dann fliege ich nach New York. Ich bleibe zwei Wochen und helfe dir.«

Amy lächelte, schüttelte aber den Kopf. »Das musst du nicht, aber versprich mir, dass es nicht mehr lange dauert, bis du herkommst. Ich würde ja zu dir fliegen, aber das schaffe ich nicht.«

»Ich verspreche es.« Ein Versprechen, das ich unbedingt einhalten wollte.

»Jetzt erzähl mir, wie das Treffen mit Becky war.«

Vor einigen Tagen hatte ich mich mit Robs großer Schwester getroffen. Sie war Ärztin und hatte im letzten Jahr eine Praxis eröffnet. Ein Gedanke, mit dem ich schon länger spielte. Als sie mir dann vor einigen Tagen eine Nachricht schickte, dass sie in L.A. sei, und fragte, ob wir uns treffen wollten, sagte ich sofort zu. Nicht nur, um sie um Rat zu bitten. Auch weil ich sie schon ewig nicht gesehen hatte. Natürlich arbeitete ich gern im Krankenhaus, doch ich wollte mehr. Vor einigen Jahren war mein oberstes Bestreben, das Studium zu beenden. Mittlerweile waren meine Ziele andere und größer. Ich träumte davon, mich als Sozialpädagogin selbstständig zu machen. In der Praxis würde ich dann nur noch Kleinkinder betreuen, die ihre Eltern verloren hatten. Zu oft hatte ich das Gefühl, mich im Krankenhaus nicht richtig verwirklichen zu können.

**

Ein paar Tage später landeten wir abends auf Hawaii. Auch wenn es schon dämmerte, war die Umgebung ein wunderschöner Anblick. Die frische, nach Blumen duftende Luft entspannte mich sofort. Ein blaugelber Papagei flog an uns vorbei, dicht gefolgt von zwei weiteren. Vögel zwitscherten, Schmetterlinge in den unterschiedlichsten Farben flatterten umher. Umgehend fühlte ich mich besser. Der Flug war anstrengend gewesen. Ich hasste es, keinen Boden unter den Füßen zu haben. Doch am Airport wartete schon ein Shuttlebus, der uns in das kleine Resort bringen sollte.

Natürlich war es ungewöhnlich, mit dem Ex-Freund in den Urlaub zu fliegen, doch wir hatten das für uns geklärt und sahen kein Problem darin. Einen Tag nachdem ich aus Great Falls zurückgekehrt war, hatte ich mich auf den Weg zu ihm gemacht. Die dunkelhaarige Frau, mit der ich ihn erwischt hatte, öffnete mir die Tür. Ich hatte ehrlich gesagt schon damit gerechnet. Kyle war kein Mann, der lange allein war. Wir hatten miteinander gesprochen und nach unzähligen Entschuldigungen von seiner Seite hatten wir beschlossen, Freunde zu bleiben.

Nun legte Kyle seinen Arm und meine Schulter. »Gefällt es dir?«

»Es ist wunderschön«, antwortete ich und sah wieder aus dem Busfenster.

Obwohl es dunkel war, erkannte ich dennoch die Schönheit der Natur. Zuerst war es auch für mich völlig abwegig gewesen, mit ihm nach Hawaii zu fliegen, aber Kyle hatte mit seiner Argumentation recht gehabt: Die Tickets waren bezahlt und konnten nicht umgetauscht werden. Ein paar Tage später hatte ich zugestimmt. Worüber ich jetzt glücklich war. Ich freute mich auf die zwei Wochen auf dieser traumhaften Insel.

Wir fuhren etwa dreißig Minuten, bis der Shuttlebus vor einem kleinen Gebäude parkte. »Das Verwaltungsgebäude des Resorts«, erklärte uns der hawaiianische Fahrer. »Ihre Koffer werden schon in Ihren Bungalow gebracht, nach der Anmeldung werden Sie dorthin begleitet.«

»Danke«, sagte ich, stieg aus und folgte Kyle, der bereits zur Anmeldung lief. Ich war überwältigt von dem Anblick. Das Gebäude, in dem sich die Rezeption befand, war von vorne komplett offen, viele Sessel und Sofas standen vor einer großen Fensterfront mit Blick auf den Ozean. Zur rechten Seite konnte man schon die ersten Bungalows erkennen, die kleinen Hütten hatten alle einen einmaligen Blick auf das Meer, einige sogar einen eigenen Pool.

»Carlie, Kyle, es freut uns, dass Sie hier sind.« Eine junge Hawaiianerin stand hinter dem Tresen und überreichte uns nach einer kurzen Begrüßung zwei Cocktails, die himmlisch süß dufteten.

Sofort zog ich an dem Strohhalm, in meinem Mund entfachte die Flüssigkeit eine Geschmacksexplosion. Ein Hauch von Orange mit Passionsfrucht und Mango, die vierte Zutat konnte ich nicht einordnen. Egal, was es war, in den nächsten Tagen musste ich diese Frucht probieren.

»Ich hoffe, Sie hatten eine angenehme Anreise. Ihr Bungalow liegt links von uns mit direktem privatem Zugang zum Strand. Makani, Ihr persönlicher Ansprechpartner, wird Sie begleiten und Ihnen alles zeigen. Wir wünschen Ihnen einen angenehmen Aufenthalt, sollten Sie Fragen oder Wünsche haben, wenden Sie sich bitte an Makani. Die Rezeption ist vierundzwanzig Stunden besetzt.«

»Danke«, sagte Kyle, nachdem sie ihre Rede beendet hatte.

Wie aus dem Nichts tauchte ein junger, gut aussehender, braungebrannter Hawaiianer auf, der sich als Makani vorstellte und uns bat, ihm zu folgen.

Die Anlage war groß, wild verteilt standen kleine Hütten, jede mit großem Abstand zur nächsten. Das sanfte Rauschen der Wellen, die auf den Strand trafen, war zu hören. Überall wuchsen Palmen, Rosen und andere farbenfrohe Blumen, die ich teilweise noch nie gesehen hatte. Ich musste unbedingt von jeder ein Foto machen. Vom ganzen Resort aus hatte man einen wundervollen Blick auf den Ozean. Ich konnte es kaum erwarten, die Umgebung zu erkunden.

»Hier sind wir auch schon. Soll ich Ihnen noch alles zeigen?«, fragte Makani.

»Nicht nötig«, antwortete Kyle ihm. »Kann man hier gut surfen oder sollte ich mir eine andere Stelle suchen?«

»Nein, hier ist es perfekt.« Makani zeigte auf das Wasser, das nur knapp zweihundert Meter von unserer Unterkunft entfernt war. »Das ist eine ideale Stelle, heute gibt es kaum noch Wellen, aber morgen werden die idealen Bedingungen herrschen.«

»Klingt gut.« Die beiden lächelten. »Wir melden uns, wenn wir was brauchen.«

»Ich wünsche Ihnen eine gute Nacht.« Dann sah er zu Kyle. »Viel Glück.«

Kyle blickte mich fragend an. Auch ich konnte mit seinen Worten nichts anfangen, vermutete aber, dass es mit dem Surfen zusammenhing. Makani war verschwunden, noch ehe ich fragen konnte.

»Dann lass uns mal reingehen.« Kyle öffnete die Tür und trat einen Schritt zur Seite. »Ladies first.«

Lächelnd betrat ich den kleinen Bungalow und war überrascht, dass überall Kerzen brannten. Erst als ich das Wohnzimmer durchquert hatte und das Schlafzimmer betrat, wo ich ein Herz aus Rosen auf dem Bett entdeckte, wusste ich, was das zu bedeuten hatte. Ich drehte mich um und wollte Kyle sagen, dass wir uns im falschen Bungalow befanden, sicher hatte es eine Verwechslung gegeben.

»O Fuck,«, stöhnte er jedoch, »ich hab vergessen, eine Mail zu schreiben.«

»Was meinst du?« Mir war nicht klar, worin sein Problem bestand. Ich sah mich noch einmal um und hörte erst jetzt die leise Gitarrenmusik, es roch nach Rosen und Vanille. Die Frau, die den Heiratsantrag bekommen würde, wäre sicher hin und weg. Ich war es zumindest und konnte mich gar nicht sattsehen.

»Ich wollte dir eigentlich einen Antrag machen.«

Ich wirbelte zu Kyle herum und starrte ihn schockiert und überfordert an. Er hatte mich heiraten wollen? Damit hatte ich nie gerechnet. Wir hatten uns geliebt, aber mir war nicht bewusst, dass es ihm so ernst gewesen war. Für einen Moment schmerzte die Erkenntnis, dass er mich dennoch betrogen hatte. Aber das Glücksgefühl, das in mir aufkeimte, ließ den Schmerz umgehend verschwinden.

»Sorry«, flüsterte er leise.

»Du musst dich nicht entschuldigen«, murmelte ich gerührt, ging einen Schritt auf ihn zu, schlang meine Arme um seinen Hals und küsste ihn.

Kapitel 11

Carlie, 2015

Es war so weit: Am nächsten Tag würde ich nach New York fliegen. Alina heiratete und das wollte ich auf keinen Fall verpassen.

Als sie vor einem halben Jahr angerufen und mir von ihrer Verlobung erzählt hatte, war meine Sorge groß, dass sie und Brian wieder zusammen waren. Doch dem war zum Glück nicht so, wie Alina dann berichtete. Sie hatte stattdessen einen Chris kennengelernt, der ihr nach nur ein paar Dates bei einem Spaziergang einen Antrag gemach hatte. Meine Freundin platzte fast vor Freude, als sie mir davon berichtete. Bevor wir das Telefonat beendet hatten, hatte sie zaghaft gefragt, ob ich denn kommen würde. Sofort hatte ich zugestimmt.

In den letzten Jahren war ich oft eingeladen worden, genauso oft hatte ich abgesagt und mich rausgeredet. Doch diesmal gab es keine andere Option und keine Ausrede. Ich wollte meine Freunde wiedersehen. In den vergangenen Monaten hatte ich zu oft gespürt, dass wir uns immer mehr voneinander entfernt hatten. Bei Amy und Jackson war dies weniger der Fall, wir redeten noch immer mindestens einmal in der Woche per Skype miteinander – mit Alina klappte das nicht mehr ganz so gut.

Kurz nach unserer Versöhnung hatten wir regelmäßig Kontakt gehabt, doch mittlerweile war das anders. Von fünf Skype-Verabredungen hielt sie eine ein, sagte sonst kurzfristig oder gar nicht ab. Oft hörten wir wochenlang kein Wort voneinander. Und nun hatten wir uns vier Jahre nicht gesehen. Eine lange Zeit, nicht jede Freundschaft überwand eine so große Distanz. Das hatte ich damals vor meinem Umzug nach L.A. schon gewusst. Ich hoffte aber, dass mein Besuch bei ihrer Hochzeit unserer Freundschaft neuen Aufwind geben würde.

Die Hochzeit fand in einem kleinen Hotel in den Hamptons statt. Die meisten Gäste würden sich wohl am Freitag auf den Weg machen. Ich flog schon Sonntag nach New York, da mir drei Tage zu kurz erschienen. Wahrscheinlich glaubte keiner an mein Kommen, umso gespannter war ich auf ihre Gesichter.

»Freust du dich schon?«, riss mich Lynn aus meinen Gedanken.

»Ja«, antwortete ich ehrlich und trank einen Schluck von meinem Wein. Wir saßen zusammen auf unserem Sofa und genossen den Abend, später wollten wir uns noch ein paar Folgen von *Grey's Anatomy* ansehen.

»Pass ja auf, dass sie nicht zu viel trinkt«, lachte Diana, als sie aus dem Badezimmer kam. »Nicht dass sie am Ende nicht fliegen kann. Wie sehe ich aus?«

»Gut«, antworteten Lynn und ich gleichzeitig.

»Das will ich auch hoffen, das erste Mal, dass

ich die Eltern von Adam treffe. Ich bin nervös.«

Lynn lachte und verschluckte sich an ihrem Wein. »Denk immer daran, es kann nicht schlimmer kommen als das erste Treffen von Carlie und den Eltern von Kyle.«

Ich verdrehte die Augen. »Dass ihr das jetzt schon wieder auspacken müsst. Hätte ich die Antibiotika nicht genommen und auf das halbe Glas Wein verzichtet, hätte ich mich auch nicht vor die Füße von Kyles Dad übergeben. Dann wäre es auch nicht so schlimm gewesen, dass ich den Gartenzwerg überfahren habe.« An dieser Stelle war ich bei seiner Mutter unten durch gewesen. Die beiden lehnten weitere Treffen immer wieder ab. Worüber ich aber auch nicht traurig war.

»Also das sollte ich hinbekommen«, sagte Diana schmunzelnd. »Trink dennoch nicht so viel.«

»Das passiert schon nicht«, stöhnte ich.

»Dafür sorge ich«, beruhigte Lynn Diana. »Es war schon schwer genug, sie zu überreden.«

Natürlich hatte ich hinfliegen wollen, allerdings war es seltsam, nach über vier Jahren alle wiederzusehen. Ich hatte mit mir gehadert, doch bevor ich auch nur auf die Idee gekommen war, nach Ausreden zu suchen, hatten meine Mitbewohnerinnen ein Ticket für mich gebucht.

Kyle hatte mitkommen wollen, um mich moralisch zu unterstützen, doch zwischen uns war es momentan nicht so einfach. Auf Hawaii hatten wir uns versöhnt, waren wieder zusammen – und hatten uns noch zwei weitere Male getrennt. Wir hatten vereinbart, es langsam angehen zu lassen. Ich liebte ihn, hatte aber Angst, er könnte mich wieder verletzen. Dass ich nun nach New York flog, würde uns beiden guttun. Wir brauchten etwas Abstand, um uns klar zu werden, ob wir überhaupt zusammen sein wollten. Ich war noch immer verliebt in Kyle, so wie er auch in mich, doch seit unserer ersten Trennung klappte eine erneute Beziehung gerade einmal wenige Monate, bevor wir uns wieder nur noch stritten. Ständig fühlte ich mich an die Beziehung von Alina und Brian erinnert. Ich hatte Kyle gesagt, dass dies unser letzter Versuch war, ich würde nicht ewig in einer On-off-Beziehung leben.

Am Tag zuvor hatte er mir gesagt, dass ich in New York nur auf mich achten und nicht an ihn denken solle. Ich solle entscheiden, was für mich gut sei. Ich wusste nicht, was ich von dieser Aussage halten sollte.

In dem Moment, als Diana in ihre High Heels schlüpfte, klingelte es an der Tür. Es war Adam. Sie waren nun seit fast neun Monaten zusammen – ihre bisher längste Beziehung.

»Sollen wir uns eine Pizza bestellen?«, fragte Lynn, als Diana die Wohnung verlassen hatte.

»Mit doppelt Käse bitte«, stimmte ich zu.

Lynn griff nach ihrem Handy und wählte die Nummer des Pizzaservice.

Schon am nächsten Tag könnte ich zum ersten Mal seit vier Jahren wieder auf Rob treffen, es war ein seltsames Gefühl. Ich wusste praktisch nichts über sein Leben. Bis auf die Nachrichten, die wir einander immer zum Geburtstag schickten, hatten wir keinen Kontakt. Würde es überhaupt ein Gespräch geben oder würden wir uns anschweigen?

»Denk nicht so viel nach«, unterbrach Lynn meine Überlegungen. »Genieße die Zeit mit deinen alten Freunden, hab Spaß und komm gesund zurück. Geh Rob einfach aus dem Weg, dann kann nichts passieren.«

»Ich gebe mein Bestes«, versicherte ich ihr, doch versprechen konnte ich nichts.

»Vielleicht wäre es wirklich das Beste, die Beziehung mit Kyle endlich zu beenden und nach vorne zu sehen.«

Überrascht sah ich sie an. Auch wenn ich selbst schon daran gedacht hatte, war es seltsam, das aus ihrem Mund zu hören. Ich wusste, dass Lynn unsere Beziehung kritisch sah, doch so hatte sie es mir gegenüber noch nie gesagt.

»Du hast kein Glück mit Männern, erst Rob, dann Ben ...«

»Das mit Ben ist doch was ganz anderes«, unterbrach ich Lynn sofort. »Ich hatte doch gar keine Gefühle für ihn und er nicht für mich.«

»Trotzdem hab ich manchmal ein schlechtes Gewissen, dass er nun mit mir zusammen ist.«

»Das musst du nicht haben, das hab ich dir schon so oft gesagt.«

Dieses Thema kam nur zum Vorschein, wenn Lynn Wein trank. Dabei brauchte sie kein schlechtes Gewissen zu haben, ich freute mich, dass die beiden noch immer zusammen und glücklich waren. Sozusagen hatte ich sie verkuppelt und das ungeplant.

»Ich weiß«, stimmte sie mir zu und nippte an ihrem Glas. »Dennoch hat Diana recht, du siehst im Moment nur deine Arbeit.«

»Die macht mir doch aber Spaß.«

»Aber du sollst nicht immer nur arbeiten.«

Lynn hatte recht, das wusste ich, aber im Moment fühlte ich mich damit gut. Ich dachte wieder an meinen Flug nach New York und daran, dass es ein Fehler sein könnte zu fliegen. Wer wusste schon, ob das eine gute Idee war?

»Ich hab so viel verpasst. Ich bin nur eine alte Freundin.«

»Du bist mehr als das und das weißt du auch. Genieße die Zeit, aber komm wieder nach Hause.«

»Warum sollte ich das nicht tun?«

»Du wolltest auch wieder zurück nach New York.«

»Das war eine ganz andere Situation, die man mit der jetzigen gar nicht vergleichen kann.«

Kurz schweiften meine Gedanken in die Vergangenheit mit Rob, doch ich wollte nach vorne sehen. Ich hatte hier ein schönes Leben, viele Freunde, eine tolle Arbeit und war dabei, mich selbstständig zu machen. Ein Jahr lang hatte ich geplant, in vier Wochen würde ich meine Praxis eröffnen. In einer kleinen privaten Klinik, in der zwei Ärzte und ein Psychologe praktizierten, würde ich bald ein neues berufliches Kapitel beginnen.

»Du hast wohl recht«, stimmte mir Lynn gähnend zu.

Ich sah zur Uhr, es war schon weit nach Mitternacht, Zeit, ins Bett zu gehen, ich wollte meinen Flieger ja nicht doch noch verpassen.

**

»Wie war es jetzt mit seinen Eltern?«, hörte ich Lynn interessiert nachfragen.

»Frag nicht«, stöhnte Diana, als ich die Küche betrat. »Ich glaube, sie hassen mich.«

»Ach was, dich kann man doch gar nicht hassen«, versuchte ich, sie aufzumuntern.

»Da gebe ich Carlie recht«, sagte Lynn und biss in ihr Honigbrötchen.

Ich nahm mir eine Tasse von dem frisch gekochten Kaffee und setzte mich zu den beiden an den Tisch. »Was ist denn passiert?«

»Ich hab seiner Mutter den Wein übers Kleid geschüttet, hab seinen Vater auf seinen schönen Haarschnitt angesprochen ...«

»Was ist daran so schlimm?«, unterbrach ich sie.

»Er trägt ein Toupet!«, jammerte sie und ließ den Kopf in ihre Hände fallen.

Lynn und ich mussten beide lachen, von Diana ernteten wir nur ein paar böse Blicke.

»Bin der Katze auf den Schwanz getreten und musste mich dann auch noch übergeben. Wer serviert denn heutzutage einfach Austern? Glaubt mir, sie hassen mich.«

Lynn und ich lachten immer noch.

»Ich bin einfach nicht gut darin, die Eltern von meinem Freund zu treffen, irgendetwas geht immer schief«, seufzte sie.

»Und was sagt Adam?«, wollte ich wissen. Seine Meinung war doch das Wichtigste, nicht die seiner Eltern.

»Der fand das alles natürlich sehr lustig.« Sie schüttelte immer wieder den Kopf. »Ich kann mich doch nie mehr dort blicken lassen.«

»Ach was, du weißt doch, wie es damals bei Carlie und Kyle war, da ging doch auch alles schief.«

Ich sah zu Lynn und plötzlich begann Diana zu lachen, obwohl ich es nicht wollte, stimmte ich mit ein.

Ich dachte wieder an unsere Beziehung, wir passten eigentlich gut zusammen. Der geplante Antrag hatte alles verändert. Wir hatten die Zeit auf Hawaii genossen und waren als Paar zurückgekommen.

Drei Monate danach kam die erste Trennung, nur um vier Wochen später zusammen im Bett zu landen und das Ganze zu wiederholen. Unsere letzte Versöhnung lag neun Wochen zurück.

»Ich ruf Adam an«, sagte Diana, stand auf und blickte zur Uhr. »Du musst ja gleich los, holt Kyle dich ab?«, fragte sie und ich bejahte mit einem kurzen Nicken, während ich von dem Kaffee trank. »Hab einen guten Flug und meld dich, wenn du dort bist. Viel Spaß.«

»Danke.«

Sie drückte mir einen Kuss auf die Wange und verschwand in ihrem Zimmer.

»Bist du aufgeregt?«, fragte Lynn.

Ich schüttelte den Kopf.

»Mich musst du nicht anlügen.«

»Natürlich ist es komisch, aber es wird mir helfen, endlich mit dem Kapitel in meinem Leben abzuschließen.«

»Das stimmt.« Lynn lächelte und stand auf. »Ich treffe mich gleich mit Ben. Genieß die Zeit und hab Spaß.«

»Versprochen.«

»Dann sehen wir uns nächste Woche. Bye.«

»Tschüss.« Doch da war sie schon verschwunden.

**

Eine Stunde später saß ich neben Kyle im Auto, der Fahrtwind wehte durch meine Haare. Die Musik war laut aufgedreht, wir sangen bei jedem Song mit und lachten ständig. Mir ging es zurzeit richtig gut, nach der Trennung von Rob hatte ich lange nicht lachen oder Spaß haben können. In den letzten Jahren hatte sich das verändert. Ich hatte mich verändert. War zu einer selbstbewussten jungen Frau geworden. Genoss das Leben und hatte Spaß. Ich sah zu Kyle. Ich liebte ihn und war froh, dass er an meiner Seite war. Seine Liebe hatte mich ins Leben zurückgeholt.

»Also Baby-C., da wären wir«, verkündete er und stellte den Motor ab.

Wieder hatte mein Herz einen kleinen Hüpfer gemacht, als er mich bei meinem Spitznamen genannt hatte. Ich liebte es, ihn zu hören.

»Wenn du möchtest, komme ich mit.« Er griff nach meiner Hand und musterte mich.

Natürlich hatte ich ihn gefragt, ob er mich begleiten würde, worüber ich mich gefreut hätte. Allerdings fiel Alinas Hochzeit in die Eröffnung einer weiteren Surf-Schule in Malibu. Die Vorbereitungen liefen seit Wochen, der Termin stand schon seit acht Monaten fest und in einigen Tagen würde es so weit sein. Da sein Partner Randy vor ein paar Wochen aus dem Geschäft ausgestiegen war, kümmerte sich Kyle jetzt allein

92

um alles. Er hatte mir angeboten, den Termin um eine Woche zu verschieben, doch das hatte ich abgelehnt.

»Nein, kümmere dich um deine Eröffnung.«

Kyles Lippen verzogen sich zu einem kurzen lächeln. »Ich weiß, dass ich gesagt habe, du sollst in New York nur an dich denken. Aber vielleicht denkst du auch an etwas anders.« Er griff neben sich, holte eine kleine Schatulle hervor, öffnete sie und sah mich wieder an. »Wir sollten einen Schritt weiter gehen, eine gemeinsame Wohnung. Und vielleicht willst du mich doch heiraten?«

»Kyle«, flüsterte ich ergriffen und sah von dem Ring zu ihm. »Er ist wunderschön.« Der weißgoldene Ring hatte einen kleinen eingefassten Diamanten und strahlte mich an.

»Ich bin froh, dass er dir gefällt.« Kyle griff nach meiner Hand und sah mir in die Augen. »Egal, was in New York passiert, ich bin hier und warte auf dich. Wenn du dir eine Hochzeit mit mir nicht vorstellen kannst, dann akzeptiere ich das, aber dann müssen sich unsere Wege trennen.«

Ich sah ihm ebenfalls in die Augen, wir hatten vor einer Woche darüber gesprochen, dass unsere Beziehung endlich andere Wege gehen musste, ich dachte so wie er. Ich beugte mich zu Kyle und küsste ihn. Noch immer liebte ich seine Küsse, brauchte sie wie die Luft zum Atmen.

»Ich liebe dich.«

»Ich liebe dich, Baby-C.« Kyle grinste liebevoll. »Soll ich mit zum Gate kommen?«

Ich lächelte. »Du denkst doch nicht auch, dass ich nicht fliege, oder doch?«

Kyle lachte. »Ich hab den Auftrag bekommen zu warten, bis der Flieger gestartet ist.«

Wir stiegen gemeinsam aus.

»Warum denkt ihr denn alle, ich würde kneifen?« Ich öffnete den Kofferraum seines Jeeps.

»Weil du schon so oft vorhattest zu fliegen«, erklärte er und nahm den Koffer aus dem Kofferraum, ehe er ihn zuschlug. Dann drehte er sich um und lief zum Gebäude.

»Aber nie hatte ich ein Ticket«, sagte ich und folgte ihm. »Ich bin ein großes Mädchen ... Ich weiß, wann ich keine Ausreden mehr bringen kann.«

Er lachte wieder, blieb stehen und sah sich zu mir um. »Ich weiß, dass du das brauchst, um mit Rob abzuschließen.«

»Ich habe mit ihm abgeschlossen.«

Kyle sah mich ernst an. »Du weißt, dass du das brauchst.« So schnell die ernste Miene da gewesen war, so schnell war sie vergessen. »Denk daran, mir Fotos zu schicken.«

»Klar, vom Hotel, von der Hochzeit und der Landschaft.« Ich grinste.

Kyle zog mich in seine Arme und drückte seine Lippen auf meine Stirn. »Das ist mir ganz egal, ich will sexy Fotos in Unterwäsche.« Er lachte und küsste mich erneut. »Viel Spaß.«

»Danke«, erwiderte ich grinsend.

Kyle war der Mann, den ich an meiner Seite haben wollte. Dennoch stieg ich ohne den Ring am Finger in das Flugzeug.

Kapitel 12

Rob, 2012

Ich saß in einem Café und wartete auf meine kleine Schwester. Schon lange hatten wir nichts mehr zusammen unternommen, nun waren wir zum Frühstück verabredet.

Alina steckte mitten in den Vorbereitungen für ihre Boutique, langsam war sie über die Trennung von Brian hinweg. Noch war er nicht wiederaufgetaucht und ich hoffte, dass dies so blieb. Ein weiteres Mal würde ich es nicht ertragen, wenn er Alinas Herz bräche. Die letzten Jahre waren eine Qual, für sie und ihn, für uns alle. Ich hoffte, dass Alina diese Beziehung bald vergessen konnte. Seit einigen Wochen war sie sogar in Therapie. Etwas, worüber ich selbst schon nachgedacht hatte, vielleicht würde mir die Trennung von Carlie so leichter fallen.

Bei einem weiteren Blick nach draußen sah ich, dass es erneut schneite. Carlie liebte den Schnee. Jedes Jahr hatte sie sich aufs Neue darauf gefreut, mehr als einmal waren wir mitten in der Nacht aufgestanden, um die ersten Flocken zu bestaunen, die vom Himmel fielen. Eineinhalb Jahre lag die Trennung zurück. Mittlerweile könnten unsere Leben nicht unterschiedlicher sein.

Sie lebte in Los Angeles, hatte ihr Studium abgeschlossen und arbeitete im Krankenhaus. Das war alles, was ich über sie wusste.

Ich versuchte, ein fähiger Vater zu sein. Was mir mal mehr, mal weniger gut gelang. Inzwischen schaffte ich es, relativ überzeugend zu überspielen, wie überfordert ich war.

Das Leben ohne Carlie war ein anderes, kein besseres.

Mein Handy klingelte. Ich nahm es aus dem Mantel und las den Namen meiner Schwester auf dem Display.

»Rob, es tut mir leid«, begrüßte mich Alina, als ich den Anruf entgegennahm. »Ich schaffe es nicht. Die Maler haben sich gemeldet, irgendwas stimmt mit der Farbe nicht. Der Kerl hat irgendwas von Babyblau erzählt. O Gott, stell dir vor, die streichen das ganze Geschäft falsch.«

»Beruhig dich«, erwiderte ich, obwohl ich wusste, dass es nichts brachte.

»Das sagst du so leicht. In zwei Wochen ist die Eröffnung, übermorgen kommt schon die Inneneinrichtung. Wie soll ich das denn alles schaffen?«

»Ich könnte dir helfen.«

Kurz lachte meine Schwester spöttisch. »Nein, so verzweifelt bin ich nicht, dass ich von dir Hilfe annehme. So zerstreut, wie du in den letzten Monaten bist, wer weiß, was da noch alles schiefgeht.«

»Was soll denn das heißen?«, fragte ich amüsiert nach.

»Genieß deinen freien Vormittag, mach irgendwas für dich. Ich meld mich später bei dir.« Dann war das Gespräch beendet.

Ich hatte mir extra freigenommen, um mit ihr zu frühstücken. Eigentlich würde ich jetzt schon im Büro an der Arbeit sitzen. Da ich davon eine Menge hatte, beschloss ich, den freien Vormittag zu beenden. Was sollte ich anderes tun? Die letzten Monate hatte ich jede freie Minute mit Arbeit gefüllt oder mich um Jane gekümmert. Alles war besser, als an meine Fehler zu denken. Ich wollte mich unbedingt bei Carlie entschuldigen, hatte ihr vor ein paar Tagen sogar eine Nachricht zu ihrem Geburtstag geschickt, natürlich hatte ich auf eine Antwort gehofft. Die aber nicht kam. Auch wenn es mir schwerfiel, akzeptierte ich, dass sie nichts von mir wissen wollte.

Ich trank den letzten Schluck Kaffee und stand auf.

»O Fuck.«

Ich sah zu der jungen Frau, die neben mir geflucht hatte, und folgte dann ihrem Blick zum Eingang des Cafés.

Gerade hatte ein glatzköpfiger älterer Mann den Raum betreten. In seinen Händen eine weiße Rose.

Ich blickte wieder zu der blonden Frau. Auch auf ihrem Tisch lag eine weiße Rose. Sie schaute sich hektisch um, es wirkte, als würde sie ihre Flucht planen.

Ohne darüber nachzudenken, setzte ich mich auf den freien Stuhl ihr gegenüber und lächelte sie an. Sie war sichtlich verwirrt.

Wenig später stand der Mann neben ihrem Tisch. »Hallo Sunnygirl22, ich bin Überflieger213.«

Sie öffnete ihren Mund, um etwas zu sagen, da ergriff ich schnell das Wort. »Entschuldigung. Ich denke, da liegt eine Verwechslung vor.«

»A- a- aber d- die Rose«, stotterte er und sah mich an. »Das ist ... *unser* Erkennungszeichen.« Er deutete immer wieder zwischen sich und der blonden Frau hin und her. »Ich bin mir sicher, dass die Dame *mein* Date ist.«

Sie schwieg weiterhin, daher ging ich davon aus, dass mein Einschreiten für sie in Ordnung war. »Die Rose habe ich meiner Freundin mitgebracht. Die dient nicht als Erkennungszeichen.«

»Oh. Gut.« Er schüttelte überfordert den Kopf. »Dann ... dann tut es mir leid.«

Erst als der Mann sich weit genug vom Tisch entfernt hatte, hörte ich sie erleichtert ausatmen, dann lachte sie auf und blickte mich an. »Danke, Sie haben mich gerettet.«

»Ich helfe gern.«

Ein Lächeln huschte über ihr Gesicht. »Ich bin Irina und ich kann Ihnen versichern, das war mein letztes Blind Date.«

Ich lachte. »Es freut mich, dass ich Ihnen helfen konnte, Irina. Ich lasse Sie dann jetzt allein.«

»Oh, warten Sie doch, darf ich mich mit einem Kaffee bei Ihnen bedanken?«

Warum nicht? Ich blieb sitzen. »Gern, ich bin Rob.«

Kapitel 13

Carlie, 2015

Stunden nach dem Abflug von einem kleinen Flughafen in Pasadena war ich zurück am Big Apple und durchquerte den JFK Airport. Um mich herum hektische Menschen, schreiende Kinder und eine beängstigende Enge. Es war fast unmöglich, einen Meter zu gehen, ohne angerempelt zu werden, worauf dann meist ein mürrisches *Passen sie doch auf* folgte. Es fühlte sich an, als wäre ich nie weg gewesen.

New York hatte einen besonderen Charme und dieser hatte mich sofort umgeben, als ich das Flugzeug verlassen hatte. Die Luft war eine völlig andere und augenblicklich hatte ich mich wieder zu Hause gefühlt. Diese Stadt war ein besonderer Ort für mich, verbunden mit so vielen schönen Erinnerungen, von denen ich keine missen wollte. Aber auch mit einigen negativen, die ich am liebsten vergessen wollte. Vor vier Jahren war ich mit einem gebrochenen Herzen geflohen, jetzt war ich wieder hier, auch um endlich abzuschließen. Ich freute mich auf die nächsten Tage und fühlte mich bereit, Rob wiederzusehen. Obwohl ich davor Angst hatte.

Ich griff nach meinem Koffer, der auf dem Gepäckband auf mich zurollte und begab mich auf den Weg in die Wartehalle. In der Menschenmenge entdeckte ich Jake und ging auf ihn zu.

»Hi«, begrüßte ich ihn freudestrahlend und sah zu dem kleinen Mädchen auf seinem Arm.

»Carlie.« Er grinste breit. »Das nenn ich mal eine Verspätung. Ich hätte nicht gedacht, dass ich mein Versprechen, dich abzuholen, erst nach über vier Jahren einlösen würde.« Er lachte, ich stimmte mit ein.

Es war ein seltsames Gefühl, wieder in New York zu sein.

»Darf ich vorstellen? Das ist Vanessa. Vanessa, das ist Carlie, eine gute Freundin.« Das kleine Mädchen, das vor ein paar Wochen ihren dritten Geburtstag gefeiert hatte, lächelte. Sie hatte wie ihre Mutter schwarze Haare und die gleichen braunen Augen wie Judy.

»Hallo, Vanessa.«

»Hi«, sagte sie leise und drückte sich an ihren Vater.

»Dann lasst uns mal fahren." Jake wies einladend Richtung Ausgang. »Meine Mum ist da und hat gekocht. Sie wartet sicher schon auf uns.«

Mein Magen knurrte, kaum hatte Jake seine Worte ausgesprochen. Am Morgen hatte ich nur eine Tasse Kaffee getrunken, vor lauter Aufregung wegen des Fluges hatte ich keinen Bissen herunterbekommen. Mit schnellen Schritten ging ich neben Jake und seiner Tochter her zum Auto. Den restlichen Tag würden wir zusammen verbringen, ich würde etwas entspannen und früh ins Bett gehen. Am nächsten Tag wollte ich

Alina besuchen. Ich freute mich schon, sie wiederzusehen, war aber auch unglaublich nervös deswegen.

**

Zwei Stunden später beobachtete ich Jake, der seiner Tochter einen rosa Schlafanzug anzog und sie in ihr kleines Bett legte. Vanessa war schon beim Essen eingeschlafen.

Ich erinnerte mich an den Sonntagabend vor dreieinhalb Jahren, als mich Judy weinend über Skype angerufen hatte. Jake und sie hatten wieder vermehrt miteinander geschlafen, nun erwartete sie ein Kind.

Nur schwer war sie davon zu überzeugen gewesen, ihm alles zu erzählen. Judy hatte Angst vor seiner Reaktion gehabt, doch das war völlig unbegründet gewesen. Es war zwar ein Schock für Jake gewesen, doch nur eine Woche darauf machte er ihr einen Antrag. Später hatte er mir erzählt, dass er Judy immer geliebt hätte und ihm durch das Baby klar geworden war, dass er sie nicht aufgeben durfte.

Wir verließen das Zimmer seiner Tochter, die Tür ließ er einen Spalt offen. »Willst du noch ein Bier trinken?«, flüsterte er dann.

»Ja.« Leise folgte ich ihm in die Küche.

Er öffnete den Kühlschrank, nahm zwei Flaschen raus und gab mir eine davon. »Es ist schön, dass du hier bist.«

»Wie geht es dir?«, fragte ich, als wir uns zusammen auf das blaue Sofa setzten. Hinter Jake stand ein Foto von ihm und Judy. Sie hatte einen großen, runden Bauch, es musste kurz vor der Geburt entstanden sein. Ihre Augen strahlten, ein Strahlen, welches ihm jetzt fehlte. Lediglich wenn er mit Vanessa zusammen war, war es da, und verschwand, sobald Jake allein war.

Er seufzte, es klang traurig. »Ich bin froh, dass meine Mum da ist. Keine Ahnung, wie ich das alles sonst schaffen würde. Ich war so dumm.«

»Sag das nicht«, bat ich leise.

»Doch.« Tränen sammelten sich in seinen Augen. »Ich hab Judy wirklich geliebt, nur hab ich es zu spät gemerkt. Wenn die Umstände anders gewesen wären, wäre sie heute vielleicht noch hier.«

»Mach dir keine Vorwürfe«, sagte ich sanft, woraufhin Jake seinen Tränen freien Lauf ließ. Ich stellte meine Flasche auf den Tisch und nahm ihn in den Arm.

Vanessas Geburt war dramatisch verlaufen. Zu Beginn hatte alles normal ausgesehen, bis die Herztöne des ungeborenen Kindes plötzlich nicht mehr messbar gewesen waren.

Judy war für einen Notkaiserschnitt vorbereitet und in den OP gebracht worden. Kurz darauf war Vanessa auf der Welt gewesen, doch zu spät hatte man gemerkt, dass dabei ein Eileiter von Judy verletzt worden und sie innerlich verblutet war. Einige Stunde nach der Geburt war sie gestorben und Jake war allein mit seiner neugeborenen Tochter zurückgeblieben.

»Ich vermisse Judy so. Was mache ich denn, wenn Vanessa nach ihr fragt?« Er sah mich verzweifelt an, als wir uns aus der Umarmung lösten.

»Du erzählst ihr, was für eine tolle Frau ihre Mum war, und sagst ihr, dass du Judy geliebt hast. Das war ja auch so.« Es war furchtbar, ihn so zu sehen. Wir hatten oft miteinander gesprochen, ich wusste, welche Vorwürfe er sich machte. Doch aus der Nähe fühlte es sich so viel realer an.

»Was, wenn sie hört, dass ich gar nicht mit Judy zusammen sein wollte? Dann wird sie mich hassen.«

»Jake, du hast Judy geliebt, mach es dir doch nicht selbst so schwer. Deine Tochter hat keinen Grund, dich zu hassen.«

»Ich hasse mich deswegen.«

»Du darfst dir keine Vorwürfe machen.« Jake zuckte mit den Schultern und trank erneut von seinem Bier.

Ich wusste, dass er seit einigen Monaten in Therapie war, hoffentlich würde es ihm bald besser gehen. Das, was passiert war, war schrecklich, doch ihn traf keine Schuld.

**

Am nächsten Morgen hatte ich kurz mit Jake und Vanessa gefrühstückt und mich dann auf den Weg in die Stadt gemacht. Zuerst wollte ich zu Alina in ihre kleine Boutique und sie überraschen. Danach würde ich Amy und Jackson besuchen. Ich war mir sicher, dass alle überrascht sein würden. Insgeheim glaubte wahrscheinlich keiner daran, dass ich zur Hochzeit kommen würde.

Ich lief durch die Straßen und suchte nach dem kleinen Laden. Die Adresse kannte ich, dennoch war es nicht so einfach, das Geschäft zu finden. New York war stetig im Wandel und Läden, an die ich mich von damals erinnerte, waren nicht mehr da. Vieles sah anders aus. Die Stadt war bunter und unübersichtlicher als in meinen Erinnerungen.

Als ich das Handy zückte, um online erneut nach der Adresse zu suchen, hörte ich sanfte Gitarrenmusik und blieb vor einem riesigen Schaufenster stehen. Ich wusste sofort, dass ich endlich angekommen war.

Der Schriftzug *MaryC* war groß auf der Scheibe zu lesen. Alina hatte schon früh gewusst, welchen Namen ihre Modelinie haben sollte. *Mary* für ihre Mutter und das *C* stand für Carla, bei der sie und ihre Geschwister aufgewachsen waren.

Langsam trat ich durch die geöffnete Tür und sah mich um. Ein leiser Gong kündigte meine Ankunft an. Überall hingen Kleider an langen Stangen, das Geschäft war von innen größer, als es von außen den Anschein hatte.

Es sah nach meiner Freundin aus. Seit ich sie kannte, hatte Alina mir immer wieder davon erzählt, dass sie einst ihre eigene Boutique haben wolle. Ein zarter Rosenduft umhüllte meine Nase, ein paar weiße Kerzen brannten. In der Mitte über dem Verkaufstresen hing ein großer Kronleuchter. Links lag ein weißer Teppich, auf dem ein Sofa mit Tisch stand. Auf der gegenüberliegenden Seite ein ähnliches Bild, drei rote Sessel, auch davor ein Tisch. Es sah alles so edel und schick aus, genau so, wie ich es mir vorgestellt hatte, wenn sie mir von ihren Träumen berichtet hatte.

»Ich komme sofort zu Ihnen, sehen Sie sich schon mal etwas um«, erreichte mich die sanfte Stimme von Alina aus einem Raum im hinteren Teil des Geschäftes.

Ich lächelte.

Wenige Sekunden später tauchte sie auf und sah mich irritiert an. Immer wieder blinzelte sie und kam dann schnell auf mich zu, um mir um den Hals zu fallen. »O mein Gott, Carlie, ich kann es gar nicht glauben.«

»Hi.«, begrüßte ich sie freudig. Erst jetzt realisierte ich richtig, dass ich in New York war.

»Ich kann es nicht glauben«, sagte sie noch einmal. »Was machst du hier?«

»Du heiratest am Samstag, schon vergessen?«, lachte ich.

Lächelnd sah sie mich an. »Ich hätte nie gedacht, dass du wirklich kommst. Setz dich. Willst du einen Kaffee?«

»Gern.« Ich setzte mich auf einen der Sessel und betrachtete noch einmal in aller Ruhe Alinas Traum. »Es ist schön hier.«

»Ja. Ich liebe es noch immer.« Alina verschwand, um uns einen Kaffee zu holen. Nur wenige Minuten später kam sie zurück. »Da du ja jetzt doch gekommen bist, willst du dein Kleid sehen?«

»Mein Kleid? Ich hab eins dabei.« Vor ein paar Tagen hatte ich zusammen mit Diana ein blaues Kleid gekauft, das mir bis zu den Knöcheln reichte. Der zarte Ausschnitt, der mein Dekolleté betonte, in Kombination mit den dünnen Trägern, die meine Schultern bedeckten, hatten mir sofort zugesagt. Ich fand es wunderschön und dachte gar nicht daran, etwas anderes anzuziehen. Wie war Alina überhaupt auf die Idee gekommen, ich würde ein Kleid brauchen? Warum hatte sie eines geschneidert, wenn sie ohnehin dachte, dass ich nicht kommen würde? Das war typisch für sie. Ich hoffte nur, die richtigen Worte zu finden und sie nicht vor den Kopf zu stoßen.

Alina grinste zaghaft. »Du brauchst aber das gleiche Kleid, das meine anderen Brautjungfern tragen.«

»Was?«

»Meine Brautjungfern«, wiederholte sie. »Ich hatte zwar mit vieren geplant, aber da wird sich noch ein fünfter Mann finden.« Alina lächelte und trank von ihrem Kaffee. »Ich habe dein Kleid entworfen und fertig genäht, aber da ich nicht sicher war, ob du kommst, habe ich dir nichts davon erzählt.«

Sie sprang auf und verschwand im hinteren Bereich des Geschäftes. Bis sie wieder da war, gelang es mir nicht, ihre Aussage zu verarbeiten.

»Hier ist es.« Alina stand mit einem roten Kleid aus Seide vor mir. »Komm und zieh es an, ich muss sicher noch etwas ändern, aber das ist kein Problem, ich freu mich ja so.«

Ich war überfordert und wusste nicht, was ich sagen sollte. Meine Worte musste ich sorgfältig wählen, um sie nicht zu verletzten. »Ich kann nicht deine Brautjunger sein, es tut mir leid.«

Das Lächeln auf ihren Lippen gefror, ihr Mund klappte auf, als wollte sie etwas sagen, doch die Worte schienen ihr zu fehlen.

»Das ist ein so nettes Angebot, aber ich möchte das nicht. Ich habe nicht erwartet, dass du das willst, sonst hätte ich dir das viel eher gesagt. Ich weiß das sehr zu schätzen, aber es geht nicht.«

Alina ließ die Schultern hängen und sah mich fassungslos an. »Aber warum? Es war doch schon immer klar, dass du meine Brautjungfer wirst und ich deine.«

»Du kannst doch nicht davon ausgehen, dass etwas, was wir vor zehn Jahren wollten, heute noch immer so ist.« Es freute mich zwar, dass sie an diesem Versprechen festhalten wollte, aber in den letzten Jahren war so viel passiert. Ich hatte nicht gedacht, dass sie noch immer darauf bestehen würde.

»Ich versteh das nicht.« Alina klang traurig. »Du bist doch jetzt hier, sogar früher als geplant. Ich dachte, du ziehst vielleicht wieder hierher.«

»Stopp. Warum denkst du das? Ich bin gekommen, weil ich euch alle so lange nicht mehr gesehen habe.«

»Aber es wäre so schön, wenn wir uns öfter sehen könnten.« Sie klang traurig, schaffte es aber auch, den Satz wie einen Vorwurf klingen zu lassen.

Ich lächelte. »Wir sollten uns nicht streiten.«

»Das stimmt.« Alina nickte, das Lächeln kehrte wieder in ihr Gesicht zurück. Die Situation entspannte sich spürbar. »Willst du nun meine Brautjungfer sein?«

»Nein.«

»Na, wenn das so ist, dann musst du auch nicht zur Hochzeit kommen.« Alina meinte das offensichtlich ernst.

Ich schüttelte den Kopf, auf diesen unnötigen Streit hatte ich keine Lust mehr. »Wenn du denkst, dass du mich ausladen musst, dann ist das so.« Ich stand auf und griff nach meiner Tasche. »Eines hat sich nicht verändert, du bist noch immer so schnell beleidigt wie früher.«

Alina zuckte mit den Schultern. Als sie das letzte Mal so überreagiert hatte, war unser Kontakt ein Jahr lang abgebrochen.

Ich warf ihr noch einen letzten enttäuschten Blick zu, dann verließ ich das Geschäft. Es ärgerte mich, dass es so hatte kommen müssen. Es war unnötig. Auf der Straße hielt ich ein Taxi an und machte mich auf den Weg zu Amy. Sollte sich Alina bei mir entschuldigen, würde ich zu ihrer Hochzeit kommen. Wenn nicht, dann würde ich Ende der Woche schon nach Hause fliegen, was ich zwar schade fand, doch es war nicht zu ändern.

Kapitel 14

Carlie, 2015

Eine Stunde später stand ich vor der Tür von Amy, Jackson und ihren drei kleinen Kindern. Die fünf lebten noch immer in dem Apartment in Manhattan. Ich hoffte, dass es hier besser laufen würde als bei Alina.

Nach meinem Klingeln dauerte es nur wenige Sekunden und Jackson öffnete mir die Tür. Er lachte und zog mich in seine Arme, es fühlte sich vertraut und geborgen an, wie früher.

Ich merkte erst jetzt, wie sehr ich ihn vermisst hatte.

»Verdammt, was machst du denn hier?« Wir lösten uns aus unserer Umarmung und sahen einander an. »Amy, komm her, das wirst du nicht glauben.«

Auch wenn ich die beiden mindestens einmal in der Woche über Skype sah, war es etwas ganz anderes, live vor ihnen zu stehen.

»Das gibt es ja nicht!« Amy umarmte mich kurz. »Was machst du hier?«, fragte sie dann.

»Ich komme zur Hochzeit. Ich wollte etwas früher hier sein, nach der langen Zeit fühlten sich drei Tage zu kurz an.«

»Wir hätten nie gedacht, dass du wirklich herkommst.«

»Das stimmt.« Jackson nickte und bekam dann große Augen. »Verdammt, du bist hier. Das heißt, ich hab die Wette verloren.« Er wandte sich seiner Frau zu, die lachte. » Ich muss Becky anrufen.« Jackson drehte sich um und lief in die Küche.

»Eine Wette?«, hakte ich nach. »Wer hat denn alles mitgemacht?«

»Es ginge schneller, wenn ich sagen würde, wer nicht«, sagte sie und wir lachten beide. »Möchtest du einen Kaffee?«

Ich nickte und folgte Amy in die Küche.

»Wo wohnst du denn?«, wollte sie wissen. »Hoffentlich nicht in einem Hotel.« Dann wandte sie sich an Jackson. »Daniel kann die nächsten Tage bei uns schlafen, wir haben doch das Schlafsofa, das kann Carlie haben.«

Ihr Mann wollte gerade aufstehen, doch ich hielt ihn zurück und erzählte, dass ich die nächsten Tage bei Jake wohnte. Im selben Atemzug berichtete ich von dem Besuch bei Alina.

»Meine Schwester hat ihren eigenen Kopf, wie du weißt«, bemerkte Jackson passend und stand auf. »Mach dir keine Gedanken, Alina hat es nicht so gemeint. Ich werde dann die Mädchen aus dem Kindergarten abholen.«

»Hauptsache, es dauert nicht wieder ein Jahr, bis sie sich bei mir meldet.« Ich seufzte.

Jackson lachte und sah zur Uhr. »Oder soll ich Rob anrufen, er kann Sarah und Lilly doch auch abholen.«

Amy schüttelte sofort den Kopf. »Überfordere

deinen Bruder nicht, er kann sich nicht um drei Kinder und um Irina kümmern. Siehst du noch kurz nach, ob Daniel noch schläft?«

»Klar.« Dann zuckte Jackson mit den Schultern. »Du hast dich um vier Kinder gekümmert.« Er griff nach seinen Schlüsseln und verließ dann die Küche.

Ich wusste, dass sich Amy nach der Geburt der Zwillinge auch um Jane gekümmert hatte. Das hatte sich nicht geändert, nachdem Daniel auf der Welt war. Amy hatte diese Belastung nur meinetwegen gehabt. Ich schüttelte den Gedanken schnell ab, das war Vergangenheit und jetzt nicht mehr zu ändern. Es belastete mich nur unnötig.

Wenig später saßen Amy und ich allein in der Küche, sie erzählte mir von dem Haus, das sie gekauft hatten, und zeigte mir die neusten Fotos. Sie wollten schon längst in der Vorstadt leben, doch die Renovierung nahm mehr Zeit in Anspruch als geplant.

Es war schön, endlich wieder mit ihr an einem Tisch zu sitzen und zu reden. Auch wenn wir viel Kontakt hatten, war das hier etwas ganz anderes. Während Amy von ihrem Haus schwärmte, wurde mir eines klar: Amy und Jackson führten ein komplett anderes Leben als vor vier Jahren, eines, in das ich nicht mehr passte, so fühlte es sich zumindest an.

Amy füllte meine leere Tasse mit einem frischen Kaffee und musterte mich. »Dieses Ausdruck kenne ich«, bemerkte sie und ich sah sie fragend an. »Den hattest du vor vier Jahren auch oft. Was ist los?«

Ich schüttelte lächelnd den Kopf. »Es ist komisch, wieder hier zu sein. Mehr nicht.«

Amy wollte etwas sagen, doch wir wurden von zwei lachenden kleinen Mädchen unterbrochen, die in die Küche stürmten. »Hallo, Mama«, riefen beide fröhlich und gaben ihrer Mutter einen Kuss. »Wer bist denn du?«, fragte Lilly dann.

»Das ist Carlie, eure Tante. Carlie, das sind Sarah und Lilly.«

»Hallo«, sagten beide und rannten dann zusammen aus der Küche. »Cool, ich wusste gar nicht, dass wir noch eine Tante haben«, hörte ich Lilly noch.

»Das ist die aus dem Laptop.«

»Ach so.« Dann waren sie in ihrem Zimmer.

»Die beiden sind wirklich süß. Es ist schön, sie endlich live zu sehen.«

Amy lachte und goss mir einen weiteren Kaffee ein.

Mein Handy piepte, woraufhin ich es aus der Tasche zog.

Es tut mir Leid! Komm bitte zu meiner Hochzeit. Du musst auch keine Brautjungfer sein. Alina

Ich freute mich, dass sie zur Vernunft gekommen war. Gleichzeitig war ich aber auch traurig, dass es mit ihr so schwierig war.

Ich komme natürlich gern.

Ich steckte das Handy ein und sah wieder zu Amy auf. »Kommen du und Alina jetzt besser miteinander aus?«

Amy lachte kurz. »Es geht, sie wird nie meine beste Freundin werden, aber für den Familienfrieden haben wir sozusagen Waffenstillstand geschlossen.«

»Deshalb bist du auch ihre Brautjungfer?«

»Eigentlich wollte ich gar nicht. Aber du kennst ja Alina, wenn sie sich etwas in den Kopf setzt, ist es nicht leicht Nein zu sagen.«

»Ach Mädels«, hörten wir Jackson aus dem Wohnzimmer rufen, »ist es okay, wenn Rob noch kommt? Jane und Irina würden auch mitkommen.«

Amy sah mich fragend an.

Ich nickte, auch wenn ich unsicher war, ob ich Rob sehen wollte. Und dazu noch seine neue Freundin. Ich wusste kaum etwas über sie. Lediglich, dass die beiden seit fast drei Jahren zusammen waren.

»Sie können kommen«, antwortete sie Jackson und wandte sich wieder mir zu. »Bist du sicher?«

»Gut, dann sag ich ihm Bescheid«, kam es aus dem Wohnzimmer.

»Kannst du nicht herkommen? Musst du so schreien?«, rief Amy zurück.

Jackson lachte nur.

»Ist es echt okay für dich?«, fragte sie erneut.

»Ja. Auf der Hochzeit werde ich ihn eh sehen.« Daher war es gar nicht so schlecht, unser Aufeinandertreffen früher stattfinden zu lassen. Wir könnten vielleicht sogar schon kurz reden, um eine angespannte Stimmung zu vermeiden.

Amy lächelte. »Rob muss nicht kommen, wenn du das nicht willst. Ich will nicht, dass du jetzt schon gehst, wo wir uns so lange nicht gesehen habe.«

»Es ist wirklich okay.«

»Ich bin froh, dass es dir gut geht und du zu der lebensfrohen und selbstbewussten Frau geworden bist, von der immer alle erzählt haben. So gefällst du mir viel besser.«

»Und mich freut es, dich ohne diesen großen Babybauch zu sehen.«

»Du kannst dir nicht vorstellen, wie sehr mich das freut«, sagte sie und wir lachten beide.

**

Später am Tag saß ich mit Amy und Jackson in ihrem Wohnzimmer. Eine halbe Stunde zuvor waren Alina und ihr Verlobter Chris gekommen.

Sie war sofort auf mich zugestürzt, hatte mich in den Arm genommen und sich bei mit entschuldigt. Doch es dauerte nicht lange, dann fing sie wieder damit an, dass ich doch bitte ihre Brautjungfer werden sollte. Zum Glück gelang es Chris, sie zu überzeugen, dass es so kurz vor der Hochzeit nicht möglich sei, alles noch mal umzuplanen. Immerhin müsste ein weiterer Trauzeuge gefunden werden. Die Planung sei abgeschlossen, die Musik genau eingestimmt. Erst sah Alina das ein, doch dann wollte sie plötzlich Irina als Brautjungfer durch mich ersetzen.

Das wiederum wollte ich absolut nicht. Das hieße nicht nur, ich würde Robs neue Freundin ersetzen, ich müsste auch mit ihm zum Altar laufen und das wollte ich schon gar nicht. Erst nachdem ich Alina gedroht hattee, nicht zur Hochzeit zu kommen, sah sie es ein und akzeptierte, dass ich nur ein normaler Gast sein würde. Dennoch wusste ich, dass sie die nächsten Tage eine Lösung suchen würde, um doch an ihr Ziel zu kommen.

»Was machst du denn so auf deiner Arbeit?«, fragte mich Alina.

»Momentan arbeite ich in einem kleinen Krankenhaus auf der Kinderstation. Zurzeit habe ich ganz selten Fälle, bei denen die Kinder beide Elternteile verloren haben. Sollten die Kinder also ihre Eltern verlieren oder auch nur einen Elternteil, dann rede ich mit ihnen. Ich höre ihnen zu, ich bin da, wenn sie Fragen haben, ich bin auch ein wichtiger Ansprechpartner für die verbliebenen Elternteile oder die nächsten Verwandten des Kindes. Ich erstelle Therapiepläne und arbeite mit den Kindern an ihrem Trauma.«

»Das hört sich interessant an«, kam es von Chris. »Willst du nur mit Kindern arbeiten oder auch mit Erwachsenen?«

»Nur mit Kindern. Bei Jane habe ich damals einfach gemerkt, wie wichtig es ist, dass sie jemanden hat, der für sie da ist und versteht, wie es ihr geht. Meine Mutter starb zwar, als ich schon siebzehn war, dennoch weiß ich, wie es ist, wenn man einen Elternteil verliert.«

»Der Mann meiner Schwester ist Psychologe«, sagte Chris. »Ihr solltet euch auf der Hochzeit unterhalten, er kann dir sicher ein paar gute Kontakte vermitteln.«

Ich lächelte begeistert. »Danke, das hört sich wirklich gut an, das Angebot nehme ich gern an.«

»Diese Arbeit könntest du doch überall machen.«

»Alina!«, ermahnte ich sie. »Ich hab dir heute Morgen etwas gesagt. Außerdem eröffne ich bald meine Praxis.«

»Ist ja gut, ich dachte nur«, ruderte sie kleinlaut zurück.

»Ich will nichts mehr hören, ich habe mir ein neues Leben aufgebaut. So sehr ich euch auch vermisse und mich freue, dass ich jetzt hier bin, ich will nicht mehr nach New York zurück.«

»Das ist zwar schade, aber ich versteh dich«, warf Amy ein. »Ich habe es auch geliebt, in Los Angeles zu wohnen. Es ist schön dort. Die Sonne scheint praktisch immer.«

Alina schnaubte und sah ihre Schwägerin an. »Dass du wieder auf ihrer Seite bist, war ja klar.«

»Geht das jetzt schon wieder los?«, stöhnte Jackson genervt. »Ich dachte, das hätten wir langsam hinter uns. Wir wissen ja, dass ihr euch nicht sonderlich leiden könnt, aber es nervt immer noch.«

»Ist ja schon gut.« Alina schüttelte dennoch unverständig den Kopf. Sie hatte sich kaum verändert.

»Ich bekomme langsam echt Hunger«, stöhnte Jackson.

Auch das hatte sich nicht verändert, bemerkte ich und musste lächeln.

»Du wirst doch wohl noch etwas Geduld haben. Rob müsste auch bald kommen«, sagte Alina.

Es war seltsam, ihn gleich zu sehen. Wie würde es sein? Was würde er sagen? Würden wir überhaupt miteinander reden oder uns aus dem Weg gehen? Ich schüttelte kurz den Kopf, ich wollte darüber doch gar nicht nachdenken.

Wenig später klingelte es schon, Jackson stand auf und öffnete die Tür.

Langsam drehte ich mich um und plötzlich sah ich ihn. Rob kam mit Jane an der Hand zur Tür rein, sie war so gewachsen und eine hübsche junge Dame geworden. Blonde Locken fielen über ihre Schultern. Ab und an hatte ich Jane auf Fotos gesehen, doch das war nicht oft der Fall gewesen. Es war schön, sie jetzt zu sehen und ihr Lachen zu hören, das hatte mir gefehlt.

Lächelnd sah ich zu Rob auf. Er hatte sich kaum verändert, er sah beinahe noch genauso aus wie vor vier Jahren, nur etwas erwachsener. Seine Haare waren noch immer so lang und unordentlich wie früher. Ich erinnerte mich daran, wie ich durch sie hindurchgefahren war, der Duft seines Shampoos kroch wieder in meiner Nase und erinnerte mich an früher. Er hatte ein paar Kilo abgenommen, nicht viel, höchstens fünf. Rob sah aus wie der Mann, in den ich mich einst verliebt hatte.

Dann war die sanfte Stimme einer Frau zu hören.

Er fing an zu lachen und drehte sich zu ihr.

Ein wohliger Schauer fuhr über meinen Körper, ich hatte es vermisst, ihn lachen zu hören.
Ich entspannte mich etwas.

Hinter ihm tauchte eine junge blonde Frau auf,
vermutlich seine Freundin. Es versetzte mir ein
Stich ins Herz.

Irina, so war ihr Name, ich hatte ihn jetzt ja schon
oft genug gehört. Sie trug ein enges schwarzes
Kleid, das ihr bis knapp unter die Knie reichte,
dazu flache Schuhe und eine weiße Strickweste.
Lange, blonde Haare fielen über ihre Schultern.
Auf ihren Lippen ein sympathisches Grinsen.

Dann fiel mir Blick auf etwas anderes und kurz
blieb mein Herz stehen.

Kapitel 15

Rob, 2012

Ich zog Irina noch ein Stück an mich und drückte ihr einen sanften Kuss auf ihr gewelltes, nach Pfirsich duftendes Haar. Wir saßen auf einer Bank, vor uns eine Blumenwiese, summende Bienen flogen von einer Blüte zur nächsten. Die Sonne wärmte unsere Haut. Abgesehen von ein paar spielenden Kindern waren wir fast ungestört in dem kleinen Park.

Sie lächelte, schloss ihre grauen Augen und schmiegte ihren Kopf an meine Brust, einzelne Haarsträhnen kitzelten meine Wange.

»Geht es dir gut?«, wollte ich wissen.

»Es ging mir nie besser«, murmelte sie zufrieden.

Ich drückte ihre Hand fester, streichelte mit dem Daumen über ihren Handrücken. Es tat gut zu hören, dass es ihr gut ging, das machte mein Herz etwas leichter.

Wir waren jetzt etwa vier Monate zusammen. Nach der kleinen Rettungsaktion in dem Café hatten wir ein paar Dates gehabt und uns ineinander verliebt. Irina war so entspannt, lachte dauernd und zog mich mit ihrer guten Laune in den Bann. Sie hatte mich aus einem tiefen Loch geholt und mir gezeigt, dass ich nicht länger trauern durfte. Zu Beginn war es seltsam gewesen, doch mit der Zeit gewöhnte ich mich daran, eine andere Frau als Carlie in meinem Leben zu haben.

»Sollen wir noch ein Stück gehen?«, fragte ich.

Irina nickte, woraufhin wir aufstanden und ich nach ihrer Hand griff. Kurz beobachtete sie zwei Schmetterlingen, die vor unseren Augen um eine Mohnblume tanzten, dann gingen wir weiter. Ein warmer Windhauch streifte unsere Arme.

Wir waren in New Orleans und besuchten meine Eltern. Sie hatten am Tag zuvor Irina kennengelernt und sich sofort gut mit ihr verstanden. Meine Mutter hatte sie gleich mit offenen Armen empfangen. Carla war bestimmt glücklich, dass ich den Weg zurück aus diesem schwarzen Loch gefunden hatte. Als Irina dann beim Abendessen das Kartoffelpüree lobte, war es um meine Mutter endgültig geschehen. Später hatte sie Bilder von mir und meinen Geschwistern aus frühster Kindheit rausgeholt. Ein Einblick, den Carla für gewöhnlich nicht so früh gewährte. Vor diesem Treffen war ich nervös gewesen, ich hatte mir lange nicht vorstellen können, meiner Familie eine neue Frau an meiner Seite zu präsentieren. Aber mit Irina fühlte ich mich wieder freier, die Schuldgefühle wurden langsam kleiner.

Längst hatte ich akzeptiert, dass ich Carlie nicht mehr zurückbekäme. Irina hatte mir dabei geholfen. In den ersten Wochen unserer Beziehung hatte ich viele Zweifel gehabt, doch nach und nach hatte ich gemerkt, dass es mir guttat, eine neue Partnerin an meiner Seite zu haben.

An dem Abend, als ich ihr von Carlie erzählt hatte, fühlte ich mich zum ersten Mal befreit. Wir hatten die ganze Nacht geredet, Irina hatte mir nur zugehört, ihre grauen Augen nicht von mir gewandt und nicht einmal mit der Wimper gezuckt, als ich ihr von den letzten Monaten unserer Beziehung berichtet hatte. Natürlich war meine Angst groß gewesen, dass ich sie damit abschrecken könnte, dem war zum Glück nicht so gewesen. Aber ich hatte durch die Gespräche noch mehr erkannt, was ich Carlie angetan hatte. Wie sehr ich ihre Gefühle mit Füßen getreten hatte. Es tat mir im Herzen weh, wenn ich daran dachte.

»Wollen wir heute Abend vielleicht etwas Essen gehen? Nur du und ich?«, unterbrach Irina meine Gedanken.

Ich lächelte sie an. »Gern.«

»Ich finde es schön, dass wir ein paar Tage für uns haben. Du wirkst auch viel entspannter.«

»Ich genieße einfach die Zeit mit dir und meinen Eltern, ich sehe die beiden so selten. Außerdem bin ich froh, dass sie dich mögen.«

»Warum auch nicht? Mich kann man nur gernhaben.« Irina lachte fröhlich. »Ich finde Peter und Carla auch richtig nett. Ich hatte etwas Angst, bevor wir hergekommen sind, die ist jetzt aber verschwunden.«

»Wovor hattest du Angst?«

»Vor ein paar Tagen hat mir Alina erzählt, dass deine Mum vor Kurzem erst in Los Angeles war, um Carlie zu treffen. Sie scheint ihnen noch immer viel zu bedeuten.«

Völlig überrumpelt blieb ich stehen. Mir war

klar, dass meine Eltern und Carlie Kontakt hatten, doch dass meine Mutter in L.A. gewesen war, hörte ich gerade zum ersten Mal. Nachdem sie von der Trennung erfahren hatte, hatte sie zu mir kommen wollen, um mich mit Jane zu unterstützen. Das hatte ich abgelehnt, woraufhin sie gefragt hatte, ob es in Ordnung sei, wenn sie Carlie besuchen würde. Weder damals noch heute hatte ich ein Problem damit.

Ich sah Irina an, strich eine Strähne ihres Haares hinter das Ohr und streichelte sanft über ihre Wange. »Wir waren lange zusammen. Aber du bist jetzt an meiner Seite. Meine Eltern lieben dich, glaub mir das.« Diese Worte schienen sie zu erleichtern, ein Lächeln huschte über ihr Gesicht. »Ich liebe dich.«

Ihre Augen strahlten, das Lächeln auf ihren Lippen wurde breiter. »Ich liebe dich auch.«

Es war das erste Mal, dass ich diese Worte zu ihr und somit zu jemand anderem als Carlie gesagt hatte. Obwohl ich mich in diesem Moment bemühte zu lächeln und Irina küsste, fühlte ich mich schlecht. Meine Gedanken kreisten zu oft um Carlie. Das war Irina gegenüber nicht fair, dessen war ich mir bewusst.

Kapitel 16

Carlie, 2015

»Warum die Nachricht, dass ich dich anrufen soll? Ist etwas passiert?«, fragte Diana aufgeregt.

»Nein, ich musste nur mit dir reden«, antwortete ich möglichst entspannt.

»Wie ist es in New York?«

»Alles vertraut und dennoch so ungewohnt.«

»Und was stimmt nicht?«

»Nichts«, murmelte ich.

»Komm schon«, erwiderte sie ungläubig. »Du schreibst mir eine Nachricht, dass ich dich anrufen soll, und zwar sofort und du hörst dich echt seltsam an. Hast du ihn gesehen?«

»Ja.«

»Und? Sieht er immer noch so gut aus?«

»Diana«, rief ich lachend. »Ja, er sieht gut aus.«

»Wo ist dann das Problem? Schnapp ihn dir, gegen Sex mit dem Ex gibt es nie etwas einzuwenden.«

»Wir sind beide in einer Beziehung«, erinnerte ich sie.

»Stimmt. Sorry. Also, sag schon, was los ist.«

»Er ist mit seiner Freundin da.« Ich musste einmal schlucken, ehe ich weiterreden konnte. »Sie ist schwanger. Ihr Bauch ist kugelrund, in ein paar Wochen muss es schon so weit sein.«

»Oh.« Es folgte eine Pause, ehe sie gestand: »Ich versteh nicht recht, was daran jetzt schlimm ist.«

»Als ich das sah, wurde mir klar, dass er erneut Vater wird. Und ich schon wieder nicht die Mutter bin.« Es folgte eine Pause, in der mir bewusst wurde, was ich gesagt hatte. Das hörte sich absurd an. War ich eifersüchtig, weil ich nicht die Mutter seines Kindes war? Nein, das konnte nicht sein. Das durfte gar nicht sein.

»Bitte, was? Ich dachte, da sind keine Gefühle mehr.« Diana klang entsetzt.

»Ja, das ist ja auch so.«

»Dann erklär es mir.«

»Ich weiß es doch auch nicht«, erwiderte ich schwer seufzend.

»Ist er noch in der Nähe?«

»Im Wohnzimmer. Ich hab mich im Bad versteckt.«

»Jetzt geh da wieder rein und rede mit ihm. Was ist denn in den letzten vierundzwanzig Stunden passiert?« Sie klang aufgebracht. »Du warst eine taffe Frau, als du losgeflogen bist. Jetzt rufst du mich an, weil dein Ex Vater wird. Ich verstehe das nicht. Du wusstest doch, dass er eine Freundin hat. Willst du ihn doch zurück?«

»Nein.« Ich dachte kurz darüber nach, doch ich kam zum gleichen Schluss. »Nein, will ich nicht. Es ist nur … Ich weiß auch nicht, es ist verrückt.«

»Das glaube ich dir, aber es ändert nichts.«

»Vielleicht sollte ich zurückkommen«, sagte ich hilflos. Dabei wusste ich selbst, dass es eine dumme Idee war.

»Was soll denn das? Du bist nicht seinetwegen dort, sondern wegen seiner Schwester, die heiratet. Wir legen jetzt auf und du gehst wieder rein und alles ist gut.«

»Du hast ja recht, ich weiß auch nicht, was plötzlich los war. Ich musste einfach kurz mit dir reden«, murmelte ich verlegen.

»Du darfst mich auch gern wieder anrufen, aber nicht so verzweifelt, nur weil dein Ex, von dem du nichts mehr willst, seine Neue geschwängert hat. Das passt so gar nicht zu dir.«

»Du hast ja recht.«

»Dann hätten wir das ja geklärt. Viel Spaß noch«, verabschiedete sich Diana lachend.

»Danke.«

Als ich auflegte, fühlte ich mich noch immer nicht besser und dachte sogar kurz darüber nach, Lynn anzurufen, doch sie würde mir dasselbe sagen.

Ich schlich aus dem Bad und suchte verzweifelt nach einem Vorwand, um aus der Wohnung zu verschwinden. Ich war vollkommen verwirrt, ich hatte mit vielem gerechnet, aber auf keinem Fall damit, dass Rob erneut Vater werden würde.

Diana hatte recht.

Ich war über ihn hinweg, ich war nicht mehr in ihn verliebt und wollte auch keine Beziehung mehr mit ihm eingehen. Doch ihn da so zu sehen ... Wie er sie so glücklich ansah, war ein seltsames Gefühl. Das hatte mich aus der Bahn geworfen. Jahrelang hatte ich, wenn ich an meine Zukunft und an Kinder dachte, Rob als einen Teil davon gesehen. In den letzten vier Jahren hatte ich gar nicht mehr an Kinder gedacht. Jetzt wurde mir klar: Sollte ich einmal Mutter werden, dann würde nicht Rob der Vater sein. Schlagartig wurde mir schlecht. Ich schlich mich am Wohnzimmer vorbei und wollte die Wohnungstür öffnen, um zu gehen.

»Carlie?«

Ich drehte mich erschrocken um, Jackson war hinter mir aufgetaucht.

»Alles okay?«, fragte er und kam zu mir.

Ich befand mich in einer Starre. Wusste nicht, was mit mir los war.

Jackson sah mich besorgt an.

Nachdem ich Luft geholt hatte, versuchte ich, die Lüge halbwegs glaubhaft über die Lippen kommen zu lassen. »Ja. Das war Diana. Meine Mitbewohnerin, sie wollte mir nur was Wichtiges erzählen.«

»Ah ja.« Jackson schüttelte nachdenklich den Kopf. So, wie er mich musterte, wusste er ohne Frage, dass ich gelogen hatte. »Kommst du wieder mit rein?«

»Ich muss gehen«, brach es aus mir heraus.

»Kommst du doch nicht damit zurecht, Rob zu sehen? Wenn es so ist, schicke ich ihn sofort weg, gar kein Problem.«

»Nein. Das ist es nicht. Ich hab nur ganz vergessen, dass ich auf Vanessa aufpassen wollte. Jake hat einen wichtigen Termin und ich hab ihm versprochen, ich würde mich um die Kleine kümmern.«

Jacksons Augen weiteten sich. »Du kommst also zum ersten Mal seit vier Jahren wieder her, um dann den Babysitter zu spielen?«

»Ja.« Ich nickte und wusste, dass er mir weiterhin kein Wort glaubte. »Weißt du, ich bin noch müde vom Flug und es war ein langer Tag, da tut mir etwas Ruhe gut.«

»Kommst du noch kurz mit rein? Wenigstens um dich zu verabschieden?«

In das Wohnzimmer? Rob sehen? Mit ihm reden? Mein Herz raste, mir wurde heiß und kalt zugleich. Wenn ich nur daran dachte, ihn zu sehen, wurde mir übel. »Ich bin wirklich schon spät dran.« Ich musste weg von hier.

»Soll ich dich dann wenigstens fahren?«

Ich schüttelte den Kopf. »Ich nehme ein Taxi.«

»Dann komm gut nach Hause. Wir sehen uns?«, fragte er mit forschendem Blick.

»Natürlich. Amy hat mich ja für morgen zum Essen eingeladen, spätestens morgen Abend sehen wir uns.«

»Dann bleib aber, bis ich zu Hause bin. Ich bin auf Sendung.«

Ich lächelte. »Da freu ich mich schon drauf, das erste Mal, dass ich dich bei deiner Arbeit sehen kann.« Endlich konnte ich ihn live sehen und nicht nur über *YouTube*.

Auch Jackson lächelte. »Für dich geb ich mir extra viel Mühe.« Er nahm mich kurz in den Arm und dann verabschiedeten wir uns voneinander.

**

Mein Weg führte mich nicht sofort zurück zu Jake, sondern durch die Straßen von New York. Und ohne dass ich es gewollt hatte, stand ich plötzlich vor dem Haus, in dem wir vor vier Jahren gewohnt hatten. Kurz darauf befand ich mich auf dem Dach des Gebäudes. Rob war schon lange ausgezogen, daher war es mir leichtgefallen, in das Haus zu gehen. Es war einer der wenigen Orte, an denen ich in Ruhe nachdenken konnte, hier oben hatte ich früher an warmen Tagen oft für mein Studium gelernt. Und doch fragte ich mich nun, warum ich ausgerechnet hier gelandet war.

Ich stöhnte. Hier stürmten zu viele Erinnerungen auf mich ein, die ich in den letzten Jahren zu vergessen versucht hatte. Ich erinnerte mich an unser erstes Date, den ersten Kuss und unser erstes Mal. Ich dachte an all die schönen Zeiten und fragte mich, was wohl gewesen wäre, hätten wir die damaligen Differenzen überstanden. Ich war nicht sicher, ob es an New York lag, dass ich mich an so vieles erinnerte oder doch an mir und der Tatsache, dass er vor etwa einer Stunde vor mir gestanden hatte.

Völlig in Gedanken saß ich da und starrte vor mich hin. Ich stellte mir die Frage, ob es wirklich eine gute Idee gewesen war, nach New York zu kommen. Das Aufeinandertreffen mit Rob machte mir doch mehr zu schaffen, als ich erwartet hatte, und es war nicht mal zu einem Gespräch gekommen. Wenn ich ehrlich war, dann wusste ich, dass Rob nicht das Problem war. Eher seine schwangere Freundin. Was hatte das zu bedeuten? War ich doch noch nicht über unsere Beziehung hinweg?

Ich hatte Angst vor den nächsten Tagen. Würde es mir am Ende der Woche vielleicht noch schlimmer gehen als jetzt? Während ich mich fragte, ob ich doch schon nach Los Angeles zurückfliegen sollte, klingelte mein Handy.

Ich zog es aus der Tasche, las Lynns Namen auf dem Display und drückte auf *Annehmen*. »Hey.«

»Ich hab mit Diana gesprochen, ist alles okay?« Sie klang besorgt.

»Ich weiß es nicht«, erwiderte ich ehrlich.

»Erzähl, was ist passiert?«

»Eigentlich nichts. Sie stand plötzlich da, ich sah, dass sie schwanger ist, und mir wurde klar, dass er Vater wird und ich nicht die Mutter bin.«

»Ich dachte, du bist über ihn hinweg.« Lynn atmete etwas genervt aus.

»Das bin ich. Aber all die Erinnerungen kamen wieder hoch.«

»Klar, ich glaube auch gar nicht, dass sie das Problem ist und dass du nicht die Mutter des Kindes bist. Ich denke, wenn du Kyle an deiner Seite hättest, würde es dir damit schon ganz anders gehen. Es wäre zwar noch immer seltsam, aber es würde dich nicht so beschäftigen.«

»Ich weiß nicht.« Das hörte sich nicht nach einer logischen Erklärung an.

»Du hättest nicht allein fliegen sollen. Das ist alles, was ich sagen will. Lass das Treffen auf dich wirken und stell dich morgen einer neuen Begegnung, dann wird es dir schon besser gehen.«

»Ich bin froh, dass ich dich habe.«

Lynn lachte. »Tust du mir einen Gefallen?«

»Alles, was du willst.«

»Wenn du zurückkommst, dann bitte so, wie du gegangen bist, und nicht so, wie ich dich damals kennengelernt habe – als schüchternes, in Liebeskummer badendes Mädchen.«

»Lynn«, murmelte ich, »das passiert nie wieder.«

»Das will ich auch hoffen, sonst fliege ich nach New York und trete diesem Kerl, der alle schwängert, in den Arsch.« Im Hintergrund konnte ich das Lachen eines Mannes hören. »Diana und Kyle kommen sicher auch gern mit.«

»Ist Ben bei dir?«, fragte ich, als das Lachen lauter wurde.

»Ja.«

»Dann sollten wir jetzt auflegen. Einen schönen Abend euch beiden.«

»Dir auch. Und wenn was ist, dann meldest du dich.«

»Natürlich.«

Wir legten auf und mir wurde wieder klar, was für ein Glück es war, Lynn und Diana als Freundinnen zu haben. Ohne die beiden wäre ich in den letzten Jahren oft verloren gewesen. Sie hatten mir in so vielem geholfen, obwohl mich beide kaum kannten, ob es zu Anfang der Liebeskummer war oder später mein Studium. Sie waren immer für mich da gewesen.

Nachdem mir bewusst wurde, dass es genau das Falsche war, auf dem Dach zu sitzen, verließ ich es schneller, als ich gekommen war. Es brachte mir nichts, hier zu sein und an die vergangene Zeit mit Rob zu denken. Damit musste jetzt Schluss sein.

Kapitel 17

Carlie, 2015

Ich betrat gerade das Schlafzimmer, als ich auf meinem Laptop einen eingehenden Skype-Anruf bemerkte. Schnell drückte ich auf das grüne Kamera-Symbol und sah Kyles Gesicht. Es war das erste Mal, dass ich etwas von ihm hörte, seit ich in New York war. Als ich am Sonntag gelandet war, hatte ich ihm eine Nachricht geschickt, dann aber schon geschlafen, als er angerufen hatte. Auch am Tag darauf hatten wir nicht mehr gesprochen.

»Guten Morgen.« Lächelnd setzte ich mich in einen Sessel, den Laptop zog ich auf meine Beine.

»Guten Morgen, Baby-C. Wie geht's dir? Ich hab dich hoffentlich nicht geweckt.«

»Ich war bis gerade unter der Dusche.«

Er lehnte sich zurück und grinste. »Schade, dass ich das verpasst hab. Ich freu mich, wenn du wieder da bist und wir zusammen duschen können.«

Auch ich grinste. Es tat gut, mit ihm zu sprechen. All die Sorgen, die ich wegen Rob gehabt hatte, lösten sich einfach so auf.

»Wie geht's dir?«, hakte er noch mal nach. »Diana hat mich gestern Abend angerufen und wollte, dass ich mich bei dir melde. Was ist passiert?«

»Nichts, es ist alles okay.«

»Du weißt, dass ich dir das nicht glaube. Diana würde mich nie einfach so anrufen. Du kannst mir erzählen, was passiert ist. Hast du ihn getroffen?«, fragte Kyle neugierig, was ich mit einem zögerlichen nicken bestätigte.»War das das Problem? Ist etwas passiert?«

Nun schüttelte ich den Kopf. Es war deutlich zu sehen, dass Kyle sich Gedanken machte, das hatte ich nicht gewollt. »Ich hab Rob nur kurz gesehen, das hat mich irgendwie verunsichert. Mehr nicht. Gestern Abend hab ich noch mit Lynn gesprochen. Sie war der Meinung, dass ich mich besser gefühlt hätte, wenn du bei mir gewesen wärst.«

»Dann buche ich sofort einen Flug und komm zu dir.«

»Das musst du nicht«, versicherte ich ihm. »Du musst dich um deine Eröffnung kümmern.«

»Das kann irgendjemand anderes machen, weswegen habe ich denn Angestellte? Oder wir verschieben die Eröffnung um ein paar Tage. Ich kümmere mich besser um dich. Du bist wichtiger.«

Sein Vorschlag rührte mich, dennoch schüttelte ich den Kopf. »Danke. Aber ich komme zurecht.«

»Bist du sicher?«, hakte er skeptisch nach.

»Ja.« Ich lächelte.

»Gut, wenn das so ist«, Kyle lachte kurz, »dann lass mal sehen, was du unter deinem Handtuch hast.«

Mit ihm war alles so leicht und meine Sorgen waren blitzschnell vergessen. Ich freute mich schon jetzt, ihn wiederzusehen.

**

Abends saß ich wieder in Amys Wohnzimmer. Alina war kurz nach mir eingetroffen und zusammen hatten wir es uns auf dem Sofa gemütlich gemacht. In ein paar Minuten würden die Nachrichten mit Jackson beginnen. Er hatte mich extra angerufen, um sich zu vergewissern, dass ich auch wirklich kommen und mir die Sendung anschauen würde.

Was hätte ich denn auch anderes machen sollen?

Natürlich würde ich in New York bleiben. Ich konnte nicht wieder zurück nach Los Angeles, nur um nicht auf Rob zu treffen. Ich war bereits vor vier Jahren weggelaufen. Nun war ich älter und reifer und wusste: Das würde nichts bringen. Ich wäre von mir selbst enttäuscht und würde auch all meine Freunde enttäuschen.

Rob gehörte zwar zu meiner Vergangenheit, doch das hieß nicht, dass er nicht auch in der Gegenwart ein Teil meines Lebens werden könnte.

Ich hatte mich damit abgefunden, dass er wieder Vater wurde, und jetzt, nachdem ich den ersten Schock verdaut hatte, freute ich mich sogar für ihn. Es war schön, dass Rob offensichtlich glücklich war. Ich hatte immer gehofft, dass es ihm gut ging und er mit unserer Trennung zurechtkam. Rob verdiente die kleine Familie, die er jetzt hatte.

»Gleich geht es los!«, rief Alina aufgeregt und klatschte in die Hände. »Ich freue mich so, dass du dabei bist. Stellen wir uns einfach vor, das wäre das erste Mal, dass er auf Sendung ist, dann können wir so tun, als hätte Carlie wenigstens das nicht verpasst.«

»So etwas kann auch nur dir einfallen«, stellte Amy fest und lachte.

»Ach Amy, du verstehst das nicht. Früher hat Carlie nie etwas verpasst.« Alina klang traurig.

Wann auch immer wir in den letzten Jahren miteinander gesprochen hatte, lud Alina mich zu jedem wichtigen Ereignis ein. Ich sollte nicht so viel verpassen, was im Leben meiner Familie passierte. Sie zählte mich noch immer dazu. Was mich sehr freute.

»Es geht los«, rief Alina wieder aufgeregt und stellte den Ton des Fernsehers lauter.

Ich konnte ihre Aufregung nicht verstehen, ihr Bruder ging seit zwei Jahren als Moderator auf Sendung.

»Guten Abend, New York. Herzlich willkommen zu den Abendnachrichten der *New York News*. Ich bin Richard Drewer«, begrüßte der Moderator die Zuschauer. »Den Sport heute mit Scott Biers, die News der Reichen und Schönen mit Anna Stinson und das Wetter mit Jodi Tanner.« Der Reihe nach waren die Gesichter der einzelnen Moderatoren zu sehen.

Ich sah fragend zu Amy.

Sie lächelte nur.

Alina beschwerte sich, dass sie doch davon ausgegangen sei, Jackson sei heute zu sehen.

Die Nachrichten begannen mit einem Unfall in der Nähe des Times Square, der Bericht dauerte nicht lange. Der gut gelaunte Moderator erklärte dann, dass man jetzt live ins Stadion der Yankees schalten würde, zu ihrem Moderator Jackson Hanson.

Alina sah mich aufgeregt an, auch ich staunte nicht schlecht, als ich das hörte.

»Hallo, Jackson, da ist ja ganz schön was los bei dir!«

Und dann sahen wir Jackson, der übers ganze Gesicht strahlte. »Ja, Richard, das war ein grandioser Sieg der Yankees, mit dem ihr Trainer Trey Hillman wohl in die Geschichte eingehen wird. Mit ihrem zwölften Sieg in Folge im Yankee Stadium hatten wohl viele schon gerechnet, doch dass sie mit einem vierundzwanzig Punkte-Vorsprung die Red Sox besiegen, das hatte wohl keiner erwartet.«

»Du hast das Spiel ja live verfolgt, wie war die Stimmung?«

»Einzigartig, unglaublich. Die Spannung war zu spüren, die Fans der Red Sox sind niedergeschlagen, doch das verdirbt hier keinem die Freude über unseren Sieg. Richard, du kannst mir glauben, ich bin mehr als glücklich, dass ich das hier heute erleben durfte.«

Jackson war schwer zu verstehen, hinter und neben ihm tauchten immer wieder Fans auf, die sich nicht nur in die Kamera drängten, sondern auch laut grölten.

»Ich werde mich gleich in die Umkleidekabinen der Spieler begeben, um mit ihnen ihren Sieg zu feiern.«

»Ich muss sagen, du bist wirklich zu beneiden«, sagte der Nachrichtensprecher daraufhin.

Jackson bejahte dies nur und öffnete die Tür der Umkleidekabine.

»Die Party ist ja schon in vollem Gange, das wird wohl auch noch die ganze Nacht so weitergehen.«

»Davon könnt ihr ausgehen«, stimmte Jackson zu, dann wurde sein Blick ernster, es lag aber noch immer ein breites Lächeln auf seinen Lippen. »Auf diesem Wege: Tut mir leid, Baby, ich komme heute wohl etwas später nach Hause.«

Wir lachten. Auch von dem Nachrichtenmoderator war ein Lachen zu hören.

»Ich melde mich später noch mal mit ein paar Interviews.«

»Das war Jackson Hanson, ein glücklicher Mann und einer der besten Sportreporter, den wir haben. Wir schalten später noch einmal live zu ihm. Aber zuvor zurück zu den Nachrichten aus aller Welt."

Amy stellte den Ton leiser. »Er hat heute Morgen den Anruf bekommen, dass sein Kollege krank ist, er musste gar nicht darüber nachdenken, er hat sofort Ja gesagt und war schon sehr früh im Stadion.«

»Es war wirklich schön, ihm zuzusehen«, freute ich mich.

»Wisst ihr, was das Beste ist?«, Alina klatschte erneut aufgeregt in die Hände. »Das war das erste Mal, dass er aus dem Stadion der Yankees moderiert hat, und Carlie war dabei. Wenigstens ein Ereignis, das sie nicht verpasst hat.«

»Das stimmt.« Es gab noch immer Dinge, die ich mit meinen Freunden zum ersten Mal zusammen erleben konnte. Das war ein schönes Gefühl.

»Heute gibt es zwar keine große Party, aber das ist nicht schlimm.« Alina zuckte mit den Schultern, schien aber zufrieden zu sein.

»Na ja, Jackson hat eine Party«, erinnerte uns Amy.

Das brachte Alina sofort auf dumme Gedanken. »Ob ich ihn mal anrufen soll? Dann könnten wir zu ihnen stoßen und das feiern. Das wäre doch Super, findet ihr das nicht auch?«

»Nein.« Amy lachte. »Erstens hab ich drei kleine Kinder hier, die im Bett sind, und dann arbeitet dein Bruder, du kannst ihn nicht anrufen.«

»Das nennst du Arbeit?«, fragte Alina und zeigte auf den Bildschirm. Zu sehen war eine Live-Schaltung in die Umkleidekabine zu Jackson, der eine Champagner-Dusche nahm und nicht zu Wort kam. »Ich will ja nicht direkt dorthin, aber zur After Show-Party und mit Carlie feiern.«

»Carlie will doch aber gar nicht«, sagte ich grinsend. »Ich hab auch gar nichts zum Anziehen. Also fertig mit der Diskussion. Außerdem heiratest du in ein paar Tagen, das sollte reichen.«

»Schade. Damals, als Jackson das erste Mal auf Sendung war, da hast du gefehlt. Wir haben bei Irina zu Hause gefeiert, es war seltsam ohne dich.«

Ich erwiderte nichts, es hinterließ ein schmerzhaftes Ziehen, den Namen von Robs Freundin zu hören, ich hatte noch immer ein paar Probleme damit. Zum Glück änderte Amy schnell das Thema und erzählte mir dann vom Jungesellinnenabschied, der vor zwei Wochen stattgefunden hatte und den ich zu Alinas Bedauern verpasst hatte. Das Schlimme war ja, dass ich selbst wusste, wieviel mir entgangen war und ich deswegen über mich verärgert war, doch es ließ sich nun mal nicht mehr ändern.

**

Es war mittlerweile schon fast Mitternacht. Alina war längst nach Hause gegangen, Amy holte Jackson ab.

Ich wartete auf die Rückkehr der beiden und war da, falls eines der Kinder wach werden sollte. Vom kleinen Balkon aus sah ich mir das Treiben der Stadt an. In Los Angeles lebte ich außerhalb, um diese Zeit kamen dort nur wenige Autos vorbei. Ich hatte vergessen, wie hektisch es hier mitten in der Nacht war. Doch von hier oben aus genoss ich die Ruhe und ließ in Gedanken die letzten beiden Tage Revue passieren.

Es war einiges geschehen, seit ich in Los Angeles wohnte, wir hatten uns alle weiterentwickelt. Es war gut, hier zu sein – wahrscheinlich käme ich zukünftig jedoch auch nur zu großen Anlässen her. Mein Leben spielte sich Tausende Meilen weit entfernt ab. Hier gehörte ich nicht mehr her. Es war schade, das zu wissen, doch so war das Leben. Ich hatte mich gegen New

York entschieden und das bereute ich nicht eine Sekunde. Die nächsten Tage aber würde ich genießen.

»Carlie?«

Verwundert drehte ich den Kopf Richtung Tür. Vor mir stand Rob und mir war sofort klar, dass ich heute keinen Ausweg finden würde und mit ihm reden musste. Das hörte sich ja fast an, als würde mich jemand zwingen, doch dem war nicht so. Jetzt, wo er vor mir stand, freute ich mich, ihn zu sehen.

»Hi«, grüßte ich leise.

»Darf ich?« Unsicher hielt er zwei Bierflaschen hoch.

Da musste ich lächeln und rutschte ein Stück zur Seite.

»Setz dich ruhig zu mir.«

»Hier.« Er hielt mir eine der Flaschen hin, die ich dankbar nahm.

»Ich hab euch gar nicht kommen gehört.«

Rob lächelte. »Nur ich bin hier. Jane ist mit Irina zu Hause. Ich hab einen Schlüssel für Notfälle und Amy meinte, es sei okay, wenn ich reinkomme. Du würdest sicher nicht öffnen, wenn ich klingle.«

»Und was machst du hier?« Ich sah in seine Augen und konnte nicht anders, als zu lächeln. Oft hatte ich mich gefragt, wie es sein würde, wenn ich in die grünen Augen sehen würde, in die ich mich einst verliebt hatte. Das Gefühl war jetzt ein anderes als früher. Mir gegenüber saß ein Freund, mehr nicht. Meine Bedenken vom Abend zuvor waren schlagartig fort und ich fühlte mich umgehend besser.

»Nachdem du gestern verschwunden bist, hat Jackson mit mir gesprochen. Er meinte, es wäre vielleicht besser, wenn wir beide mal allein reden.«

»Gestern war es komisch, ich war überfordert und musste mir allein Gedanken machen, aber jetzt ist alles gut.«

»Inwiefern?«, frage er und nahm einen großen Schluck von seinem Bier.

»Natürlich ist es seltsam, wir haben uns über vier Jahre nicht gesehen. Beim letzten Mal haben wir unsere Beziehung beendet. Aber als du dich gerade gesetzt hast, ist mir klar geworden, dass wir jetzt Freunde werden können.«

Rob trank wieder von seinem Bier, doch er wandte den Blick in die Ferne, statt weiterhin mich anzusehen. Hatte ich etwas Falsches gesagt? Dachte er anders über die ganze Situation? Wollte er mir sagen, dass es Irina nicht recht war, dass wir Kontakt hatten?

»Hör auf damit.« Rob lachte auf. »Ich sehe, wie deine Gedanken verrücktspielen, es ist alles gut. Ich wäre gern mit dir befreundet.«

Mir fiel ein Stein vom Herzen.

»Es ist schön, dass du hergekommen bist.«, sagte Rob mit gedämpfter Stimme.

Freudig lächelnd sah ich ihn an. »Ich bin auch froh. Ich hab New York und all das hier vermisst.« Die letzten Worte flüsterte ich.

Rob holte tief Luft. »Du hast mir gefehlt.«

Seine Worte führten dazu, dass mein Herz wild zu pochen begann. Natürlich hatte ich ihn vermisst, ich hatte unsere Beziehung vermisst, von ihm in den Arm genommen zu werden oder ihn zu küssen. Doch das konnte ich ihm nicht sagen. Hatte es etwas zu bedeuten, dass er es mir sagte?

»Wie geht es dir denn?«, unterbrach Rob meine wirren Gedanken.

Ich war froh um den Themenwechsel. »Gut und dir?«

»Auch, aber ich wollte eher wissen, was du jetzt machst. Es ist ja nicht so, dass ich nichts von dir wissen wollte ...« Er hielt kurz inne, es schien, als suche er die richtigen Worte.

»Aber du wolltest nicht die ganze Zeit an mich erinnert werden?«, beendete ich den Satz für ihn, woraufhin Rob nickte. »Mir ging es ähnlich. Es war in der ersten Zeit einfach zu schmerzhaft und irgendwann hat keiner mehr über dich gesprochen.«

»War bei mir auch so.« Erneut nahm er einen Schluck Bier. »Also, was machst du jetzt beruflich?«

»Ich arbeite mit Kindern.« Ich musste lächeln, als ich an meine kleinen Patienten dachte. »Im Moment noch im Krankenhaus, aber in ein paar Wochen eröffne ich meine eigene Praxis. Ich will in Zukunft nur mit Kindern arbeiten, die ihre Eltern verloren haben.« Ich erzählte ihm, welche Aufgaben ich hatte und dass es genau so war, wie ich es mir früher erhofft hatte.

Rob hatte noch immer ein untrügliches Gespür für meine Begeisterung. Doch er konnte mich auch immer noch so hart treffen wie kaum jemand sonst. »Dann hatte es ja für dich doch etwas Gutes, dass Jane zu uns kam.«

»Warum sagst du das?« Meine gute Laune

verschwand, ich wollte nicht, dass er so von mir dachte. Ich hatte Jane in all der Zeit vermisst, sie war mir in den gemeinsamen Monaten ans Herz gewachsen. Immerhin hatte ich nicht nur ihn verlassen, sondern auch seine kleine Tochter. Rob schien zu denken, dass mir das leichtgefallen war.

»Tut mir leid, so war es nicht gemeint, ich dachte nur ... Ich weiß auch nicht.«

»Schon okay.« Ich winkte ab. Dennoch war ich enttäuscht von ihm. Immerhin hatte ich alles für ihn aufgegeben. Seine Worte verletzten mich, aber ich wollte nicht mit ihm streiten, also wechselte ich das Thema. »Wie läuft es bei dir? Du bist jetzt ein erfolgreicher Anwalt?«

»Mehr oder weniger. Ich arbeite noch immer in der Kanzlei. Seit einem Jahr bin ich Partner.« Er strahlte.

»Das ist doch klasse.«

»Ja, es wundert mich, dass Alina dir nichts davon erzählt hat, sie hat dich doch zu allen wichtigen Partys eingeladen.«

Ja, das stimmte, doch das Leben von Rob war in den letzten Jahren an mir vorbeigezogen.

Es war schön, nun neben ihm zu sitzen. Ich war froh, dass ich mich gefangen hatte und nicht, so wie ich es gern getan hätte, zurückgeflogen war. Jetzt freute ich mich darauf, Irina kennenzulernen und mit ihr zu sprechen.

»Weißt du«, durchbrach Rob die Stille. »In den ersten Wochen habe ich wirklich gehofft, du kommst zu mir zurück, ich war so oft kurz davor, zu dir zu fliegen. Dann war es mir irgendwann egal und ich hab dich sogar etwas gehasst, es hat lange gedauert, bis ich damit klargekommen bin.«

Verwirrt sah ich ihn an.

»Egal war es mir nicht«, gibt er da zu. »Und ich hab nicht dich gehasst, dich habe ich geliebt. Ich habe gehasst, dass du einfach gehen konntest. Ich hatte Jane und musste ihr erklären, warum sie schon wieder im Stich gelassen wurde, weißt du, das war nicht einfach.«

»Für mich war es auch nicht leicht«, brach es wütend aus mir heraus.

»Das kannst du nicht vergleichen. Ich hatte ein zweijähriges Mädchen zu Hause, das gerade erst ihre Mutter verloren hatte, und der Ersatz war plötzlich auch weg.«

»Ersatz?« Ich starrte Rob fassungslos an. Was hatte er gesagt? »Ich war nur ein Ersatz?« Nun wurde ich lauter.

»Was fällt dir ein, so etwas zu sagen?« Ich stand auf und ging ein paar Schritte von ihm weg.

»Jetzt beruhig dich wieder. So war es nicht gemeint.«

»Ich soll mich beruhigen?« Ich schüttelte wütend den Kopf und funkelte ihn an. »Denkst du, es war leicht, unsere Beziehung zu beenden? Ja? Dann liegst du falsch. Ich habe wochenlang geweint und darüber nachgedacht, zu dir zu fliegen. Ich wollte einfach nur in den Arm genommen werden, von dir! Aber das ging nicht. Denkst du wirklich, das war leicht für mich? All meine Freunde aufzugeben und ein neues Leben zu beginnen? Nein, das war es nicht. Ich bin deinetwegen vier Jahre lang nicht hierhergekommen.« Ich war lauter und lauter geworden, zum Ende hin schrie ich regelrecht.

»Jetzt beruhig dich doch.« Rob sah mich hilflos an.

Ich wusste, dass das, was er gesagt hatte, nicht böse gemeint war, doch ich konnte meine Worte nicht zurückhalten.

»Ich soll mich beruhigen? Wie denn, nachdem du mir jetzt sagst, ich war nur ein Ersatz? Ich hätte alles für dich aufgegeben, ich habe alles für dich gemacht und du sagst, ich war nur ein Ersatz.«

»Das hast du falsch verstanden.«

»Sicher nicht«, schrie ich ihn an. »Das, was ich damals immer gefühlt habe, das hast du mir jetzt bestätigt. Du hast mich nicht mehr geliebt. Als Jane da war, da gab es nur noch sie für dich.«

»Carlie.« Rob klang verzweifelt. Auch er stand auf und kam einen Schritt auf mich zu.

Ich wich zurück. »Geh, bitte geh«, wisperte ich mit Tränen in den Augen. »Verschwinde.«

»Carlie.«

»Rob!« Jackson stand plötzlich in der Tür. »Du solltest jetzt gehen.«

»Es tut mir leid. Ich wollte das so nicht sagen, versteh mich jetzt bitte nicht falsch.«

»Lass sie und geh«, sagte sein Bruder mit Nachdruck.

Er nickte, sah mich noch ein letztes Mal an und ging.

Ich stand traurig und überfordert da. Warum musste das nur passieren? Monatelang hatte ich seinetwegen geweint. Als er dann endlich aus meinen Gedanken verschwunden war, dachte ich, dass das Weinen aufgehört hätte. Doch nun musste ich mich zusammenreißen und die Tränen zurückdrängen. Ich hatte jetzt schon Angst davor, auf der Hochzeit in wenigen Tagen wieder auf ihn zu treffen. Der Vorsatz, Freunde zu sein, schien für mich in weite Ferne gerückt. Wie hatte das nur so eskalieren können?

Genauso wie mit Alina am Tag zuvor. Auch mit ihr hatte ich mich gestritten, ohne dass ich es wollte. Wir hatten uns alle verändert. Plötzlich schienen mir die Beziehung mit Rob und die Freundschaft zu Alina weiter entfernt als vier Jahre. Wir lebten nicht mehr das gleiche Leben. Das würden wir nie wieder. Wenn die Hochzeit vorbei und ich wieder in Los Angeles wäre, würde ich vermutlich nie wieder hierher zurückkommen.

Warum auch?

Der Streit mit Rob hatte mir eindeutig gezeigt, dass wir die Vergangenheit ruhen lassen und es mit einer neuen Freundschaft nicht versuchen mussten. Ich hatte Tränen in den Augen, als mir klar wurde, dass ich gerade endgültig mit ihm abgeschlossen hatte.

Kapitel 18

»Es tut gut, wieder einen Kaffee mit dir zu trinken.«

»Das finde ich auch.«

Alina und ich setzten uns auf eine Bank, von der aus wir auf einen kleinen Teich schauen konnten. Es war viel los an diesem Morgen, Männer und Frauen gingen mit ihren Hunden spazieren, die wild und laut bellten. Mütter waren mit ihren Kleinkindern unterwegs, die lachten und spielten.

Oft hatte ich es vermisst, Zeit mit meiner besten Freundin zu verbringen. Es war schön, dass wir jetzt die Möglichkeit dazu gefunden hatten.

Alina hatte mich am Morgen angerufen und gefragt, ob wir uns im Central Park treffen wollten, sofort hatte ich zugesagt.

»Wie läuft es mit dir und Kyle?«, wollte Alina neugierig wissen.

Ich lächelte und beschloss, dass sie die Erste war, die von den neusten Entwicklungen erfahren sollte. »Gut. Er will, dass wir den nächsten Schritt wagen und zusammenziehen. Vielleicht sogar heiraten. Er hat mich sogar schon gefragt.«

Sie riss die Augen auf, ihr Lächeln verschwand für einen Moment, sie schluckte. »Wann?«

»Damals hatte er einen Antrag auf Hawaii geplant. Bevor ich ins Flugzeug gestiegen bin, hat er mir einen Ring geschenkt.«

Ihre Augen wurden noch größer.

»Kyle hat gesagt, ich solle darüber nachdenken, ob wir es nicht offiziell machen wollen.«

»Damit habe ich nicht gerechnet. Das bedeutet ja, du würdest wirklich für immer in Los Angeles bleiben.«

Ich nickte. Obwohl das auch ohne die Beziehung zu Kyle der Fall gewesen wäre.

»Ich weiß nicht, ob mich das freut.« Alina trank von ihrem Kaffee.

Ihre Reaktion enttäuschte mich, ich hatte damit gerechnet, dass sie sich freute. So, wie ich sie kannte, hätte sie sofort davon gesprochen, dass wir mit der Planung beginnen sollten. Doch nichts dergleichen.

»Du solltest Kyle einfach mal kennenlernen.«

Sie nickte, blieb aber noch immer stumm.

»Was ist denn jetzt dein Problem?«, wollte ich irritiert wissen.

»Ich weiß es nicht. Carlie, ich freu mich ja für dich. Wenn du ihn heiraten möchtest und denkst, dass er der Richtige für dich ist, dann bin ich auch glücklich damit. Aber mir wurde gerade bewusst, dass du nicht Rob heiraten wirst. Ich weiß, das klingt total bescheuert, aber es fühlt sich komisch an.«

Ohne dass ich es wollte, musste ich lachen. Das Gefühl, das Alina beschrieb, erinnerte mich an mein Gefühl, als ich sah, dass Rob erneut

Vater werden würde. Wir wussten beide, dass diese Beziehung der Vergangenheit angehörte. Und doch wurde mir das erst vor wenigen Tagen wirklich klar und Alina jetzt. Ich fühlte mich nicht mehr schlecht wegen meiner Gedanken, eher erleichtert, dass es ihr auch so ging.

»Ich weiß, dass es komisch ist«, stimmte ich zu, »auch wenn ich nicht mehr mit Rob zusammen bin und es auch keine Zukunft mehr für uns gibt, bin ich froh, dass die Freundschaft von dir und mir noch eine Zukunft hat.«

Alina entspannte sich und nickte. »Das bin ich auch. Ich bin so froh, dass du jetzt da bist. Ich hatte Angst, dass du nicht kommen würdest.«

»Ich hatte Angst zu kommen«, erklärte ich. »Ich hatte Angst, Rob zu sehen und an das erinnert zu werden, was ich zurückgelassen habe. Doch ich merke jetzt, dass es gar nicht so schlimm ist.«

Es war das Richtige gewesen, nach New York zu kommen, auch wenn ich nicht wusste, wann wir uns das nächste Mal sehen würden. Es tat unserer Freundschaft gut.

»Alina?« Die Stimme erkannte ich sofort. Ich drehte mich um, der Verdacht bestätigte sich. Rob stand hinter uns. Er sah seine Schwester misstrauisch an.

Hatte Alina ihn herbestellt? Das durfte doch jetzt nicht wahr sein!

»Hi«, begrüßte Alina ihren Bruder gut gelaunt.

»Was ist los?«, fragte dieser harsch.

»Ich dachte, ihr solltet reden. Ich hab gehört, dass ihr Streit hattet.«

Er schüttelte den Kopf und sah mich zum ersten Mal an. Scham lag in seinen Augen.

»Ich will, dass ihr das vor der Hochzeit klärt.«, forderte Alina bestimmend.

»Da gibt es nichts zu klären«, erklärte ich ihr sofort. »Es ist alles gesagt.«

»Carlie«, begann Rob, »das war so nicht gemeint, du hast mich falsch verstanden.« Seine Tonlage erinnerte mich an die vielen Gespräche vor unserer Trennung.

Immer wieder hatte ich ihm die Chance gegeben, sich zu erklären, und meine Meinung geändert. Doch damit war Schluss. Es gab nichts mehr zu besprechen.

»Wenn du dich besser fühlst«, sagte ich zu Alina und blickte dann zu Rob. »Ich verzeihe dir.«

»Ich sollte euch allein lassen, dann könnt ihr in Ruhe reden.«

»Musst du nicht.« Rob sah seine Schwester frustriert an. »Du hörst doch, laut Carlie ist alles gut.« Er schüttelte verbittert den Kopf.

Ich musste lachen, obwohl an dieser Situation rein gar nichts lustig war.

Er hatte sich nicht verändert, die negative Eigenschaft, die er sich vor unserer Trennung angeeignet hatte, war nicht mehr verschwunden. Noch immer erwartete er, dass man ihm verzieh und seine Fehler durchgehen ließ.

»Ich will, dass ihr das vor der Hochzeit klärt«, wiederholte sie. »Ihr werdet keine schlechte Stimmung verbreiten.«

»Werden wir nicht, wir werden nichts miteinander zu tun haben.« Rob zuckte gelangweilt mit den Schultern.

Alinas Augen weiteten sich.

»Für mich ist alles besprochen. Können wir jetzt weiter?«, wollte ich enttäuscht wissen.

Alina nickte.

Von Rob war nichts mehr zu hören, er drehte sich um und verschwand in dieselbe Richtung, aus der er gekommen war.

Ich hätte es wissen müssen.

Alina hatte sich doch nicht so sehr verändert.

Natürlich tat es mir leid, ich hätte mich gern besser mit Rob verstanden, doch es gab keine Möglichkeit mehr, dass wir Freunde werden konnten. Es war in der Vergangenheit zu viel passiert.

Kapitel 19

Carlie, 2015

»Typisch Alina.« Jackson lachte.

Ich griff nach Amys selbstgemachtem Pfirsich-Eistee und trank einen großen Schluck. Es tat gut, wie die kalte Flüssigkeit den Hals hinunterfloss. Dabei beobachtete ich zwei Schmetterlinge, die um eine der Rosen flogen, die auf dem Balkon standen. Die Sonne wärmte mein Gesicht, langsam entspannte ich mich.

»Dir ist klar, dass das nicht das letzte Mal war?«

»Natürlich«, stimmte ich Amy zu. »Ich weiß, dass sie es wieder probieren wird. Genauso, wie sie wieder fragen wird, ob ich nicht ihre Brautjungfer werden will.« Genervt lehnte ich mich zurück.

Alina war stur, sie würde weiterhin versuchen, ihren Kopf durchzusetzen. Egal, was ich oder jemand anderes wollte.

»Ihr könntet ja aber noch mal miteinander sprechen.«

Mein Blick wanderte zu Jackson.

»Es ist so viel ungeklärt zwischen euch. Wäre es nicht besser, das endlich alles gemeinsam hinter euch zu lassen?«

»Nicht, wenn es so läuft wie gestern. Ich habe keine Kraft mehr, mich weiter mit Rob zu streiten, das kann ich nicht mehr.«

»Wenn sie nicht mit Rob sprechen will, dann müsst ihr das akzeptieren.« Amy sah ihren Mann verärgert an.

»Klar.« Jackson nickte. »Carlie soll das machen, womit sie sich gut fühlt. Aber wann wirst du wieder die Möglichkeit haben, mit Rob zu sprechen? Seien wir doch mal ehrlich. Die Hochzeit von Alina und Chris wird für lange Zeit die letzte große Feier sein, bei der du dabei sein wirst. Alles, was danach kommt, wird nur mit einem von euch beiden stattfinden.«

Ich nickte.

Jackson hatte Recht.

In den letzten Jahren hatte ich oft nichts anderes gewollt, als mit Rob zu sprechen. Nach Alinas Hochzeit würden wir uns vielleicht nicht mehr sehen. Auf Dauer wollte ich mir keine Vorwürfe machen, dass so viel zwischen uns ungeklärt war.

»Denkt ihr, er hat heute Zeit?«, fragte ich, bevor ich noch länger darüber nachdachte.

»Ich kann ihm schreiben«, verkündete Jackson und griff nach seinem Handy.

Überfordert blickte ich zu Amy. »Was soll ich denn machen?«

Sie zuckte mit den Schultern. »Das wird schon das Richtige sein, es wird dir guttun, wenn ihr das klärt.«

»Rob ist in einer Stunde da.« Jackson grinste und legte sein Handy zur Seite.

**

Eine Stunde später saß ich noch immer auf dem kleinen Balkon und sah über die Stadt hinweg. War es eine gute Idee, mit Rob zu sprechen? Vermutlich war es wirklich besser, wenn wir das klärten. Doch ich hatte Angst davor. Ich wollte nicht erneut mit ihm streiten. Mir war klar, wir würden keine Freunde mehr werden. Aber es wäre schön, wenn wir nicht wieder im Streit auseinandergingen.

»Hallo.«

Ich wandte mich um, Rob stand in der Tür. Wie den Tag zuvor rückte ich ein Stück zur Seite, um ihm Platz zu machen.

Ein kurzes Lächeln bildete sich auf seinen Lippen, dann setzte er sich zu mir.

»Es ist schön, dass du da bist«, sagte ich dankbar.

»Ich bin froh, dass du noch mal mit mir sprechen willst. Mir tut wirklich leid, was ich gesagt habe.«

»Vermutlich hab ich wirklich etwas zu hart reagiert.«

»Ich bin dir deswegen nicht böse, ich kann dich sogar verstehen. Es hat mich wohl etwas überfordert, dass du wirklich hier bist. All die Jahre wollte ich dir vieles sagen und dann kommt mir etwas so Dummes über die Lippen.«

»Ich weiß nicht, ob wir Freunde sein können.«

»Dazu ist vielleicht wirklich zu viel passiert«, stimmte Rob mir zu. »Aber es ist schön, wenn wir normal miteinander sprechen können. Ich will nicht länger streiten, ich will nicht, dass wir einander hassen.« Rob lächelte.

»Ich hab dich nie gehasst.« Ohne darüber nachzudenken, legte ich meinen Kopf auf seine Schulter und schloss die Augen. Ich genoss den Moment. Wir waren allein und ungestört, in diese Situation würden wir so schnell nicht mehr kommen.

»Das ist gut zu wissen. Ich habe mich gehasst.« Überrascht hob ich den Kopf wieder an. »Wir können die Vergangenheit nicht ändern. Was passiert ist, lässt sich nicht ungeschehen machen.«

»Leider.«

»Ja, leider.«

Dann schwiegen wir. Es war erstaunlich leicht, uns auszusprechen und die Vergangenheit ruhen zu lassen.

Wir saßen nebeneinander und genossen die Stille, die zwischen uns herrschte. Kurz dachte ich wieder an früher zurück. Es gab nicht viele Momente, in denen wir geschwiegen hatten, doch wenn, dann hatte es sich nie schlecht angefühlt. Meine Großmutter hatte einmal zu mir gesagt, dass in einer Beziehung vieles wichtig sei, aber eines hätte sie an meinem Großvater besonders geliebt. Dass sich die Stunden, in denen sie gemeinsam auf ihrer Veranda gesessen und schweigend in den Garten gesehen hatten, nie unangenehm angefühlt hatten. Sie hatte mir den Rat mitgegeben, bei der Wahl meines Partners auch darauf zu achten.

»Eines muss ich aber noch wissen«, begann er irgendwann.

»Was?«

»Hast du damals wirklich etwas für Marc empfunden?«

»Wie kommst du jetzt darauf?«

Er zuckte mit den Schultern. »Es hat mich lange beschäftigt. Ich hätte nicht gedacht, dass du dich verlieben würdest, obwohl du in einer Beziehung bist.«

»Muss das jetzt sein?« Warum zerstörte er den Moment wieder?

»Ich weiß, dass wir nicht glücklich waren. Aber du hast dich oft mit ihm getroffen, das hab ich nicht von dir erwartet.«

Ich stand auf und sah Rob ungläubig an. Vor ein paar Minuten hatten wir beschlossen, die Vergangenheit ruhen zu lassen. Es hätte klappen können. Ich hätte ihm keine Vorwürfe mehr gemacht. »Und ich hatte nicht gedacht, dass du mich betrügen würdest. Wir haben uns beide getäuscht.«

»Du hast dich über Wochen mit einem anderen Mann getroffen.«

»Warte. Willst du jetzt sagen, das war schlimmer als das, was du gemacht hast?« Entsetzt sah ich ihn an.

»Nein, natürlich nicht.«

Ich konnte Robs Blick nicht deuten. Ja, es war nicht richtig gewesen, Marc zu treffen und Rob nichts davon zu erzählen. Deswegen hatte ich mir oft genug selbst Vorwürfe gemacht. Dazu brauchte ich ihn jetzt nicht.

»Entschuldige, ich hätte vielleicht nichts sagen sollen.«

Ich schüttelte den Kopf. »Weißt du was, das

war eine dumme Idee. Ich will nicht mit dir befreundet sein, nicht mehr mit dir sprechen. Am liebsten würde ich dich nie wieder sehen.«

Damit verließ ich den Balkon. Ohne ein Wort zu Amy oder Jackson zu sagen, verließ ich ihre Wohnung und lief zu den Fahrstühlen. Ich war wütend auf Rob und auf mich, weil ich nachgegeben und einem weiteren Gespräch zugestimmt hatte, obwohl ich für mich abgeschlossen hatte.

Kapitel 20

Rob, 2013

»Baby, ich bin zu Hause.«

Jane kam aus dem Wohnzimmer und rannte auf mich zu. Ich war froh, dass ich früh genug da war, um sie zu sehen, bevor sie ins Bett ging.

»Daddy.«

Ich nahm sie in den Arm. Egal wie viel Stress ich in den letzten Jahren durch Jane hatte, jede Sekunde davon war es wert. Obwohl ich noch immer traurig war, wenn ich an Carlie dachte. Es verbanden mich zu viele Erinnerungen mit ihr, als dass ich unbeschwert Leben konnte.

»Es ist schön, dass du schon daheim bist.« Irina stand im Türrahmen und lächelte.

Erst jetzt fiel mir der Duft auf, der in der Luft lag. Seit Irina bei uns eingezogen war, kochte sie täglich. Ich musste nicht mehr jeden Tag zu Amy hetzten, um ihr meine Tochter zu bringen oder sie abzuholen. In den letzten Monaten war mein Leben einfacher geworden.

»Heute gibt es Lasagne,« erklärte mir Jane und lief zurück ins Wohnzimmer.

»Wie war dein Tag?«

»Ich habe einen neuen Mandanten, ich denke,

es wird in den nächsten Tagen etwas stressiger werden.«

Irina kam lächelnd zu mir und küsste mich kurz.

»Wie war es auf der Arbeit?«, wollte ich wissen. »Kommst du mit deinem Projekt voran?«

»Ja, ich hab meinem Kunden heute die ersten Entwürfe gezeigt. Er schien zufrieden zu sein, ich denke, dass ich nicht mehr viel ändern muss«, erzählte sie mir stolz.

In ein paar Wochen würde ein neues Restaurant eröffnen, für das Irina an der Werbung und Online-Präsenz arbeitete. Erst kurz bevor wir uns kennengelernt hatten, hatte sie sich selbstständig gemacht. Ihr Job war stressig, doch sie schaffte es dennoch, sich den Großteil des Tages um Jane zu kümmern. Dafür war ich ihr dankbar. Ohne sie würde ich es nicht schaffen.

Ich war froh, dank Irina meiner Schwägerin nicht noch mehr Arbeit aufzuhalsen, als sie bereits ohne mich hatte. Amy hatte jetzt, wo sie ein weiteres Mal Mutter geworden war, mehr als genug zu tun.

Kurz bevor ich Irina gefragt hatte, ob sie nicht zu uns ziehen wolle, hatte mir Jackson gesagt, dass es so nicht weitergehen dürfte. Er hatte mir versichert, dass er mich immer unterstützen würde, aber ich solle seiner Frau nicht zu viel abverlangen.

»Hat mit Jane alles geklappt?«, fragte ich nach.

»Ja.« Irina nickte und ging zurück in die Küche. »Sie wollte gar nicht mehr weg.«

Heute war der erste Probetag in einem Kindergarten gewesen. Ich hatte Bedenken, doch Irina hatte mir versichert, dass ihr das guttun würde.

Nicht nur Jane würde davon profitieren, auch für uns wäre es gut. Irina könnte sich auf ihre kleine Firma konzentrieren und mein schlechtes Gewissen würde nicht wachsen.

Ich wusste, dass ich Irina einiges abverlangte. Es war nicht selbstverständlich, dass sie sich um meine Tochter kümmerte.

Erst vor ein paar Tagen hatte Amy mir ins Gewissen geredet. Ich solle nicht wieder dieselben Fehler machen wie bei Carlie. Und auch wenn ich mittlerweile nicht mehr oft an sie dachte, wollte auch ich meine Fehler von damals nicht wiederholen.

Leider hatten wir es nicht geschafft, uns auszusprechen. Etwas, das ich unbedingt nachholen wollte.

Carlie verdiente eine ordentliche Entschuldigung von mir. Das würde auch mir guttun.

**

»Willst du nicht ins Bett kommen?«

Ich sah auf. Irina stand in der Tür, sie trug ein kurzes, seidenes Nachthemd und sah mich strahlend an.

»Komm her.« Ich klappte meinen Laptop zu und griff nach ihrer Hand, als sie vor mir stand. »Ich liebe dich«, sagte ich und zog sie zu mir, um sie zu küssen.

»Ich liebe dich.«

»Bist du glücklich?«

Irina nickte. »Sehr.«

»Wollen wir heiraten?«

»Was?« Sie richtete sich auf und starrte mich

an. »Wie kommst du jetzt darauf?«

Das wusste ich selbst nicht. »Nicht jetzt. Irgendwann. Würdest du mich heiraten?« Keine Ahnung, was ich hören wollte. Ich dachte an den Antrag, den ich Carlie gemacht hatte. Obwohl ich sie gefragt hatte, weil ich wollte, dass das Sorgerecht schneller auf mich übertragen wurde, hatte ich auf ein Ja gehofft. Irina und ich waren knapp ein Jahr zusammen. Ich war verliebt und glücklich. Bis zu diesem Moment hatte ich gar nicht daran gedacht, je einer Frau außer Carlie diese Frage zu stellen.

»Warum fragst du mich das?«, wollte sie irritiert wissen.

»Das ist keine Antwort, die ein Mann auf diese Frage hören möchte.«

Irina lächelte unsicher. »Ich weiß nicht, was ich darauf antworten soll.«

»Du musst gar nichts sagen.« Ich nahm ihr Gesicht in meine Hände und küsste sie sanft. Insgeheim war ich froh, dass sie mir keine wirkliche Antwort gab. Es war zu früh, über diesen Schritt nachzudenken. Außerdem wurde mir in diesem Moment klar, dass ich über Carlie nicht hinweg war. Ich hielt Irina im Arm und fragte mich, was meine Ex-Freundin denken würde, wenn sie hören würde, dass ich heiratete. Die Angst war groß, dass ihr das das Herz brechen würde.

Irina löste sich von mir. »Komm, lass und schlafen gehen.«

Ich nickte und folgte ihr in unser Schlafzimmer.

Kapitel 21

Carlie, 2015

»Was steht heute auf deinem Plan?«

»Ich fahre zu Amy«, antwortete ich Jake und biss ein Stück von dem Croissant ab, auf das ich gerade etwas Erdbeermarmelade gestrichen hatte.

Er goss mir noch einen Kaffee ein und setzte sich dann wieder an den Tisch.

In den letzten Tagen hatten wir uns weniger gesehen, als ich gedacht hatte. Morgens verließ er früh das Haus, abends kam er erst spät zurück. Jake tat alles dafür, dass Vanessa ein gutes Leben hatte, dazu gehörte viel Arbeit. Dennoch hatte er seiner Tochter gegenüber ein schlechtes Gewissen.

»Wirst du Rob heute sehen?«

»Ich hoffe nicht. Ich hab keine Lust auf noch so ein Gespräch. Dass es nicht richtig war, mich so oft mit Marc zu treffen, das weiß ich selbst. Monatelang hatte ich deswegen ein schlechtes Gewissen. Jetzt wirft er mir das vor, es ist kaum zu glauben.«

»Das verletzt dich.«, stellte Jake fest.

»Natürlich tut es das. Würde es dich nicht verletzten?«, fragte ich unsicher nach.

»Doch.« Jake zuckte mit den Schultern und trank von seinem Kaffee. »Ich kann aber auch verstehen, dass er dich das fragt. Ihn hat das bestimmt beschäftigt.«

»Das bezweifle ich gar nicht. Aber warum muss er mir das jetzt an den Kopf werfen? Das war so unnötig.« Ich seufzte.

»Es steht viel zwischen euch. Rob hat viele Fragen, auf die er nie eine Antwort bekommen hat.«

»Das kann ja sein.« Nun zuckte ich mit den Schultern. »Aber es ist besser, wenn ich ihm aus dem Weg gehe«, sagte ich überzeugt.

Ich wollte nicht mehr über Rob reden, das Thema war für mich beendet. Als ich am Abend zuvor nach Hause gekommen war, hatte ich mit Diana telefoniert. Auch sie hatte gesagt, dass ich ihn vergessen solle. Mit seinem Ex müsse man nicht befreundet sein. Rob konnte das Geschehene nicht ruhen lassen, ich hingegen wollte nicht länger meine Gedanken in der Vergangenheit kreisen lassen. Das passte nicht zusammen. Damit gab es auch keine Freundschaft mehr für uns.

»Ich muss jetzt los«, sagte Jake bedauernd. »Wir sehen uns dann heute Abend. Wir können zusammen essen.«

»Ja, gern.«

Am folgenden Tag würde ich mit Amy und Jackson in die Hamptons fahren, am Sonntag würde ich bei ihnen übernachten. Dann ging mein Flug zurück. Jake würde ich nach heute Abend nicht mehr sehen.

**

Ein paar Stunden später stand ich mit Amy in ihrer Küche und schnitt Karotten für die Lasagne klein, die es am Abend gab. Ich war traurig darüber, dass wir uns bald nicht mehr sehen würden. Natürlich würden wir über Skype miteinander reden, doch das würde es nicht ausgleichen, Zeit mit ihr zu verbringen. Ich musste es unbedingt einplanen wenigstens einmal im Jahr nach New York zu fliegen.

»Ich finde es schön, dass du mir hilfst.« Amy lächelte mich mitfühlend an. »Es tut mir leid, dass dein Gespräch gestern mit Rob nicht gut lief. Aber ehrlich gesagt hatte ich so etwas schon erwartet. Vermutlich ist es besser so.«

»Wahrscheinlich«, stimmte ich zu.

Wenig später hörten wir, wie die Wohnungstür geöffnet wurde. Ein kleines Mädchen rannte an mir vorbei in das Zimmer der Zwillinge. Dann hustete jemand hinter mir. Ohne dass ich mich umdrehte, wusste ich, dass es Rob war.

»Ich werde jetzt gehen«, verkündete ich Amy. Zwar wäre ich gern noch geblieben, doch mit Rob wollte ich nicht in einem Raum sein. Nicht nach den Ereignissen der letzten Tage.

Ohne Rob anzusehen, lief ich an ihm vorbei, zog im Vorbeigehen meine Jacke von der Garderobe und verließ die Wohnung. Es war halb fünf, ich konnte in Ruhe zu Jake fahren, etwas zu Essen mitnehmen und den Abend mit ihm verbringen.

»Carlie. Warte.«

»Was ist?« Ich drückte auf den Fahrstuhlknopf

und sah zu Rob. Dass er mir nachlaufen würde, damit hatte ich nicht gerechnet.

»Können wir reden?«

»Ich wüsste nicht, warum.« Die Türen des Aufzugs öffneten sich und ich betrat ihn, ohne Rob weiter zu beachten. Dann drückte ich auf Erdgeschoss um zum Ausgang zu gelangen.

Die Türen schlossen sich, da trat er mit seinem Fuß dazwischen und sah mich eindringlich an. »Was ich gestern gesagt habe, tut mir leid.«

Ich sah ihn nicht an. Jeden Moment würden sich die Türen schließen und wir würden uns erst in den Hamptons wiedersehen.

Rob hatte allerdings nicht vor, mich fahren zu lassen. Bevor sich die Türen schlossen, trat er in den Aufzug. Für mich blieb keine Zeit mehr, diesen zu verlassen. Die Türen gingen zu und der Fahrstuhl setzte sich in Bewegung.

Zum Glück waren es nur acht Etagen.

»Rede bitte mit mir.«

Ich schüttelte den Kopf, für mich gab es nichts mehr zu besprechen. In wenigen Sekunden wären wir im Erdgeschoss, dann trennten sich unsere Wege.

»Carlie«, sagte er flehend und trat vor mich.

Mein Blick wich zur Seite aus, ich verschränkte die Arme. Es schmerzte, ihn zu ignorieren, aber es war das Beste. Es käme zum nächsten Streit, das wollte ich nicht. Was würde es bringen?

Der Aufzug blieb mit einem Ruck stehen, ich griff nach der Stange an der Wand, um nicht das Gleichgewicht zu verlieren. Unsicher sah ich zu Rob, er wirkte genauso überrascht wie ich. Was war passiert? Mein Herz schlug schneller, kurz blieb mir die Luft weg, meine Knie zitterten.

Es dauerte ein paar Sekunden, dann durchbrach Rob die beängstigende Stille. »Jetzt musst du wohl mir mir reden.«

Ich atmete tief ein und aus. »Wie kommst du darauf? Nur weil der Fahrstuhl stecken geblieben ist?«

Rob nickte und lachte. »Siehst du, du redest schon.«

»Drück einfach auf den Notrufknopf und sag, dass wir hier sind. Dann können wir bald raus, ohne miteinander zu sprechen«, forderte ich und betete, dass es wirklich so war.

Wieder ein Nicken, dann drehte er sich um und betätigte den Notruf. Es war das erste Mal, dass ich in einem Fahrstuhl stecken blieb. Gern hätte ich auf diese Erfahrung verzichtet, vor allem, da Rob bei mir war.

Erst war ein Rauschen und Knacken aus dem Lautsprecher unter dem Notrufknopf zu hören, dann ertönte eine freundliche weibliche Stimme. »Notrufzentrale, guten Tag.«

»Guten Tag, wir sitzen fest.«

»Ich bin Naomi, ich werde für Sie da sein, bis Hilfe kommt. Wie viele Personen befinden sich in der Kabine? Würden Sie mir bitte Ihren Namen sagen?«

»Hallo Naomi.« Rob klang völlig entspannt. »Wir sind zu zweit. Ich bin Rob, meine Freundin Carlie ist bei mir.«

»Danke, Rob, wie geht es Ihnen? Können Sie mir sagen, in welcher Etage Sie sind?«

Rob redete in den nächsten Minuten mit Naomi, die uns versicherte, dass wir nicht lange warten müssten. Ein Techniker sei schon verständigt und würde bald da sein, um uns zu befreien.

»Alles wird gut«, versuchte Rob, mich zu beruhigen.

Ich beobachtete ihn. Vor ein paar Jahren wäre es ein aufregendes Abenteuer gewesen, heute hoffte ich nur, dass es schnell vorbei wäre.

»Geht es bei dir?«, wollte er wissen.

»Ja, warum nicht?«, fragte ich schnippisch.

Rob sah mich besorgt an. »Weil ich weiß, dass du mit engen Räumen deine Probleme hast.«

»Ich hab Flugangst, keine Platzangst. Es war nur einmal, dass mir das Angst gemacht hat.«

Ich erinnerte mich an mein letztes Highschool-Jahr. Versehentlich hatte man mich in einem Abstellraum eingesperrt. Nachdem ich über zwei Stunden darin verbracht hatte, bekam ich Angst, man würde mich vor dem Wochenende nicht finden. Damals hatte ich Panik bekommen, das war mir aber nie mehr passiert.

»Komm, wir setzen uns etwas.«

Ich nickte.

Beide ließen wir uns auf den Boden sinken.

Ich streckte meine Beine aus und versuchte, mich zu entspannen. Mit jeder anderen Person wäre ich jetzt lieber in diesem engen, kalten Raum.

»Wollen wir die Zeit nicht doch zum Reden nutzen?«, fragte er vorsichtig.

Ich schüttelte den Kopf.

»Warum bist du so stur? Wir könnten alles aus der Welt schaffen.«

»Könnten wir nicht. Was war denn in den letzten Tagen? Erst ist alles gut und dann streiten wir wieder. Warum sollte sich daran etwas ändern?«, wollte ich zögerlich wissen.

»Ich war ein Idiot. Du musst mir glauben, mir liegt viel daran, dass wir nicht streiten.«

»Denkst du wirklich, ich glaube dir das? Vor vier Jahren hast du das auch ständig gesagt. Dass wir alles schaffen und du dich ändern wirst. Noch kurz vor der Trennung war das so. Nichts davon ist eingetreten, warum sollte das jetzt anders sein?«

»Ich war überfordert. Damals und in den letzten Tagen, das habe ich dir so oft gesagt.« Es klang ehrlich.

Ich schüttelte den Kopf und sah meine ehemalige große Liebe an. In diesem Moment fühlte es sich nicht an, als seien vier Jahre vergangen. Vom Gefühl her hätte es gestern sein können, dass ich Rob wieder vertraut hatte und es zum nächsten Streit gekommen war.

»Ich kann das nicht. Ich muss mich selbst schützen. In ein paar Tagen bin ich wieder in L.A. Warum ist dir das so wichtig?«

»Weil du mir nicht egal bist. Und ich bin dir auch nicht egal, das weiß ich.«

Ich schüttelte wieder den Kopf. Warum? Zur Zustimmung oder Verneinung? Das Einzige, was ich wollte, war von hier zu verschwinden.

»Okay. Lass uns einen Kompromiss machen.« Was hatte er sich denn jetzt ausgedacht?

»Von jetzt an bis wir hier raus können reden wir normal miteinander und machen das Beste aus der Situation. Wenn sich die Türen öffnen und du nicht mehr mit mir sprechen willst, werde ich das akzeptieren. Können wir das machen?«

Ich dachte darüber nach, zögerlich nickte ich. Wir waren sicher schon zwanzig bis dreißig Minuten eingesperrt. Länger als die vergangene Zeit würden wir wohl nicht mehr auf Rettung warten müssen.

»Erinnerst du dich noch an unseren Roadtrip durch Nevada?«

Mein Kopf schoss nach oben, ich starrte Rob an. An die gemeinsamen Urlaube, die schönen Erinnerungen wollte ich jetzt wirklich nicht denken. »Vielleicht lassen wir das mit dem Reden doch sein«, murmelte ich.

»Was hab ich denn jetzt falsch gemacht?« Rob zog seine Augenbrauen hoch, sprach aber lächelnd weiter. »Ich wollte über dieses kleine Diner reden, den Mann, der sich vier Portionen Waffeln und Eis bestellt hatte.«

Ich versuchte, nicht zu lachen, doch ich schaffte es nicht. Rob stimmte sofort mit ein.

»Wie sollte ich das vergessen? Es war so widerlich, wie er eine Waffel nach der anderen in sich reinstopfte.« Eine Portion bestand aus drei dicken Waffeln mit Puderzucker, Sirup und Streuseln. Dazu hatte er noch Eis bestellt. Erst dachten wir, seine Familie wäre zu spät, doch dann aß er einen Teller nach dem anderen selbst leer.

»Und dann hat er noch Eier gegessen.«

»Ja.« Ich nickte. »Ich kann noch immer nicht glauben, dass er nicht aus dem Restaurant gerollt ist.«

»Es ist schön, dich lachen zu sehen.« Er lächelte glücklich.

»Rob«, ermahnte ich ihn. »Lass es.«

»Was denn? Ich wollte es nur mal erwähnen.«
Nun grinste er. »Erinnerst du dich noch an den ersten Sommer, den ich in Great Falls gewohnt habe?«

»Natürlich.« Ich erinnerte mich an alles. An die schönen und an all die traurigen Momente.

»Ich hatte damals das Gefühl, du denkst, ich wäre ein Trottel.«

»Hab ich auch lange gedacht.« Ich kicherte. »Du warst so seltsam. Hast immer wieder den Raum verlassen, wenn ich zu Alina kam, oder hast plötzlich nichts mehr gesagt. Ich wusste echt nicht, was ich davon halten sollte. Das war zwar irgendwie süß, aber auch schräg«, erklärte ich ihm belustigt.

»Was hat deine Meinung über mich geändert?«

»Dein Bruder. Jackson hat mich irgendwann angerufen und mir gesagt, dass ich dein Verhalten anders interpretieren sollte.«

Seine Augen weiteten sich. »Was? Das weiß ich gar nicht.«

»Warum denn auch?« Ich lächelte. »Danach hab ich versucht, etwas anderes hinter deinem Verhalten zu sehen, aber du hast es mir nicht leicht gemacht. Als du mich vor dem Seniorenheim abgesetzt hast, habe ich versucht, dich darauf anzusprechen. Aber da kam wieder nichts von dir. In dem Moment dachte ich dann, ich hätte Jackson falsch verstanden. Aber dass du in mich verliebt warst, hätte ich nie für möglich gehalten.«

»Ich wollte unsere Freundschaft nicht aufs Spiel setzten.«

Dazu sagte ich nichts. Damals hatte er das nicht gewollt, mittlerweile hatte er sie nicht nur aufs Spiel gesetzt, wir hatten sie auch verloren und das ließ sich nicht mehr ändern. Was auch gut war. Ich betrachtete Rob, er saß neben mir, eine Hand auf seinem Knie, er wirkte traurig. Vorsichtig berührte ich seinen Handrücken mit meinen Fingerspitzen.

Rob hob seinen Kopf und lächelte mich an. »Ich bin froh, dass du nach New York gekommen bist.«

»Warum?«, flüsterte ich.

»Weil ich vergessen hatte, wie deine Augen aussehen.«

Ich blinzelte. Hatte er das wirklich gesagt? Erst jetzt bemerkte ich eine seltsame, aber dennoch vertraute Anspannung zwischen uns. War sie schon die ganze Zeit da gewesen?

Rob bewegte sich etwas auf mich zu. Im selben Moment ruckelte der Aufzug erneut und setzte sich in Bewegung. Wir saßen noch immer da und sahen einander in die Augen, als sich die Türen öffneten.

»Oh, stören wir?«

Die Spannung zwischen uns war sofort verschwunden.

»Du störst immer«, antwortete Rob seinem Bruder, sah aber weiterhin mich an. »Wir sind jetzt Freunde, oder?«

Ich nickte verwirrt. Was war hier gerade passiert?

Kapitel 21

Carlie, 2015

Die Zeit war rasend schnell vergangen. Ich konnte kaum glauben, dass schon Freitag war. Ich saß bei Amy und Jackson im Auto, wir waren auf dem Weg in die Hamptons, wo die Hochzeit stattfand. Seit ich vor fünf Tagen in New York angekommen war, war viel passiert.

Rob und ich waren jetzt Freunde. Noch immer dachte ich verwirrt an den Moment im Aufzug am Tag zuvor. Hatte er die Anziehung auch gespürt? Was war das zwischen uns?

Nachdem wir den Fahrstuhl verlassen hatten, war ich gegangen. Ich hatte den Abend mit Jake verbracht und die Gedanken an Rob verdrängt. Bis ich mich gefragt hatte, wie es wohl geworden wäre, hätten wir damals nicht aufgegeben. Darüber wollte und durfte ich nicht nachdenken. Das war Vergangenheit.

Ich war glücklich mit Kyle.

Rob wurde bald Vater.

Auch jetzt durfte ich nicht länger daran denken. Die kurze Zeit im Fahrstuhl war ein intimer Moment gewesen, über den es nichts weiter zu sagen gab. In drei Tagen würde ich wieder in Los Angeles sein. Alles andere war egal.

»Gleich sind wir da«, antwortete Jackson seiner Tochter.

»Oh. Rob hat mir gerade eine Nachricht geschrieben«, kam es von Amy. »Irina geht es nicht gut, er ist sich nicht sicher, ob sie mitkommen kann.«

»Das wird Alina gar nicht gut finden«, sagte Jackson. »Carlie ...« Er sah mich im Rückspiegel an.

»Oh nein, ich werde keine Brautjungfer«, erwiderte ich entschieden.

»Das musst du meiner Schwester erklären.« Er lachte und blickte wieder auf die Straße.

»Was hat sie denn?«, fragte ich besorgt nach.

»Keine Ahnung. Sie wollen noch mal kurz zum Arzt fahren. Dann entscheiden sie, ob Irina mitkommt«, erklärte mir Amy. »Irina hat von Anfang an schon Probleme.«

»Ist ja auch kein Wunder«, knurrte Jackson.

»Beruhig dich.« Amy legte ihre Hand auf Jacksons. Er umklammerte das Lenkrad ziemlich fest.

Ich stellte mir die Frage, was nicht stimmte, hakte aber nicht nach, ich hatte nicht das Gefühl, dass es mich etwas anging.

Amy drehte sich zu mir. »Es war nicht sicher, ob das Baby durchkommt. Irina hätte ihr Baby fast verloren.«

»Oh. Geht es ihr jetzt besser?«

»Ja. Sie hat die üblichen Beschwerden einer Schwangeren. Aber Irina beschwert sich nie. Daher ist es jetzt sicher etwas Ernsteres. Es sind noch sechs Wochen, ich hoffe dass sie diese Zeit noch schaffen wird.«

Es tat mir leid, das zu hören. Ich hatte sie bisher nur ein paar Minuten lang gesehen, doch sie wirkte glücklich und auch Rob schien sich auf das Baby zu freuen. Ich hoffte, dass bei den beiden alles gut lief.

»Ihr wird es schon gut gehen«, sagte Amy. Es hörte sich aber eher so an, als wolle sie sich selbst damit beruhigen.

In diesem Moment wurde ich traurig. Irina hatte die Unterstützung, die mir in der ersten Zeit der Trennung gefehlt hatte, die ich gebraucht hätte. Mir war spätestens jetzt klar, dass ich so manches noch nicht richtig verarbeitet hatte, das konnte ich erst, nachdem ich wieder hier bei meinen Freunden war.

»Lasst uns über etwas anderes reden«, kam es nun von Jackson. Worüber wir alle froh waren. Die Stimmung hatte sich in den letzten Minuten spürbar verschlechtert. Ich hoffte, dass dies nicht die Atmosphäre auf der Hochzeit trüben würde.

»Wie hat es dir gefallen, mich live zu sehen?«

»Du machst deine Sache wirklich gut«, sagte ich stolz.

Jackson lächelte.

Die schlechte Stimmung war erstaunlich schnell verflogen. »Ich kenne dich seit mehr als zehn Jahren. Es war seltsam, dich bei der Arbeit zu sehen. Ich musste wieder daran denken, wie du mit Rob gewettet hast, wer sich traut, eine ganze Nacht auf dem Friedhof zu schlafen, und wie ihr dabei eine kleine Hütte abfackelt habt. Plötzlich stehst du da und arbeitest und bist so ernst. Du bist erwachsen geworden.«

»Ihr habt was?« Amy fing an zu lachen.

»Ja, die beiden haben als Jungendliche viel Ärger gemacht.«

»Es war ganz allein Robs Schuld, dass die Hütte abgebrannt ist. Er war der, der Angst im Dunkeln hatte.«

»Wie ging es aus?«, wollte Amy wissen.

»Na ja«, begann ich und musste bei der Erinnerung lachen. »Dad hat durch Zeugenaussagen herausbekommen, dass Rob dabei war, und ihn verhaftet. Den beiden konnte man letztendlich doch nichts nachweisen. Aber mein Vater ist bis heute davon überzeugt, dass es Rob war.«

»Und Rob wundert sich, dass dein Dad nicht gut auf ihn zu sprechen ist«, scherzte Jackson.

»Ihr wart ja schlimmer, als ich dachte.«

»Carlie, jetzt hat meine Frau ein schlechtes Bild von mir.«

Wieder lachte Amy. »Oh, ganz sicher nicht, aber ich weiß jetzt, wer Schuld hat, wenn unsere Kinder irgendwann so viel Ärger machen wie ihr beide.«

Jackson lachte ebenfalls.

»War Alina auch so?«

»Nein, Alina wollte die beiden immer von allem Unsinn abhalten.«

»So schlimm, wie du jetzt tust, waren wir auch nicht«, warf Jackson beschwichtigend ein.

»Nein, schlimmer«, erklärte ich und wir lachten alle drei.

**

Eine halbe Stunde später kamen wir in den Hamptons an. Es war ein hübsches kleines Hotel. Es lag abseits auf einem Berg mit Blick auf das Meer, umgeben von Rosen in den unterschiedlichsten Farben.

Amy hatte mir erzählt, dass es von hier aus einen Privatweg zum Strand gab. Die Hochzeit würde in einem Ballsaal stattfinden, das Essen würde auf der Terrasse serviert werden, damit im Garten getanzt und gefeiert werden konnte.

»Da seid ihr ja«, hörten wir Alina vom Eingang des Hotels rufen. Chris und sie waren schon am Morgen angereist. Heute würde die Familie eintreffen und zusammen essen, im Laufe des nächsten Tages würden alle anderen Gäste ankommen. Die Trauung selbst fand ab sechzehn Uhr statt. Alina hatte einen straffen Zeitplan aufgestellt und nichts dem Zufall überlassen.

»Endlich seid ihr da, habt ihr schon mit Rob gesprochen?«

»Er hat uns eine Nachricht geschrieben«, erwiderte Amy. »Wie geht es Irina?«

»So weit ganz gut, sie sind wohl noch im Krankenhaus. Irina soll sich aber schonen, sie überlegen, ob sie erst morgen kommen.« Dann sah Alina mich bittend an. »Ich weiß, dass du nicht willst, aber würdest du dir bitte Gedanken darüber machen, meine Brautjungfer zu sein, falls Irina nicht kommen kann?«

Ich war überrascht, dass sie fragte und mir damit die Entscheidung überließ. In diesem Moment konnte ich nicht mehr ablehnen und nickte.

»Danke!« Alina zog mich erleichtert in eine

Umarmung.»Morgen um fünfzehn Uhr muss ich es spätestens wissen.«

»Was hast du genommen?«, fragte Jackson. »Du wirkst so gelassen.«

»Sie ist eine entspannte Braut.« Amy lächelte.

»Wärst du mal so entspannt gewesen.«

In diesem Moment war ich kurz traurig, weil ich damals den Flug abgesagt hatte. Zwar sagten alle, ich hätte nichts verpasst. Doch ich wusste es besser. Heute bereute ich oft, meine Reise nach New York abgesagt zu haben.

**

Ich saß endlich allein in meinem Hotelzimmer und genoss die Ruhe. Das Zimmer hatte einen kleinen Balkon mit Blick auf den Ozean, ich hatte die Türen geöffnet und ließ die frische, salzige Meeresluft in den Raum. Schreiende Möwen flogen immer wieder vor dem Balkon vorbei. Eine, die besonders frech war, hatte sich auf das Geländer gesetzt und war sogar kurz in mein Zimmer gekommen. Der weiße Vogel mit vielen schwarzen Federn hatte mich angesehen und war wieder verschwunden.

Ich fragte mich, ob es eine gute Idee war, Irina zu ersetzten. Ungern wollte ich mit Rob zum Altar schreiten. Ich sollte Alina fragen, ob es möglich wäre, den Platz mit Amy zu tauschen und somit mit Jackson zum Altar zu gehen. Unter diesen Umständen würde ich mich freuen, ihre Brautjungfer zu sein. Wir hatten uns als Teenager versprochen, die Brautjungfer der jeweiligen anderen zu sein, ein Versprechen, das ich gern einhalten wollte, obwohl ich noch immer erstaunt war, dass Alina so darauf beharrt hatte.

Als ich ins Badezimmer gehen wollte, um zu duschen und mich für den Abend fertig zu machen, kündigte mein Laptop einen eingehenden Skype-Anruf an. Ich lief zum Schreibtisch und drückte auf *Annehmen*.

»Hey, wie geht's dir?« Ich sah im ersten Moment nur Dianas seit einigen Wochen rot gelocktes Haar, schnell fand sie die richtige Position und ihr ganzes Gesicht war zu sehen.

»Gut. Wie läuft es?«

»Das wollte ich gerade dich fragen. Ich weiß noch nicht, ob mir das gefällt. Ich verstehe gar nicht, dass du so gern dauernd mit anderen per Skype sprichst.« Sie lachte.

»Seid ihr schon im Hotel?«

»Wir sind vor einer Stunde angekommen.«

»Stimmt etwas nicht?«

Ich erzählte ihr, dass Irina wohl keine Brautjungfer sein konnte und ich einspringen sollte.

»Das ist natürlich blöd. Aber du wirst es doch zwei Minuten an der Seite deines Ex aushalten, oder? Du musst nicht mit ihm reden. Nur einen zehn Meter langen Gang mit ihm an deiner Seite entlanggehen. Mehr nicht.«

»In den letzten Tagen ist so viel passiert, ich würde ihm lieber aus dem Weg gehen«, seufzte ich.

Diana grinste und fragte neugierig: »Was ist passiert?«

»Wir sind gestern mit dem Fahrstuhl stecken geblieben«, erklärte ich und erinnerte mich wieder an das Gefühl, das mich den Abend über beschäftigt hatte. »Wir haben uns unterhalten, es hat sich so seltsam angefühlt«, gestand ich nachdenklich.

»Hast du doch noch Gefühle für ihn?«, wollte Diana besorgt wissen.

Ich schüttelte energisch den Kopf, wusste aber in diesem Moment selbst nicht, ob ich ehrlich war oder nicht.

»Wenn du willst, komm ich und mache es. Du weißt, ich würde ihn gern mal kennenlernen«, sagte Diana, lachte und lockerte die Stimmung so umgehend auf.

Ich überlegte kurz und kam zu dem Entschluss, meine Bedenken zu ignorieren. »Wenn Irina nicht kann, werde ich es machen und an der Seite von Rob sein. Ich bin alt genug, um die Dinge trennen zu können, ich werde das für Alina machen und nur für sie.«

»Wow.« Diana kicherte. »Diese Erkenntnis. Das wird mir Lynn nie glauben. Ich bin froh, dass du es begriffen hast.«

»Ich auch, danke, es hat wirklich wieder geholfen, mit dir zu reden«, sagte ich dankbar.

»Das ist mein Job als deine beste Freundin.«

»Danke«, flüsterte ich.

»Nicht dafür. Ich leg jetzt auf ... Nennt man das so? Wir telefonieren ja nicht richtig.«

»Das ist schon okay«, erwiderte ich lachend.

»Hab noch viel Spaß.«

Kapitel 22

Carlie, 2015

Eine Stunde später hatte sich die ganze Familie im Garten versammelt.

Nur Rob, Irina und Jane waren noch nicht da. Alina war in Sorge, das Fehlen ihres Bruders beim Probedinner könnte zu Problemen führen. Was völliger Unsinn war. Dennoch gab es niemanden, der es schaffte, sie zu beruhigen. Ganz so entspannt war die Braut wohl doch nicht.

Ich stand auf der Terrasse und blickte auf das Meer hinunter.

Das Hotel lag auf einem Hügel, idyllisch und schlicht hatte es sich perfekt in die Landschaft eingefügt. Wenn man die Terrasse verließ, kam man in einen Rosengarten, an dessen Ende ein kleiner Pool zu finden war. Der ideale Ort für eine Hochzeit, Alina hatte die richtige Wahl getroffen.

»Hallo, Liebes, es ist schön, dich zu sehen.« Robs Mum schloss mich in ihre zarten Arme.

»Hallo, Carla. Wie geht es dir und Peter?«

Zwei Tage nach der Trennung von Rob hatte sie mich angerufen und gefragt, wie es mir ginge. Sie hatte sofort angeboten, zu mir zu kommen, das war wirklich nett, dennoch hatte ich abgelehnt. Carla hätte sich nie auf eine Seite geschlagen, doch es hatte sich nicht richtig angefühlt. Als ich in Los Angeles meinen Abschluss gemacht hatte, überraschten sie und ihr Mann mich mit einer Einladung zum Essen. Wir hatten oft telefoniert und ich war unglaublich dankbar, dass wir den Kontakt nie hatten abreißen lassen.

»Uns geht es gut. Peter kommt erst heute Abend, er hatte noch einen wichtigen Termin. Wie geht es Kyle? Schade, dass er nicht mitkommen konnte.« Sie lächelte.

»Ihm geht es auch gut. Er eröffnet morgen seine zweite Surf-Schule. Ich hab heute noch gar nicht mit ihm gesprochen. Ich werde ihn gleich noch anrufen.«

Sie lächelte fröhlich. »Grüß ihn von mir. Wir kommen euch bald mal wieder besuchen. Peter würde das Surfen auch unbedingt mal ausprobieren.«

»Oh«, sagte ich erstaunt. »Kyle wird ihm bestimmt gern zeigen, wie es geht.«

»Mum«, Alina tauchte neben uns auf, »darf ich dir Carlie kurz entführen?«

Sie nickte und schon zog Alina mich mit sich.

»Was ist denn los?«, wollte ich besorgt wissen.

»Ich will dir nur etwas zeigen«, erklärte sie aufgeregt, während wir das Hotel betraten und vor einer Tür stehenblieben. »Ich will es dir nur zeigen, du musst noch gar nichts dazu sagen.«

Ich nickte und ahnte, was als Nächstes kam.

»Sieh es dir einfach an«, sagte sie erneut und öffnete die Tür.

Im nächsten Moment standen wir in einem Ankleidezimmer. Dort hing ihr Brautkleid, welches sie am nächsten Tag tragen würde. Dann entdeckte ich die Kleider der Brautjungfern und die der Blumenmädchen. Und dann sah ich es: Mitten im Raum stand eine Schneiderpuppe, der Alina das Brautjungfernkleid angezogen hatte.

Mein Kleid.

Es war wunderschön, in einem dezenten Lavendel, gerade geschnitten, ab der Taille fiel es nur leicht nach außen, und mit einer kurzen Schleppe, gerade einmal wenige Zentimeter lang.

»Gefällt es dir?«, fragte sie unsicher.

Ich nickte, brachte keinen Ton über meine Lippen.

»Wenn du ein Problem damit hast, dann nehmen wir die roten.«

»Alina, das ist ...« Ich ließ den Satz unvollendet. Ich liebte dieses Kleid, ich hatte es immer geliebt und konnte nicht fassen, dass ich es vergessen hatte.

»Ich konnte nicht anders«, gestand sie nervös.

Ich drehte mich zu ihr, sah sie mit Tränen in den Augen an und lächelte.

»Ist es okay für dich? Amy meinte, es wäre egoistisch von mir, aber es war doch unser Traum«, erklärte sie zögerlich.

»Ich bin nicht sicher. Ich weiß nicht, ob das eine gute Idee ist.«

»Es fühlte sich falsch an, als die roten Kleider fertig waren. Ich musste diese nähen.«

»Nein, es ist schon okay. Ich liebe es.« Ich schluckte und wischte ein paar Tränen weg, während ich meinen Blick nicht von dem Kleid losreißen konnte. »Hat Rob es schon gesehen?«

»Nein.« Alina stand neben mir, ihre Hand auf meine Schulter gelegt. »Es wird für ihn auch eine Überraschung sein.«

»Die ist dir gelungen«, flüsterte ich lächelnd.

Alina nickte.

Ich sah noch ein letztes Mal auf das Kleid.

Wir wussten beide, ohne dass ich etwas sagen brauchte, dass ich es zur Hochzeit tragen würde. Ich würde ihre Brautjungfer werden. In dem Kleid, das ich zum Abschlussball mit Rob getragen hatte. Nicht direkt dasselbe, das wurde noch in dieser Nacht ruiniert, doch es war eine exakte Kopie dessen.

Alina hatte, seit wir uns kannten, viele Kleider geschneidert, die ich zu Dates mit Rob getragen hatte. Immer mit der Begründung, sie müsste wissen, welches davon später ihre Brautjungfern tragen würden. Ich hatte nie geglaubt, dass es einmal so weit kommen würde und Alina eines dieser Kleider wählen würde.

Nun würde ich neben Rob zum Altar schreiten, in dem Kleid, das ich zu meinem Abschlussball getragen hatte. Ob das eine gute Idee war? Ich bezweifelte es.

»Es gibt etwas, das ich dir erzählen möchte.«

Ich nickte und wandte mich Alina zu. Sie spielte an der Bluse, die sie trug, tippelte nervös auf und ab.

»Gestern habe ich mich mit Brian getroffen«, gestand sie mir ängstlich.

Meine Augen weiteten sich. Seit ich von ihrer Trennung erfahren hatte, hatte ich gehofft, dass es wirklich vorbei war und die beide jeder ihr eigenes Leben leben würden. Ich wusste, was die letzten Male passiert war, und hoffte, dass sie nicht an ihren Gefühlen zu Chris zweifelte. Die beiden waren erst seit einem halben Jahr zusammen, sie kannten sich noch nicht so gut. Was, wenn sie dachte, die Hochzeit sei überstürzt?

»Warum?«, fragte ich überrascht.

Alina sah mich aufgewühlt an und gestand überraschend: »Ich musste mir sicher sein, ob ich Chris wirklich heiraten möchte.«

Wir setzten uns auf ein kleines, weißes Sofa, ich nahm ihre Hand und sah sie erwartungsvoll an.

»Gestern habe ich sofort Chris davon erzählt. Er ist nicht sauer, worüber ich wirklich froh bin. Ich liebe ihn sehr.«

»Wie war es für dich, Brian zu sehen?«, wollte ich behutsam wissen.

»Seltsam, es ist viel Zeit vergangen. Aber für den Abschluss war es gut.« Sie klang erleichtert.

Ihre Worte ließen mich an meine Situation denken. Ich hatte die Begegnung mit Rob gebraucht, um abschließen zu können.

»Ging es dir auch so?«, fragte sie leise.

Ich nickte.

»Dennoch tat es weh«, gestand sie.

»Natürlich, ihr wart lange zusammen und habt es wirklich versucht, aber du solltest jetzt nicht mehr an die Vergangenheit denken. Morgen heiratest du.«

Alina lächelte glücklich. »Ich bin froh, dass du da bist.«

»Ich auch.«

Sie blickte zur Uhr, sprang auf und sah mich

aufgeregt an. »Wir müssen uns fertig machen, der Probelauf beginnt in zwei Stunden. Ich muss Rob anrufen, ob er kommt oder nicht. Es ist noch so viel zu tun.«

Mir blieb keine Zeit, etwas zu sagen, da verschwand sie schon nach draußen.

**

Ich steckte das Handy in die Tasche, Kyle war nicht zu erreichen. Seine Eröffnung war am nächsten Tag, ich wollte wissen, wie weit er mit den Vorbereitungen war.

»Stimmt etwas nicht?«

Ich schüttelte den Kopf und setzte mich neben Jackson an den Tisch.

Den Ablauf der Hochzeit hatten wir einstudiert. Da weder Rob noch Irina anwesend waren, hatte Alina die beiden für die Probe komplett aus ihrer Liste gestrichen. Jeder wusste jetzt, was er wann zu tun hatte und Alina schien wieder etwas beruhigt zu sein.

Nun hatten alle im Speisesaal Platz genommen und aßen gemeinsam zu Abend. Das diente ebenfalls zur Probe für den nächsten Tag. Die zeitlichen Abläufe wurden abgestimmt, wer wann eine Rede hielt und wann es zum ersten Tanz kommen würde war auch geplant.

Alina wollte nichts dem Zufall überlassen. Alles sollte perfekt ablaufen, sie hatte sogar zwei Hochzeitsplaner beauftragt, bei denen sie aber genau darauf achtete, dass alles so war, wie sie es wollte.

»Da ist ja Rob.«

Ich folgte Jacksons Blick. Rob, Irina und Jane standen in der Tür, er hatte den Arm um die Schultern seiner Freundin gelegt. Alle drei sahen müde aus.

Alina sprach mit ihnen, wenig später verließen die beiden Frauen den Saal. Rob kam zu unserem Tisch und setzte sich neben seinen Bruder. Jane rannte zu ihrer Großmutter.

»Wie geht es Irina?«, fragte Jackson besorgt nach.

Bevor ich Robs Antwort hören konnte, vibrierte mein Handy. Ich las Kyles Namen auf dem Display, stand auf und nahm freudig den Anruf entgegen.

»Hey, Baby-C. Sorry, dass ich mich nicht gemeldet habe. Die letzten Stunden waren etwas stressig. Der Caterer hat kurzfristig abgesagt. Am Ende hat mir Diana geholfen, ohne sie hätte ich selbst kochen müssen.«

Ich lachte. »Zum Glück konntet ihr das noch abwenden.«

Kyle besaß viele Talente, kochen war keines davon.

»Wie läuft es bei dir?«, wollte er wissen.

»Gut soweit. Ich vermisse dich«, murmelte ich.

»Du glaubst nicht, wie sehr ich dich vermisse.« Ich hörte die Sehnsucht in seiner Stimme.

Ich verließ das Hotel und setzte mich auf eine kleine Mauer, von hier aus war das Meer perfekt zu sehen.

»Es wäre schön, wenn du hier wärst.«

Kyle seufzte. »Ich hätte dich auch gern bei mir. Aber jetzt ist es zu spät, so sehr ich will, ich kann die Eröffnung nicht mehr verschieben.«

»Das weiß ich. Was hast du noch vor?«

»Ich bereitete alles für morgen vor. Dann trinke ich noch ein Bier und geh schlafen. Vielleicht schaffe ich es noch vor Mitternacht ins Bett«. Kaum ausgesprochen, lachte er. Als ich ihn kennengelernt hatte, gab es selten einen Tag, an dem er vor zwei Uhr ins Bett ging und nicht bis Mittag schlief.

»Carlie? Es gibt Essen!« Jackson stand in der Tür.

»Ich muss auflegen.«

Kyle seufzte. »Du fehlst mir.«

»Du mir auch. Ich bin froh, wenn ich wieder zu Hause bin.«

»Ich auch, ich hab schon Pläne mit dir.«

»Was denn?«, fragte ich neugierig, merkte dann aber, dass Jackson langsam ungeduldig wurde. Wenn es ums Essen ging, kannte er keinen Spaß. Also verabschiedete ich mich und lief zurück in den Speisesaal. Es hatte gutgetan, mit Kyle zu sprechen, ich vermisste ihn. Mehr als ich zu Anfang gedacht hatte.

Das Probedinner war nach Alinas Vorstellungen verlaufen, alles funktionierte perfekt. Nun war sie etwas entspannter als vor dem Essen.

»Carlie?«

Rob tauchte vor mir auf. Ich hatte beobachtet, wie er mit Alina gesprochen hatte, sie hatten immer wieder zu mir gesehen. Sicher ging es um den Gang zum Altar.

»Gehen wir ein Stück?«, fragte ich.

Rob nickte. Schweigend liefen wir nebeneinander her, der Weg führte uns in den angrenzenden Rosengarten.

»Irina kann nicht Brautjungfer sein.«

»Das habe ich schon mitbekommen.«

Er schien traurig zu sein, was kein Wunder war. Es musste ihn sehr bedrücken, dass es seiner Freundin nicht gut ging.

»Was hat sie denn?«

»Der Arzt meinte, sie solle sich nicht anstrengen. Es wäre ja nicht nur der Gang zum Altar, es ist das lange Stehen, was zu viel für sie werden würde.«

»Und jetzt?«

Rob holte Luft und stieß sie wieder aus. »Jetzt frage ich dich, ob du ihren Platz einnehmen willst.«

Obwohl ich noch immer nicht begeistert war, nickte ich langsam.

»Nur bitte tu es nicht für mich, sondern für Alina. Ich habe mit Jackson gesprochen, er würde auch mit mir tauschen, falls dir das lieber ist.«

»Okay«, hauchte ich.

»Wirklich?« Er klang überrascht.

»Ja.«

Rob blieb stehen und sah mich glücklich an, plötzlich zog er mich in seine Arme. Automatisch drückte ich mich an ihn und holte tief Luft, um seinen Geruch einzuatmen, es fühlte sich so vertraut an. Es dauerte eine gefühlte Ewigkeit, bis wir uns voneinander lösten und einander direkt ansahen. Ein Gefühl, das ich längst vergessen hatte, breitete sich in mir aus. Seine Augen zogen mich magisch an, in verlor mich in dem tiefen Grün und vergaß alles andere.

Ein leichtes Lächeln lag auf seinen Lippen.

Ohne mein Zutun beugte ich mich ein klein

wenig zu ihm vor, ich wollte ihn küssen, seine Lippen auf meinen spüren, so wie früher.

»Daddy?«

Die Stimme kannte ich, doch es dauerte einen Moment, bis sie ganz bei mir angekommen war. Dann realisierte ich, dass Jane nach ihrem Vater rief.

Als ich begriff, was fast passiert wäre, brauchte es einige Sekunden, bis ich mich wieder gesammelt hatte und mich einen Schritt von Rob zurückziehen konnte.

»Daddy?«

»Ich bin hier«, rief er. Kurz darauf stand Jane lächelnd vor uns. »Was gibt es, mein Engel?«

»Ich hab dich gesucht.« Dann sah sie mich an. »Hi.«

»Hallo, Jane«, begrüßte ich sie freudig und war froh, endlich mit ihr sprechen zu können. In den letzten Jahren hatte ich mich oft gefragt, wie es ihr ging, und hatte sie sehr vermisst. Ich hätte es bedauert, wenn wir nicht wenigstens kurz miteinander hätten sprechen können.

»Du erinnerst dich noch an Carlie?«

Sie lächelte und nickte. »Ich hab bei Grandma ein Video gesehen, auf dem wir zusammen Weihnachten gefeiert haben, du hast mir Lieder vorgesungen. Daddy hat mir dann ein paar Fotos gezeigt, wo wir zusammen drauf sind.«

Ich war gerührt, als ich das hörte, das hatte ich nicht erwartet. »Es freut mich, dich wiederzusehen. Ich habe oft an dich gedacht.«

Sie lächelte etwas schüchtern und sah dann zu Rob. »Irina sucht nach dir.«

Er nickte nur.

Als ich ihren Namen hörte, hatte ich sofort ein schlechtes Gewissen, weil es fast zu einem Kuss gekommen war.

»Ist es wichtig?«, wollte Rob wissen.

»Weiß ich nicht.« Jane zuckte mit den Schultern.

»Sag ihr, ich komme gleich, ja?«

Sie nickte und rannte zurück zum Hotel.

Rob wandte sich zu mir. »Es freut mich, dass du Ja sagst.Ich denke, wir beide sind alt genug, um damit umgehen zu können. Ich muss mich noch mal entschuldigen. Was ich letzte Woche gesagt habe, war falsch.«

»Schon okay. Ich hätte nicht überreagieren dürfen. Wer weiß, was ich dir in den letzten vier Jahren so alles an den Kopf geworfen hätte?«

Rob lächelte. »Du darfst nie denken, ich hätte dich nur als Ersatz gesehen. Das warst du ganz und gar nicht.«

Ich lächelte dankbar. »Ich weiß.« Und doch tat es gut, es von ihm zu hören.

»Also, dann sind wir Freunde?«, fragte Rob hoffnungsvoll.

Ich nickte kurz. In den letzten Tagen hatte ich nicht erwartet, dass wir uns versöhnen könnten, jetzt war ich überzeugt, dass es klappen konnte.

»Dann kann ja nichts mehr schiefgehen.«

»Das denke ich auch, du solltest jetzt gehen. Nicht, dass Irina noch eifersüchtig wird.«

»Du hast Recht, ich sollte nach ihr sehen. Aber sie hat keinen Grund, eifersüchtig zu sein.«

Seine letzten Worte versetzten mir einen leichten Stich in meinem Herzen. Ich wusste nicht warum, war aber umso erleichterter, dass es nicht zu einem Kuss gekommen war. Das hätte nur unnötige Probleme gegeben.

»Kommst du mit?«

»Ich geh noch ein Stück und seh mich um.«

»Okay, bis später.« Damit lief er schnell zum Hotel.

Ich war froh, allein zu sein, um meine Gedanken sammeln zu können. Dieser kleine Gefühlsausbruch hatte nichts zu bedeuten, es war nur dieses vertraute Gefühl, weswegen ich ihn hatte küssen wollen.

Kapitel 23

Carlie, 2015

Der Abend verlief entspannt, wir hatten uns alle an den Strand begeben. Jackson und Chris hatten ein Lagerfeuer entfacht, es wurde gelacht und gesungen. Langsam ging die Sonne unter und tauchte den Strand in ein sanftes Orange. Die letzten Sonnenstrahlen spiegelten sich auf dem Wasser. Ich hatte die Schuhe ausgezogen und meine Füße in dem weichen Sand vergraben. Vereinzelt hörte man Möwen und konnte beobachten, wie sie an der Brandung nach Muscheln oder Fischen suchten.

Wir erzählten uns Geschichten von früher und aus den letzten vier Jahren. Zum ersten Mal, seit ich wieder bei meinen alten Freunden war, fühlte ich mich frei und unbeschwert.

Mit Rob war alles geklärt. Was mich zuvor beschäftigt hatte, weswegen ich nie nach New York geflogen war, schien kein Problem mehr zu sein.

»Komm schon«, protestierte Rob, als sich Jackson darüber lustig machte, dass Rob damals seinen ersten Fall hatte hinschmeißen wollen. »Es hört sich einfach an, war es aber nicht. Sie hatte ihren Mann überfahren und sagte, es wäre keine Absicht gewesen. Das konnte ich dem Richter noch glaubhaft vermitteln. Doch als sie dann seinen Bruder verführte und ihren Mann auch noch vergiften wollte, wurde es knifflig.« Rob schüttelte den Kopf, Jackson lachte weiter. »Es war mehr Glück als alles andere, dass ich den Fall gewonnen habe.«

Der Rest von uns stimmte in das Lachen ein.

»Ich musste den Fall einfach gewinnen.« Er warf mir einen lächelnden Blick zu.

Es war sein erster Fall gewesen, der, wegen dem ich mein Studium unterbrochen hatte. Ich wusste, warum er das so sagte. Auch wenn wir zu diesem Zeitpunkt schon getrennt gewesen waren, hatte er ihn für uns gewinnen müssen, als Zeichen dafür, dass nicht alles umsonst gewesen war.

»Alles okay?«, fragte Amy nur für mich hörbar.

Ich sah zu ihr und nickte. Zum ersten Mal, seit ich hier war, war alles gut.

»Was ist aus deiner Mandantin geworden?«, wollte Chris wissen.

Rob verschluckte sich an seinem Bier. »Heute ist sie glücklich verheiratet mit dem Bruder ihres Ex-Mannes.«

Er schüttelte den Kopf. »Dem es offenbar nichts ausmacht, dass sie seinen Bruder überfahren hat und vergiften wollte. Die beiden scheinen glücklich zu sein.«

»Was lernen wir daraus?« Alle sahen zu Lucy, seiner Schwägerin. »Wenn wir einmal jemanden überfahren, sollten wir uns von Rob vertreten lassen.«

Wir brachen alle in schallendes Gelächter aus.

Es tat so gut, hier zusammenzusitzen und Geschichten von früher zu hören. Das vermisste ich in Los Angeles. Ich hatte zwar Freunde dort, doch die kannten mich erst seit vier Jahren. Es gab keine gemeinsamen Erlebnisse aus der Vergangenheit. Umso mehr genoss ich diesen Moment.

»Ich geh und sehe nach den Kindern.« Amy stand auf und klopfte sich etwas Sand von ihrer Jeans. »Bin gleich zurück.« Sie küsste Jackson kurz auf den Mund und lief zum Hotel. Es dauerte nicht lange, da stand Jackson ebenfalls auf.

»Wohin gehst du?«, fragte Alina nach.

Er schüttelte mit einem breiten Grinsen auf den Lippen den Kopf.

»Es ist schön, dass die beiden noch so verliebt sind«, säuselte Alina.

»Ja.«, stimmte ich zu.

Alina lächelte. »Ich hoffe, Chris und ich werden auch in Zukunft so glücklich sein.«

»Bestimmt. Ich hab gehört, du planst eine weitere Boutique?«

Alina nickte, sie sah zufrieden aus. »Ja, ich würde gern in Los Angeles ein kleines Geschäft eröffnen, wir müssten dann aber einige Monate dort sein, aber ich weiß es noch nicht. Außerdem würde ich dann hier und in Los Angeles Angestellte benötigen, auf die ich mich wirklich verlassen kann.«

»Du solltest deine Träume verwirklichen«, versuchte ich sie zu ermutigen.

Alina wollte gerade etwas sagen, da tauchte ihr zukünftiger Mann neben ihr auf.

»Für Los Angeles wüsste ich jemanden«, warf ich ein. »Auf Diana kannst du dich verlassen.«

Meine Mitbewohnerin liebte Mode, neben ihrer Arbeit in dem Club, jobbte sie schon seit Jahren hin und wieder in kleinen Boutiquen, für sie wäre es das Richtige.

»Vielleicht hört sie auf dich.« Chris küsste Alina sanft und sah dann wieder zu mir. »Sie könnte den Laden schon längst eröffnet haben, will aber nicht von hier weg.«

Alina hing an ihrer Familie, sie hasste es, von ihren Geschwistern getrennt zu sein. Dass Becky und Steve, die leiblichen Kinder ihrer Eltern, nicht in der Nähe wohnten, machte Alina oft zu schaffen. Deswegen besuchte sie die beiden mehrmals im Jahr. Ein Umzug, der bedeuten würde, Rob und Jackson nicht mehr bei sich zu haben, käme für sie nie infrage. Das war der Grund, warum sie ihren Traum nicht größer werden ließ.

»Nicht nur das, wir wollen ja auch Kinder.«

»Die können wir überall bekommen«, sagte Chris. Alina sah ihn verliebt an.

Ich stand auf und ließ sie allein, es war ein Moment, der nur ihnen gehörte.

Je später es wurde, umso mehr der Anwesenden versammelten sich um das Lagerfeuer. Mitte Mai und doch war es recht frisch an diesem Abend. Ich sah zu Rob und seinem Bruder Nick, die beiden lachten. Es war schön, ihn glücklich zu sehen. Wenn ich an unsere letzten gemeinsamen Wochen dachte, hatte ich einen traurigen Rob vor Augen.

»Hallo.« Irina tauchte neben mir auf. »Wir hatten bisher nicht die Möglichkeit, uns einander vorzustellen. Ich bin Irina.«

Etwas verdutzt sah ich sie an. Sie hielt mir lächelnd ihre Hand hin, es dauerte einen Moment, bis ich wieder reagieren konnte und ihr meine Hand entgegenstreckte.

»Ich bin Carlie.«

Ihr Grinsen wurde breiter. »Es freut mich, ich hab schon viel von dir gehört. Schön, dich endlich persönlich kennenzulernen.«

»Mich freut es auch. Es tut mir leid, ich hab noch nicht so viel von dir gehört.« Etwas schade fand ich es mittlerweile schon, dass ich nichts über sie wusste. Das Gefühl bei unserem ersten Aufeinandertreffen wäre sicher ein anderes gewesen, hätte ich Rob nicht so sehr aus meinem Leben verbannt.

»Das wundert mich gar nicht.« Sie kicherte. »Komm, setzen wir uns, ich kann heute nicht so lange stehen.«

Ich nickte und wir setzten uns auf einen der Holzstämme.

»Alina ist wirklich glücklich, dass du hier bist«, sagte sie.

»Ja ich weiß, ich bin auch froh, dass ich hier bin.«

»Du wirst jetzt also meinen Platz einnehmen?«

Ich sah sie überrascht an, doch sie lächelte, es schien sie gar nicht zu stören.

»Ja, nachdem mich alle darum gebeten haben und ich das Kleid gesehen habe.«

»Alina hat mir erzählt, dass das Kleid eine besondere Bedeutung für dich hat.«

»Stört es dich nicht?«

»Mich?«, fragte sie überrascht. »Warum denn? Ich bin nur froh, das Robby-Boy nicht allein zum

Altar gehen muss, das hätte doch ziemlich doof ausgesehen.« Sie kicherte wieder, ich konnte ein Lächeln nicht zurückhalten.

»Irina«, hörten wir Rob mahnend rufen, »ich hab das gehört.« Er lachte, es war eine seltsame Situation.

»Ach Robby-Boy. Ich sag es nicht mehr. Robby-Boy«, rief sie wieder und kicherte.

»Jetzt hast du es schon wieder getan.« Rob lachte.

»Entschuldigung, Robby-Boy.« Dann lachte sie ebenfalls, ich stimmte mit ein. »Das konnte er noch nie leiden«, erklärte sie mir lachend.

»Ich weiß.«

Zögerlich sah sie mich an. »Für einen Moment hatte ich vergessen, dass ihr euch schon so lange kennt, das tut mir leid.«

»Das muss es nicht. Wie geht es dir denn?«, wechselte ich schnell das Thema.

Irina legte ihre Hand auf ihren Bauch, sie wirkte etwas traurig, verdeckte das aber gut mit einem Lächeln.

»Soweit ganz gut. Es besteht seit Beginn der Schwangerschaft die Gefahr, dass es zu einer Fehl- oder Frühgeburt kommt. Hab ich nur etwas mehr Bauchweh als sonst, ist der liebe Rob viel zu besorgt und bringt mich gleich zum Arzt. Ich bin froh, dass ich ihn habe und er für mich da ist, ohne ihn wäre ich in den letzten Monaten oft verloren gewesen.«

»Auf Rob kannst du dich in jedem Fall verlassen.« Obwohl sie das am besten wissen musste.

Irina nickte und trank einen Schluck aus ihrer Wasserflasche. »Das stimmt, aber ich will lieber nicht von ihm abhängig sein.« Nachdenklich streichelte sie über ihren Bauch.

»Na, lästert ihr über mich?« Rob stand auf einmal vor uns, er beugte sich hinunter und drückte Irina einen Kuss auf die Wange. Dann setzte er sich neben sie, seinen Arm um ihre Schultern gelegt.

»Wir? Warum sollten wir? Ach Robby-Boy, über dich gibt es nichts zu lästern, du bist perfekt.«

Nun war es Rob, der lachte. »Ja klar, ich bin ganz und gar nicht perfekt und das wisst ihr beide am besten.«

Überrascht sah ich zu ihm, er grinste. Irina lächelte, sie hatte ihren Kopf auf seine Schulter gelegt und die Augen geschlossen. Ja, ein schönes Paar.

»Sag so etwas nicht. Du hast Fehler gemacht – wie wir alle.« Es war mehr ein Flüstern, das von ihr kam.

Rob streichelte ihr immer wieder über den Rücken, es war zwar schön, sie so zu beobachten, aber irgendwie verletzte es mich auch. Warum wünschte ich mir, an Irinas Stelle zu sein?

Ich konnte nicht länger in der Nähe der beiden sein. Es tat weh, die beiden zu beobachten, ich wusste nicht, wie ich damit umgehen sollte. Ohne ein Wort zu sagen, stand ich auf und schlich mich leise davon.

**

Ich schlenderte mit nackten Füßen am Strand entlang und blickte auf das ruhige Meer und die seichten Wellen. Ich liebte es, am Wasser zu sein. Hier konnte ich am besten nachdenken.

Was hatte ich da gefühlt? Die letzten Tage waren verrückt. Ständig wurde ich an die Vergangenheit erinnert, Tausende Meilen von meinem neuen Leben entfernt. Es war klar, dass ich verwirrt war.

Ich dachte an Kyles Antrag am Flughafen. Alina hatte ich davon erzählt, doch war ich bereit, seine Frau zu werden? Viele Gedanken hatte ich mir darüber noch nicht gemacht. Wir waren glücklich und ich konnte mir ein Leben mit ihm vorstellen. Dennoch war ich unsicher, was eine Hochzeit betraf. Wenn ich wieder in Los Angeles war, müssten wir reden. Wir sollten erstmal zusammenwohnen, dann würde ich mich mit der Entscheidung vielleicht sicherer fühlen.

Als ich zurückgehen wollte, bekam ich eine SMS. Ich hatte gar nicht damit gerechnet, etwas von Marc zu hören. Mittlerweile lebten er und seine Verlobte wieder in Montana, sonst hätte ich ihn gern kurz besucht. Nach dem Kuss im Matsch war unser Kontakt in den ersten Wochen ganz abgebrochen. Irgendwann hatte ich eine Nachricht mit einem einfachen Hallo von ihm bekommen. Seit ein paar Monaten redeten wir wieder regelmäßig per Skype miteinander.

In welchem Hotel bist du?

Wir sind im Topping Rose House.
Warum?

Wo bist du jetzt gerade?

Natürlich fragte ich mich, was er von mir wollte, dennoch antwortete ich erneut.

Ich bin am Stand, warum fragst du?

Schick mir bitte deinen Standort.

Ich war etwas verwirrt, ging seiner bitte aber nach.

Perfekt. Bleib kurz genau da stehen.

Warum?

Keine Antwort. Ich wartete ein paar Minuten ab und rief dann bei ihm an, doch Marc nahm den Anruf nicht entgegen. Sollte ich hier stehen bleiben? Ich sah mich um, war ganz allein am Strand, dann blickte ich in den Himmel, wo ich Tausende funkelnde Sterne sehen konnte. Etwas, das in Los Angeles durch die vielen Lichter kaum möglich war. Hatte ich deswegen stehen bleiben sollen? Marc wusste, wie sehr ich das vermisste. Es war schön, in den Himmel zu sehen, die Sternbilder zu finden und für den Moment an nichts zu denken. Es war genau das, was ich jetzt gebraucht hatte.

»Hey.«

Überrascht drehte ich mich um. Vor mir stand Marc. Marc, der in Montana sein sollte. »Was machst du hier?«

»Lenas Vater ist im Krankenhaus. Wir sind gestern nach New York geflogen, Lena ist bei ihm. Ich musste raus und ich wusste, du bist hier.«

»Du bist meinetwegen hergefahren?«, fragte ich erstaunt nach.

Marc nickte und wir umarmten uns kurz.

»Sollen wir ein Stück gehen?«

Ich nickte und Marc griff nach meiner Hand, was mich im ersten Moment etwas irritierte, doch ich sagte nichts dazu. Dann gingen wir Hand in Hand nebeneinander her.

»Gefällt es dir, hier zu sein?«, fragte er.

»Ja, aber es ist seltsam.«

»Wie läuft es mit Rob?«

Ich zuckte mit den Schultern. »Seine Freundin ist hochschwanger und kann nicht mehr die Brautjungfer von Alina sein, ich werde jetzt mit ihm zum Altar gehen.«

Marc sah mich überrascht an. »Wie ist das für dich?«

Ich blieb stehen. »Lass uns über etwas anderes reden.Warum bist du nicht bei Lena geblieben?«

Marc zuckte mit den Schultern und sah mich an. »Ihrem Dad geht es besser, sie will ihn dennoch nicht allein lassen, ich wollte ja nur, dass sie zum Schlafen nach Hause fährt. Wir hatten Streit. Du und ich, wir haben uns schon lange nicht gesehen und da dachte ich, ich überrasche dich.«

Ich lächelte, schweigend liefen wir weiter am Strand entlang, hörten das Rauschen der Wellen und genossen die Stille.

**

Etwas später saßen wir im Sand, sahen auf das Wasser und redeten über alles Mögliche. Es tat gut, jemand Vertrautes bei mir zu haben. Vermutlich hatte Lynn recht. Wäre Kyle bei mir, würde ich mich nicht so unsicher fühlen.

»Es ist schön, mit dir hier zu sitzen.«

Ich nickte und sah zu Marc.

»Ich bin froh, dass ich dich kennenlernen durfte«, murmelte er.

»Das bin ich auch.«

»Wärst du damals doch nur ehrlich zu mir gewesen«, flüsterte Marc bedrückt.

Ich legte den Kopf auf seine Schulter und schloss die Augen.

»Das, was ich fühle, wenn wir zusammen sind, kann ich nicht einordnen«, gab er leise zu.

»Warum sagst du das?«, fragte ich flüsternd und sah wieder zu ihm auf.

Wir hatten beschlossen, den Kuss bei seinem Vater als etwas Einmaliges zu sehen. Einen Moment, in dem wir der Vergangenheit nachgehangen hatten. Nicht mehr.

»Weil ich nicht anders kann.« Marc sah mir in die Augen und zog mich zu sich.

Ich zögerte einen Moment, dann trafen sich unsere Lippen. Es war ein kurzer Kuss, dann sahen wir einander wieder an.

»Ich verstehe es doch selbst nicht«, wisperte er.

»Wir dürfen das nicht wieder tun.«

»Ich kann nicht anders«, sagte er und zog

mich auf seinen Schoß, küsste mich erneut. Ich genoss jeden Kuss und jede Berührung von ihm. Ich vergaß, was mich in den letzten Tagen beschäftigt hatte, ich dachte an nichts mehr und entspannte mich.

Ich sah in seine strahlenden Augen, wieder trafen unsere Lippen aufeinander. Ich öffnete den Mund ein kleines Stück, um seiner Zunge Einlass zu gewähren. In meinem Magen explodierte ein Feuerwerk.

»Was machst du nur mit mir?«, flüsterte Marc und zog mir mein Shirt über den Kopf. »Immer wieder denke ich daran, wie es ist, dich zu küssen.«

Mir fehlten die Worte, also küsste ich ihn erneut. Ich wusste, dass das nicht richtig war. Das wussten wir beide. Marc zog sich ebenfalls sein Shirt aus und mich näher an sich. Er küsste meinen Hals, öffnete den BH, den ich trug, und bedeckte meine Brüste mit seinen Küssen.

Ich verlor mich in seinen Berührungen.

»Ich kann nicht länger warten. Ich muss dich endlich spüren.« Marc öffnete meine Jeans und versuchte, sie mir auszuziehen. »Zieh sie aus.«

Ich nickte aufgeregt und wollte aufstehen, da klingelte sein Handy und holte uns in die Realität zurück. Wir lasen beide den Namen seiner Verlobten auf dem Display. Die sexuelle Spannung verflog, ebenso die Lust auf ihn. Anstatt meine Jeans auszuziehen, schloss ich sie, warf Marc sein Shirt hin und zog mich wieder an. Das, was fast passiert war, war falsch, ein Fehler, der zu weitreichenden Folgen geführt hätte und zum Glück nicht geschehen war.

Marc stand ebenfalls auf und zog sich an. Er drückte den Anruf weg und sah hoffnungsvoll zu mir.

Ich schüttelte den Kopf, kein Wort schaffte es über meine Lippen. Nichts wäre das Richtige gewesen.

»Ich gehe zum Hotel zurück«, entschied ich.

»Es tut mir leid«, sagte er und sah mich traurig an.

»Es muss dir nichts leidtun.« Mehr sagte ich nicht. Ich ließ Marc nicht zu Wort kommen, drehte mich um und lief zurück. Tränen schossen in meine Augen, ich fühlte mich miserabel. Zu gern wollte ich bei Marc bleiben, doch das ging nicht.

Ich hörte, wie sein Handy erneut klingelte, diesmal nahm er den Anruf entgegen und sprach mit Lena. Dass zwischen uns eine Bindung war, war nicht zu bestreiten. Doch wir waren beide mit anderen Partnern glücklich. Ich dachte wieder an Kyle und hatte plötzlich ein unheimlich schlechtes Gewissen. Wie hatte ich ihm das nur antun können?

Kapitel 24

Carlie, 2015

»Du siehst müde aus.«, stellte Amy fest.

Ich nickte. Die ganze Nacht hatte ich mich gefragt, was das zu bedeuten hatte. Es war das dritte Mal, dass wir uns geküsst hatten. Beim ersten Mal war ich mit Rob zusammen gewesen, beim nächsten Mal Marc glücklich mit einer neuen Frau an seiner Seite. Nun waren wir beide in einer Beziehung. Kyle musste unbedingt davon erfahren. Ich durfte ihm diesen Ausrutscher nicht verschweigen, hatte aber keine Ahnung, wie ich das angehen sollte.

»Du musst doch früh ins Bett gegangen sein. Als Jackson und ich zurück an den Strand kamen, warst du verschwunden.«

Ich schüttelte nur den Kopf.

»Hast du mit Kyle telefoniert?«, bohrte sie wieder nach.

Ich sah mich um, Alina zog ihr Kleid an, die Blumenmädchen waren schon fertig, die anderen Brautjungfern zogen sich ebenfalls an. Alle waren beschäftigt, keiner hörte uns zu.

»Ich hab Marc geküsst«, gestand ich beschämt.

Überrascht riss Amy die Augen auf. »Wann?«

»Gestern Nacht«, murmelte ich leise.

Sie musterte mich mit zusammengekniffenen Augen.

»Er ist mit Lena in New York, weil ihr Vater ins Krankenhaus musste. Er fragte, wo ich sei, und stand kurz darauf vor mir. Wir waren erst spazieren und dann ist es passiert.«

»Habt ihr miteinander geschlafen?«

Ich schüttelte energisch den Kopf. »Ich weiß nicht, was das zu bedeuten hat. Ich muss mit Kyle sprechen.«

»Hast du Gefühle für ihn?«

»Ich mag ihn, da ist eindeutig eine Verbindung zwischen uns. Es ist besser, wir sehen uns nicht wieder. Ich hätte das nicht zulassen dürfen, nicht erneut.«

»Sei nicht so hart zu dir.« Amy streichelte über mein Bein. »Wenn du in Los Angeles bist, wirst du Kyle davon erzählen, es war ein Moment der Schwäche. Er wird das verstehen.«

»Denkst du?«, fragte ich zweifelnd.

Amy nickte. Ich hoffte, Kyle würde wirklich so verständnisvoll sein. Natürlich hatte er auch Fehler begangen, die ich ihm verziehen hatte. Das bedeutete aber nicht, dass ich es ihm gleichtun sollte.

»Zerbrich dir nicht den Kopf, genieß den Tag.«

Das war leicht gesagt. Meine Gedanken kreisten um Marc und Kyle und gleich musste ich an der Seite von Rob zum Altar gehen. Ich hatte nicht den Eindruck, als würde ich heute irgendetwas genießen können.

**

»Bist du bereit?«, fragte ich Alina und steckte eine Rose in ihr Haar.

»Ja«, sie klang nervös, wirkte aber recht entspannt.

»Dann rufe ich mal deinen Dad«, sagte Amy und verließ schnell das Zimmer.

»Ihr seht wundervoll aus.« Eine Träne kullerte über Alinas Wange.

»Nicht weinen«, ermahnte Becky ihre Schwester.

»Danke, dass ihr meine Freundinnen seid.«

»Dafür musst du dich doch nicht bedanken.«

Alina strahlte mich an. »Das Kleid steht dir noch viel besser als damals.«

»Danke.«

»Denkst du, ich werde Chris gefallen?« Sie klang unsicher.

»Natürlich, wie könntest du ihm denn nicht gefallen?«

»Du hast wohl recht.« Sie nickte, sah jedoch nicht überzeugt aus.

Ich hatte sie selten unsicher erlebt. Alina musste sich keine Gedanken machen, sie sah in ihrem figurbetonten Kleid wie eine Prinzessin aus. Es hatte eine lange Schleppe, ab der Brust war es mit Blumen und Perlen bestickt und bedeckte kaum ihre Schultern. Kurze, durchsichtige Ärmel reichten ihr bis zu den Ellbogen. Kleine Steinchen, die wie Diamanten funkelten, verzierten das Kleid, es passte perfekt zu ihr. Alina hatte es geschneidert und sich damit selbst übertroffen.

Es klopfte an der Tür und kurz darauf streckte

Rob den Kopf herein. »Seid ihr so weit?«

»Ja, wir kommen sofort.«

Rob musterte lächelnd die Braut. »Du siehst wunderschön aus.«

Alina strahlte. »Danke«, flüsterte sie.

»Komm, Carlie, wir sollten auf unsere Plätze gehen.«

Ich nickte, ließ Alina zurück und folgte Rob. Vor der Tür trafen wir auf Peter, der seine Tochter zum Altar führen würde. Rob griff nach meiner Hand, ich nahm einen kleinen Blumenstrauß mit weißen Rosen, den mir Megan, die Assistentin des Hochzeitsplaner reichte, und stellte mich hinter Jackson und Amy, die vor uns gingen.

»Wollte ich Hühnchen oder Schwein?« Jackson sah seine Frau fragend an. »Hoffentlich hab ich nicht den Fisch gewählt.«

Rob lachte kopfschüttelnd und Jackson wandte sich zu ihm um. »Was isst du? Falls ich Fisch bekomme, tauschen wir?«

»Musst du jetzt über das Essen nachdenken?« Amy blickte ihren Mann tadelnd an. »Du hast das Schwein ausgesucht. Aber keine Sorge, ich hab das Hühnchen, wenn du willst, nimmst du das.«

»Danke, Baby.« Er grinste. »Rob, falls dir je eine Frau begegnet, die ohne zu zögern ihr Essen mit deinem tauschen würde, weißt du, das ist die Richtige. Hast du damals dein Essen mit ihm getauscht?«, wollte er von mir wissen.

Ich nickte und wunderte mich über seine seltsame Frage.

»Halt jetzt die Klappe«, ermahnte Amy ihren Mann.

»Würde ich aber auch sagen«, stimmte Rob zu und lächelte mir zu.

»Sind dann alle so weit?«, hörte ich die Stimme des Hochzeitsplaners, der auffällig gestresst wirkte, das Ganze aber perfekt organisiert hatte.

»Wo sind denn die Mädchen?«, fragte er überfordert und blickte sich suchend um. »Megan, sag Bescheid, wir brauchen ein paar Minuten länger.«

Seine Assistentin lief schnell den Gang hinunter.

Jackson schnaubte genervt.

»Jetzt hab Geduld«, bat ihn Amy, »du bekommst schon früh genug etwas zu essen.«

»Geduld ist nicht seine Stärke«, lachte Rob.

Ich schlug ihm auf den Arm und schüttelte den Kopf. »Hört auf damit und seid still.« Doch ich musste lächeln, es war fast wie früher.

»Oh, nervös?«, fragte Jackson lachend.

»Halt die Klappe«, fuhr ich ihn spielerisch an.

»Eindeutig nervös.« Er lachte immer noch.

»Alles gut?«, murmelte Rob mir zu.

Nach unserem Gespräch am Tag zuvor fühlte ich mich besser. Es war zwar ein seltsames Gefühl, hier so neben ihm zu stehen, doch ich machte mir keine Gedanken mehr darüber.

»Du siehst wunderschön aus und stellst die Braut in den Schatten«, flüsterte er.

»Ha! Lass das mal nicht Alina hören.« Jackson konnte offenbar gar nicht mehr aufhören zu lachen.

»Reiß dich zusammen.« Amy schüttelte den Kopf.

»Danke.« Unsicher sah ich zu Rob auf.

Er lächelte auf die Art, wie ich es schon immer geliebt hatte. Das Strahlen ging in seine grünen Augen über, in denen ich mich noch heute verlieren konnte.

»Es geht los.« Die Stimme des Hochzeitsplaners holte mich zurück.

Was war das nur, was ich immer wieder verspürte, wenn ich Rob ansah? Ich holte tief Luft, verdrängte die Gedanken an ihn und folgte den Anweisungen, die wir am Morgen bekommen hatten.

»Wo ist denn die Braut? Alina müsste schon längst da sein.«

Jackson lachte noch einmal auf und kassierte dafür einige böse Blicke. Es war zwar seltsam, doch ich freute mich, ein Teil des Ganzen zu sein. Lächelnd hakte ich mich bei Rob ein und vergaß alles, was zwischen uns passiert war. Ich ließ die Trauer und den Schmerz hinter mir, vergaß die Wut. In diesem Moment fühlte es sich wie früher an.

Es schien ewig zu dauern, bis die Musik einsetzte und die Blumenmädchen den langen, mit weißen Rosen geschmückten Gang entlangschritten.

Rob und ich waren direkt vor der Braut dran.

»Du siehst bezaubernd aus«, flüsterte er, während wir warteten, bis wir an der Reihe waren.

»Ich hab das Kleid damals an dir geliebt.«
Lächelnd sah ich zu ihm auf.

»Ich fand es schade, dass es kaputtgegangen ist. Aber es störte mich nicht, wie es passiert ist.« In seiner Stimme war ein leises Lachen zu hören.

Erinnerungen stiegen in mir auf. Damals waren wir jung und unbeschwert. Wie oft hatte ich mir diese Zeit zurückgewünscht?

»Danke.«

»Du musst dich nicht bedanken. Ich bin froh, eine solch wunderschöne Frau an meiner Seite zu haben.«

Ich sah zu dem Hochzeitsplaner, der uns ein Zeichen gab loszugehen. Lächelnd sahen wir uns an und dann liefen wir auch schon den langen Gang entlang.

Zwar war es seltsam, Rob an meiner Seite zu haben, doch es war nicht ansatzweise so schlimm, wie ich erwartet hatte. Ich hätte mir nicht so viele Gedanken machen müssen. Es vergingen keine dreißig Sekunden, da trennten sich unserer Wege wieder. Rob lief nach rechts, ich nach links. Den Blick konnte ich aber nicht von ihm abwenden. Ich achtete nur auf meine erste große Liebe und verpasste, wie Alina den Gang entlangschritt. Auch Rob sah mich lange an, doch irgendwann wandte er seinen Blick ab und sah zu den Gästen.

Zu Irina.

Zu seiner Freundin, was mich auf den Boden der Tatsachen zurückholte.

Ich hatte so lange Angst gehabt, auf Rob zu treffen, weil ich nicht wollte, dass wir stritten. Erst jetzt merkte ich, dass es noch einen anderen Grund gab. Streiten war das eine, doch mich zu verlieben, war eine viel größere Gefahr. So gern ich hier war, ich war erleichtert, dass mein Rückflug nach Hause schon bald stattfand.

»Liebes Brautpaar«, eröffnete der Pfarrer seiner Rede. »Ihr seid in dieser entscheidenden Stunde eures Lebens nicht allein. Ihr seid umgeben von Menschen, die euch nahestehen. Die Liebe ist langmütig und freundlich. Die Liebe eifert nicht, die Liebe treibt nicht Mutwillen, sie bläht sich nicht auf. Sie verhält sich nicht ungehörig, sie sucht nicht das Ihre, sie lässt sich nicht erbittern, sie rechnet das Böse nicht zu. Sie freut sich nicht über Ungerechtigkeit, sie freut sich aber an der Wahrheit. Sie erträgt alles, sie glaubt alles, sie hofft alles, sie duldet alles. Die Liebe hört niemals auf.«

Liebe hört niemals auf. Ja, das konnte ich bestätigen. Mir war bewusst geworden, dass ich Gefühle für Rob hatte, doch die waren klein und reichten nicht, um das Vergangene zu überwinden.

Liebe hofft und duldet alles, das konnte ich bestätigen. Vor vier Jahren hatte ich einiges geduldet und so oft gehofft.

Liebe erträgt alles, das aber stimmte nicht. Unsere hatte vieles überstanden, doch irgendwann war es zu viel gewesen. Es hatte zu oft Schmerz, Leid und Lügen gegeben.

Wir hatten es nicht geschafft, wir würden es auch heute nicht schaffen, das wusste ich. Es war zu viel passiert, nicht nur damals, auch in den letzten Jahren.

»So frage ich dich, Christofer Smith, bist du hierhergekommen, um nach reiflicher Überlegung und aus freiem Entschluss mit deiner Braut Alina Hanson den Bund der Ehe zu schließen? So antworte mit Ja.

Chris sah lächelnd zu Alina. »Ja.«

Als ich Rob einen Blick zuwarf, grinste er mich an und sah dann wieder zu Irina. Mein Blick folgte seinem, sie wirkte glücklich.

»Willst du deine Frau lieben und achten und ihr die Treue halten alle Tage deines Lebens?«

»Ja, ich will.«

»Alina Hanson, ich frage dich, bist du hierhergekommen, um nach reiflicher Überlegung und aus freiem Entschluss mit deinem Bräutigam Christofer Smith den Bund der Ehe zu schließen? So antworte mit Ja.«

»Ja«, antwortete Alina glücklich und sah Chris strahlend an.

»Willst du deinen Mann lieben und achten und ihm die Treue halten alle Tage deines Lebens?«

»Ja, ich will«, antwortete sie wieder, dann folgten die Ehegelübde der beiden. Alina machte den Anfang.

»Chris, ich liebe dich, bin verrückt nach dir. Ich kann mir ein Leben ohne dich nicht mehr vorstellen. Als du vor einem halben Jahr in mein Leben getreten bist, hätte ich nie gedacht, dass du mich so schnell verzaubern könntest. Noch weniger hätte ich gedacht, dass wir ein halbes Jahr später heiraten. Du bist mein Fels in der Brandung, mein Stern, mein Leben, du bist der Mensch, für den es sich zu leben lohnt. Ich bin die glücklichste Person der Welt, weil du mich zu deiner Frau genommen hast. Danke, dass du an meiner Seite bist.«

Es waren wunderschöne Worte, die sie zu sagen hatte, die Gäste schienen mit den Tränen zu kämpfen, auch ich vergoss ein paar. Wieder sah ich zu Rob, sein Blick lag immer noch auf Irina.

»Ich habe lange darüber nachgedacht, was die richtigen Worte sind«, begann Chris. »Ich bin noch immer nicht sicher, was ich sagen soll. Ich bin nur so unendlich glücklich, mit dir hier heute zu stehen. Ich hoffe, nein, ich weiß, dass wir für immer zusammen sein werden. Ich liebe dich.«

Für Alina gab es kein Halten mehr, sie fiel ihrem Mann um den Hals und küsste ihn kurz, ehe sie sich wieder auf ihre Position stellte. Der Pfarrer segnete die Ringe sowie Alina und Chris und dann kam das, worauf alle gewartet hatten.

»Hiermit erkläre ich euch zu Mann und Frau, du darfst die Braut nun küssen.«

Chris lächelte und zog Alina in seine Arme, es folgt ein leidenschaftlicher Kuss und alle Gäste klatschten. Es dauerte einige Zeit, bis sich die beiden voneinander lösten und den Gang hinuntergingen. Ich lief an der Seite von Rob zurück.

»Eine schöne Trauung.«, sagte Rob.

»Das stimmt. Die beiden passen wirklich gut zusammen, ich freu mich, dass sie ihr perfektes Gegenstück gefunden haben«, sagte ich ehrlich.

»Das stimmt allerdings«, antwortete er lächelnd und dann waren wir draußen im großen Garten angekommen. Ich war froh, dass sich unsere Weg erstmal trennten.

Kapitel 25

Carlie, 2015

»Habe ich dir schon gesagt, dass du wunderschön aussiehst?«

Ich blickte erstaunt zu Rob und hörte ein Klicken.

»Das war perfekt«, rief der Fotograf. »Rob, leg deinen Arm noch um Carlies Schultern.«

Ich sah wieder zum Fotografen.

Rob tat wie ihm befohlen und zog mich etwas näher zu sich. Es war schön, von ihm in den Arm genommen zu werden.

»Würdest du später mit mir tanzen?«, fragte er leise.

»Ja.« Ich lächelte und freute mich darauf, dann wieder in seinen Armen zu sein und einige Minuten mit ihm zu verbringen. Doch sofort war auch das schlechte Gewissen Kyle und Irina gegenüber wieder da. Mein Freund war am anderen Ende des Landes und ich fühlte mich in den Armen meines Ex-Freundes immer besser.

»Gut, das hätten wir. Jetzt alle Brautjungfern zusammen«, bat der Fotograf nun.

Rob lächelte mir noch einmal zu und lief dann zur Terrasse. Er hatte es für den Moment geschafft. Ich hingegen würde noch für einige Fotos posieren müssen.

Amy tauchte neben mir auf und der Fotograf drückte erneut auf den Auslöser.

Meine Freundin sah mich besorgt an. »Es scheint, als würde dir nicht nur Marc, sondern auch Rob im Kopf herum spuken.«

Ich nickte, sagte aber nichts dazu.

»Ist doch ganz normal. Ihr habt eine gemeinsame Vergangenheit. Ich kann verstehen, wenn du dich da komisch fühlst.«

Ich war froh, dass Amy das sagte. Der Tag war seltsam, in den verstrichenen Stunden war ich Rob so nahe wie schon lange nicht mehr. Wenn ich an die letzten Tage dachte, war es kein Wunder, dass ich mich so fühlte.

»Noch zwei Fotos, dann könnt ihr euch den ganzen Tag unterhalten. Aber jetzt bitte noch etwas konzentrieren.«

Amy und ich nickten, mussten aber dabei lachen. Das schien ihn nicht zu stören, er machte in Ruhe seine Fotos.

»Und jetzt mit der Braut.«

Es folgten weitere dreißig Minuten, in denen Fotos geschossen wurden. Gefühlt wurde ich mit jedem Gast abgelichtet, der eingeladen war.

Alina wollte so viele Erinnerungen wie nur möglich festhalten. Doch es sollte nicht nur professionelle Fotos geben. Auf jedem der Tische lagen Kameras, mit denen die Gäste Schnappschüsse machen konnten. Etwas wehmütig dachte ich daran, dass ich die ganzen Aufnahmen nie zu Gesicht bekommen würde. Das war schade, aber leider nicht zu ändern.

**

Später stand ich auf der Terrasse und blickte auf das Meer, die Band spielte im Hintergrund Alinas Lieblingssong, bald würde das Essen serviert werden. Es war ein schöner Tag, besser, als ich erwartet hatte. Rob war ich seit dem Foto aus dem Weg gegangen und das würde ich auch den restlichen Tag machen. Ich wollte nicht länger Zeit mit ihm verbringen. Die Gefühle, die ich hatte, würden verschwinden, sobald ich wieder zu Hause war. Bis dahin musste ich nicht dafür sorgen, dass ich es mir unnötig schwer machte.

»Wie geht es dir?«

Ich wandte Amy mein Gesicht zu, die neben mir aufgetaucht war. »Gut.«

»Ich bin froh, dass du hier bist.« Sie reichte mir ein Glas Champagner und lächelte. »Es ist schön, dich glücklich zu sehen.«

»Amy?« Rob tauchte neben uns auf. »Könntest du Mittwoch auf Jane aufpassen? Ich hab einen Termin mit Mason zum Essen, Emmas Prozess beginnt bald.«

»Klar, kein Problem.«

»Wie geht es Emma denn?«, hörte ich Jackson fragen, der nun auch bei uns stand.

Rob zuckte mit den Schultern. »Den Umständen entsprechend.« Die beiden drehten sich um und ließen uns wieder allein. Rob schien in seiner Arbeit das gefunden zu haben, was er immer gewollt hatte.

»Kümmerst du dich noch oft um Jane?«

Amy nickte. »Ich unterstütze Rob, so gut ich

kann. Nachdem Irina bei den beiden eingezogen war, hat sie sich vermehrt um Jane gekümmert, doch je größer ihre Probleme wurden, desto weniger wollte Rob sie belasten, und ich kümmerte mich wieder mehr um die Kleine. Das wird sich auch erstmal nicht ändern. Irina wird bald entbinden und sich in den ersten Wochen nur um sich und ihr Baby kümmern können. Aber ich mache es gern.«

Ich trank von meinem Champagner und blickte mich nach Rob um. Er saß an einem der Tische neben seiner Freundin und streichelte ihr über ihren runden Bauch. Irina hatte ihre Augen geschlossen, lächelte aber. Kurz darauf lachten beide und sie legte ihren Kopf auf seine Schulter.

Jane kam zu den beiden an den Tisch und Jackson knipste ein Foto von den dreien. Sie gaben eine schöne und glückliche Familie ab. Selbst wenn ich Gefühle für Rob hatte, waren diese nicht von Bedeutung. Er hatte endlich das Glück gefunden, das er gesucht hatte, das durfte ich ihm nicht zerstören. Außerdem hatte ich Kyle. Von dem ich schon zu lange nichts gehört hatte, dachte ich wehmütig.

»Ich rufe kurz Kyle an.«

Amy nickte.

Ich lief ins Hotel. Ich wollte seine Stimme hören und für einen Moment alles vergessen. Das Kribbeln, das ich bei dem Gedanken an Rob verspürte, und den Kuss mit Marc von letzter Nacht.

Ich wählte die Nummer meines Freundes, er nahm nicht ab. Also beendete ich den Anruf und blickte dann auf Marcs Namen, der in der Liste der ausgehenden Anrufe als Nächstes auftauchte. Gern hätte ich ihn angerufen, doch nach letzter Nacht war es besser, es nicht zu tun. Ob unsere Freundschaft noch eine Chance hatte, wusste ich nicht. Mein Finger schwebte über dem *Anrufen*-Button, nur schwer gelang es mir, nicht anzurufen. Vermutlich würde er ohnehin nicht abnehmen. Ich würde es nicht tun. Auch wenn ich mir in diesem Augenblick nichts Besseres vorstellen konnte, als seine Stimme zu hören.

Ein Kellner mit einem Tablett lief an mir vorbei, ich griff nach einem Glas mit Champagner und stellte mein leeres auf dem Tablett ab. Mit einem Zug trank ich es leer und versuchte dabei, den Gedanken an Marc zu verdrängen. Wie hatte das nur passieren können? Ich hasste mich selbst dafür.

Die Band spielte leise im Hintergrund. Den Blick auf das Meer gerichtet, konnte ich langsam etwas abschalten. War es auf einer Hochzeit nicht vielleicht sogar normal, alten Gefühlen nachzuhängen? Musste ich mir so viele Gedanken machen, was ich für Rob empfand?

Jackson tauchte neben mir auf und setzte sich auf die kleine Mauer, an der ich stand. »Denkst du, sie schneiden den Kuchen bald an?«

Ich sah zu Jackson, der ungeduldig das Buffet im Auge behielt, das schon längst aufgebaut, aber nicht eröffnet worden war. Nach Alinas Zeitplan würde das erst in zwanzig Minuten der Fall sein. Bisher war alles so verlaufen wie von ihr geplant. Dann würde sich daran vermutlich auch nichts mehr ändern.

»Amy und ich haben unsere Gäste nicht so

lange auf den Kuchen warten lassen.«

»Sicher? Oder war es nicht eher so, dass du nicht mehr warten wolltest?«, fragte ich lächelnd nach.

»Möglich«, stimmte Jackson mir ernst zu, musste dann aber selbst lachen. »Tanzt du später auch noch mit mir? Du hast schon mit jedem getanzt, nur nicht mir mir.«

»Sehr gern sogar.« Aber was er sagte, stimmte nicht. Lediglich mit seinem älteren Bruder und seinem Vater hatte ich einen kurzen Tanz gewagt. Doch es war noch immer nichts, was ich gern tat oder auch nur beherrschte.

»Aber erst muss sie noch mit mir tanzen.« Ich sah zu Rob, der sich neben seinen Bruder setzte. »Habe ich dir ja versprochen«, sagte ich. Für einen Moment hatte ich gehofft, er hätte es vergessen. Doch dieses Glück hatte ich nicht.

Jackson grinste uns an. »Es ist schön, dass ihr euch so gut versteht.«

»Finde ich auch«, stimmte Rob zu. Dann stand er wieder auf, trat neben mich und hielt mir seine Hand hin. »Darf ich bitten?«, fragte er mit einem schiefen Grinsen auf den Lippen.

Ich nickte, ergriff sie und ließ mich von ihm zur Tanzfläche führen. Mein Herz schlug schneller, als Rob mich in seine Arme zog.

»Aber nicht auf meine Füße treten«, murmelte er lächelnd.

»Nur wenn du nicht auf mein Kleid trittst.« Auch ich musste lächeln.

Wir dachten ohne Frage beide an die Nacht des Abschlussballs. Ständig hatte ich ihm auf seine Füße getreten. Ich konnte vieles, aber ein klassischer Tanz gehörte nicht zu meinen Stärken.

»Lass mich einfach führen.« Er grinste. »Lass dich fallen und achte nur auf mich. Mit links nach vorne.« Rob zog seinen linken Fuß zurück, meiner folgte ihm automatisch. »Und jetzt das Gleiche mit rechts.«

In den folgenden Minuten konzentrierte ich mich nur darauf, ihm nicht auf den Fuß zu treten, hatte Angst, Rob könnte an meiner kurzen Schleppe hängen bleiben. Doch nichts dergleichen passierte. Gemeinsam meisterten wir den Tanz, ich entspannte mich langsam und fühlte mich in Robs Armen immer wohler.

»Ich weiß, dass ich dich verletzt habe. Das tut mir leid. Lass es mich wiedergutmachen.«

Ich fragte mich, warum er das gerade jetzt sagen musste. Mehr als ein kurzes »Wie?« bekam ich aber nicht über die Lippen.

»Du bedeutest mir so viel.« Vorsichtig strich Rob mit der Hand über meine Wange.

Ich schloss meine Augen und seufzte kaum hörbar.

»Lass uns alles vergessen.«

Hatte er das wirklich geflüstert oder hatte ich mir das eingebildet? Ich hatte vier, vielleicht fünf Gläser Champagner getrunken, ich war beschwipst und konnte nicht mehr klar denken. Aber dennoch fühlte sich alles so anders, so gut an. Als mir bewusst wurde, wie falsch das war, öffnete ich meine Augen wieder und sah in seine.

»Wir können nichts mehr ändern «, erwiderte ich leise.

»Doch, wir können Freunde sein. Als ich dich das erste Mal sah, habe ich mich in dich verliebt. Es hat Wochen gedauert, bis ich dir das gesagt habe, weil ich dich als Freundin nicht verlieren wollte. Beides ist passiert. Wir haben nicht nur unsere Beziehung beendet, nein, auch unsere Freundschaft, und die will ich wieder zurück.«

»Aber ich sagte doch schon, dass ich mit dir befreundet sein will.«

»Ich glaube aber nicht, dass du das ernst gemeint hast. Du gehst mir dauernd aus dem Weg.«

»Wundert dich das?« Mehr konnte ich nicht sagen, obwohl ich Rob am liebsten um den Hals gefallen wäre, um ihn zu küssen. Das ging aber nicht. Selbst wenn wir nicht beide in einer Beziehung wären, wäre das falsch. Wir würden einander nur verletzten.

»Dürfte ich jetzt um diesen Tanz bitten?«

Wir blickten beide ruckartig zu Jackson, der plötzlich neben uns stand.

Ich war noch nie so froh, ihn zu sehen. Meist schaffte er es, im falschen Augenblick aufzutauchen und zu stören. Doch jetzt war genau das Gegenteil der Fall.

Rob schien zwar etwas enttäuscht zu sein, trat aber einen Schritt zur Seite, sodass ich mit Jackson tanzen konnte. Doch meine Gedanken drehten sich weiterhin um Rob. Was hatte er sich dabei gedacht? Wir hatten uns geeinigt, nicht mehr zu streiten. Warum beharrte er so darauf, mit mir befreundet zu sein?

»Du sahst aus, als wäre dir die Situation unangenehmen.«

Ich blickte zu ihm auf und nickte. »Danke«,

flüsterte ich und ließ mich von Jackson in seine Arme ziehen. Den restlichen Abend würde ich Rob aus dem Weg gehen. Übermorgen war schon mein Rückflug.

Kapitel 26

Carlie, 2015

»Hättest du Lust auf einen kleinen Spaziergang?«

Ich wandte mich Rob zu, der neben mir aufgetaucht war. Er hielt mir ein Glas hin, gefüllt mit Champagner, und obwohl ich davon schon viel zu viel getrunken hatte, nahm ich es dankend entgegen. Seit unserem kurzen Tanz waren ein paar Stunden vergangen, in denen ich ihm weiterhin aus dem Weg gegangen war. Mittlerweile hatte ich meine Gedanken wieder etwas sammeln können und fühlte mich nicht mehr ganz so schuldig in seiner Nähe.

»Wo ist denn Irina?«

»Sie sieht nach Jane, will sich selbst noch etwas hinlegen, das Feuerwerk gegen Mitternacht will sie nicht verpassen«, erklärte er mir. »Also, willst du?«, fragte Rob noch einmal.

»Natürlich.«

Und so entfernten wir uns langsam von den feiernden Gästen. Gemeinsam liefen wir durch einen Rosengarten, brennende Fackeln bahnten uns den Weg durch die kleinen verschlungenen Gänge.

»Du siehst wirklich schön aus.«

Ich lachte auf, weil er mir nun schon zum dritten oder vierten Mal ein Kompliment machte.

»Danke.«

»Ich hätte wissen müssen, dass Alina sich für dieses Kleid entscheidet«, sagte er lächelnd.

Rob hatte immer gelacht, wenn seine Schwester mich in eines ihrer neu entworfenen Kleider gesteckt hatte. Er konnte sich nicht vorstellen, dass irgendeines davon für eine Brautjungfer infrage kam.

»Seit du wieder hier bist, muss ich oft an unsere Zeit denken.« Es klang unsicher.

Ich antwortete nichts darauf, wusste auch gar nicht, was. Ich konnte ihm schlecht sagen, dass es mir auch so ging. Weil es keine Zukunft für uns gab, wollte ich es uns und mir nicht schwerer machen.

»Diesen Sommer wollten wir nach North Dakota fahren.« Rob blieb stehen und sah mich etwas traurig an. »Der erste Sommer ohne unseren Roadtrip war seltsam. Es hat etwas gefehlt.«

Ich konnte ihm nur zustimmen, auch mir hatte es gefehlt, zwei Wochen mit ihm durch einen Bundesstaat zu fahren, uns das Land anzusehen und einfach zusammen zu sein. Diese Zeit im Jahr hatten nur uns gehört und war etwas Besonderes.

»Mir hat es auch gefehlt«, sagte ich verunsichert.

Rob seufzte. »Wir waren dumm.«

»Das waren wir«, stimmte ich ihm zu und trank meinen Champagner in einem Zug leer. Das Glas stellte ich auf der Mauer eines der Blumenbeete ab und lief weiter.

Rob blieb stehen. »Ich vermisse dich noch immer.«

Ich wirbelte zu ihm herum und starrte ihn an.

»Es gibt so vieles, das ich vermisse. Manchmal wache ich auf und frage mich, warum du nicht mehr neben mir liegst. Dann erinnere ich mich daran, dass du weg bist.«

»Warum sagst du mir das?«, fragte ich etwas wütend nach.

»Ich weiß, dass du einen Freund hast, dennoch hoffe ich manchmal, dass es noch eine Chance für uns gibt.«

Da war wieder Rob, so wie ich mich in ihn verliebt hatte. Zum falschen Zeitpunkt. Noch schlimmer war, dass er mir dieses Gesicht jetzt zeigte, wo er doch in wenigen Wochen Vater wurde.

»Ich habe mich gefragt, ob wir vielleicht zu schnell aufgegeben haben. Du wirst immer meine große Liebe sein. Ich war so dumm, ich wäre manches Mal froh, wenn ich die Zeit zurückdrehen könnte. Doch dafür ist es leider zu spät.«

»Warum sagst du mir das?«, fragte ich noch einmal erstaunt.

»Weil ich will, dass du es weißt.« Rob griff nach meiner Hand und sah mir in die Augen. Das Funkeln, das ich vermisst hatte, war wieder da.

»Rob ... « Ich brach ab, riss meine Hand aus seiner, ließ ihn stehen und rannte davon.

Warum machte er es mir so schwer? Er führte doch eine Beziehung mit Irina, sie bekamen in wenigen Wochen ein Kind. War es das? Fühlte er sich nicht bereit, erneut Vater zu werden, und sagte mir deswegen all das? Rob dachte nur an sich, nicht daran, wie es mir dabei erging. Warum? Würde Irina davon erfahren, würde es ihr sicher das Herz brechen.

»Es tut mir leid, ich hätte das nicht sagen dürfen.« Rob war wieder an meiner Seite. »Auf einer Hochzeit wird man doch mal etwas emotionaler werden dürfen.« Er lachte auf.

Dieses Lachen war nicht echt. Ich hätte so gern gewusst, was wirklich in ihm vorging. Aber das war nicht wichtig. Bald würden sich unsere Wege erneut trennen. Es durfte nichts zwischen uns passieren. Ich könnte nie damit klarkommen, sollten wir uns den Gefühlen hingeben.

Wir gingen ein paar Minuten schweigend nebeneinander her, bis wir an einem Pool ankamen und Rob zu lachen begann. Auch ich erinnerte mich an die Nacht meines Abschlussballs. Es war eine seltsame Situation, das gleiche Kleid, derselbe Mann. Die Stimmung passte nicht dazu, doch ich fühlte mich plötzlich wieder wie achtzehn.

»Du erinnerst dich?« Es klang sanft.

Ich nickte und dachte an die Nacht zurück.

»Hörst du die Musik? Komm, lass uns etwas tanzen.«

Er zog mich in seine Arme, langsam bewegten wir uns zum Takt der aus der Ferne leise erklingenden Musik, ich lehnte den Kopf an seine Schulter und schloss für einen kurzen Moment die Augen. Robs Hände lagen auf meiner Hüfte. Ich wünschte mir, dieser Augenblick würde nie zu Ende gehen.

Mir war klar, dass ich noch Gefühle für Rob hatte, doch darüber wollte ich jetzt nicht nachdenken. Ich würde mit Kyle sprechen, ihm erzählen, was passiert war, und dann würden wir entscheiden, wie es mit uns weiterging.

»Wie fühlst du dich?«

»Gut«, flüsterte ich. Doch eines hörte nicht auf zu schmerzen: »Wir hatten uns versprochen, dass wir es schaffen würden.«

Rob zog mich etwas näher an sich und sagte wehmütig. »Es tut mir leid, dass wir unser Versprechen nicht halten konnten.«

Wieder dachte ich an den Abend meines Abschlussballs zurück, daran, dass wir uns versichert hatten, immer über alles zu reden und für alles eine Lösung zu finden. Heute, fast zehn Jahre nach dieser Nacht, konnte ich nicht fassen, dass wir es nicht geschafft hatten. Wir hätten doch nur miteinander reden müssen. Ich löste mich augenblicklich von Rob.

»Was ist denn?«, fragte er irritiert. »Stimmt etwas nicht?«

Kopfschüttelnd lief ich ein paar Schritte von ihm weg. Ich durfte nicht zulassen, mich erneut in ihn zu verlieben und damit ins Unglück zu stürzen. Ich musste einen klaren Kopf behalten und das konnte ich nicht, wenn ich ihm so nahe war.

»Carlie, stopp, du ..«

Bereits im gleichen Moment stolperte ich und landete im Pool. Es erschien mir wie eine Ewigkeit, die ich unter Wasser war. Ich wollte nicht auftauchen und dass sich damit die Situation wiederholte. Obwohl das schon die ganze Zeit der Fall war. Das Kleid, Rob, der Tanz am Pool, mein Stolpern und nun sogar, dass ich ins Wasser fiel. Ich wollte nur von hier weg und auf mein Zimmer, das ich am besten nicht mehr verlassen sollte.

Es dauerte einen Moment, bis ich realisierte, was passierte und dass Rob mich an die Wasseroberfläche zog. Ich hustete und sah in sein besorgtes Gesicht. Ohne dass ich es wollte, fing ich an zu lachen, und Rob stimmte kurz darauf mit ein.

Nach ein paar Minuten beruhigten wir uns, waren aber noch immer im Wasser, die Situation erinnerte mich immer mehr an die Nacht des Abschlussballs.

»Alina wird uns umbringen. Jetzt haben wir das Kleid schon wieder ruiniert.«

Diese Aussage holte mich zurück ins Hier und Jetzt. Es war falsch, dass wir hier im Wasser waren. Es war nicht richtig, dass wir so eng umschlungen getanzt hatten. Wir durften uns nicht so nahekommen, das war falsch.

»Ist alles gut bei dir?«

»Ja, wir sollten hier raus.«

Ich drehte mich von Rob weg, doch er griff nach meinem Arm und zog mich zu sich.

»Ich war so dumm«, murmelte er.

»Ich auch«, flüsterte ich zurück.»Nein, dich trifft keine Schuld, ich habe diesen Fehler gemacht, ich habe nicht zu schätzen gewusst, was ich an dir hatte.«

Ich sah Rob in die Augen, diese Worte von ihm zu hören, machte die Situation nicht besser. Aber für mein Seelenheil war es gut. Zu oft hatte ich das Gefühl gehabt, ihm egal gewesen zu sein. Doch was für mich gut war, war zugleich auch schlecht, denn meine Gefühle für ihn keimten wieder auf. Das durfte nicht sein.

»Sag das nicht«, flüsterte ich.

Rob zog mich an seine Brust. »Ich hab dich vermisst, all die Jahre. Jetzt merke ich erst wie sehr.«

Seine Hände lagen auf meiner Hüfte, ich fühlte seinen Atem am Hals, es fühlte sich so gut an. Zu gut. Würden wir uns jetzt nicht voneinander trennen, könnte ich für nichts mehr garantieren, viel zu oft hatte ich mich nach ihm gesehnt. Nun war es so greifbar nahe und doch verboten. Es dufte nicht sein, wir durften uns diesem schwachen Moment nicht hingeben. So drückte ich mich erneut von ihm weg. In seinen Augen erkannte ich Liebe und Verzweiflung. Empfand er wirklich Liebe? Obwohl er doch Irina an seiner Seite hatte?

»Du bist so wunderschön.«

Ich erstarrte und dann ließ ich es einfach geschehen.

Rob zog mich wieder zu sich, seine Lippen legten sich auf meine, ein gutes und vertrautes Gefühl.

Ich öffnete die Lippen etwas und gewährte seiner Zunge Einlass. Wir küssten uns immer inniger, ich vergaß alles und wollte, dass es nie endete.

Robs Hände waren überall, er drückte mich sanft gegen den Rand des Pools. Wir küssten uns heftiger, es gab kein Halten mehr, auch als ich seine Erektion an meinem Bauch spürte, hörten wir nicht auf. Rob war in diesem Moment alles, was ich wollte.

Ich ließ zu, dass er mein Kleid nach oben schob und seine Hose öffnete, ich sah in seine Augen, sah das Verlangen. Das, was ich fühlte. All die Zweifel waren vergessen, ich dachte nicht mehr nach und drückte mich an ihn. Auch wenn es nicht richtig war, ließ ich zu, dass wir miteinander schliefen.

In Robs Blick lag ein Fragen.

Ich nickte, küsste ihn und dann drang er in mich ein. Es war ein unbeschreibliches Gefühl, wir küssten uns immer wieder, es gab in diesem Moment nur uns zwei.

Ich stöhnte, flüsterte seinen Namen. In den letzten Jahren hatte ich mir das immer wieder gewünscht.

»Du fühlst dich so gut an.« Rob drückte mich fester gegen den Rand des Pools.

Meine Beine waren um seine Hüften geschlungen, ich drückte mich immer fester an ihn. Es dauerte nicht lange, da stand ich kurz vor dem Orgasmus. Rob schien das zu spüren und bewegte sich schneller. Es gab kein Halten mehr, ich stöhnte lauter, umklammerte Rob immer fester, er drückte seine Lippen auf meine und erstickte das Stöhnen in einem leidenschaftlichen, langen Kuss.

Kurz nach meinem Höhepunkt war auch Rob so weit. Er stöhnte lauter, zuckte und sah mich dann zufrieden an.

Schwer atmend ließen wir voneinander ab und sahen uns in die Augen. In diesem Moment war ich so glücklich wie schon lange nicht mehr. Mir wurde klar, dass meine Gefühle für ihn nie ganz verschwunden waren. Nun waren sie allesamt wieder da. Und das war nicht gut.

Rob küsste mich erneut, er sah glücklich aus.

Plötzlich schoss mir Irina wieder durch den Kopf.

Rob und ich hatten miteinander geschlafen, dabei war er in einer Beziehung und wurde bald Vater. Noch vor ein paar Stunden bei der Trauung hatte er sie so verliebt angesehen und jetzt war das passiert. Wie konnten wir uns nur so gehen lassen?

Rob zog mich wieder in seine Arme und wollte mich küssen, doch ich ließ es nicht zu und schwamm von ihm weg. Ich verstand nicht, warum er so gelassen war. Seine Freundin war nur ein paar Hundert Meter entfernt.

Ich stieg aus dem Pool, richtete mein Kleid und sah mich nach Rob um. Er verließ das Wasser, sein Lächeln wirkte so glücklich.

»Carlie ... «

»Nein, sag nichts.«

»Was ist denn los?«, fragte er verwirrt.

Ich schüttelte den Kopf.

»Das war schön«, sagte er leise.

Wir hatten beide unsere Partner hintergangen. Es war falsch. Mehr nicht. »Das hätte nicht passieren dürfen.«

»Lass uns darüber reden.«

»Nicht jetzt, lass uns gehen, wir müssen etwas Trockenes anziehen.«

Rob nickte und folgte mir schweigend zurück zum Hotel.

»Lass uns morgen darüber reden, ich muss nachdenken «, bat ich ihn.

»Ich lass dir so viel Zeit, wie du brauchst.«

Er durfte nicht mit Irinas Gefühlen spielen. Ich wusste zu gut, wie schlimm es war, betrogen zu werden, und dann tat ich ihr das an? Tat es Kyle an.

»Wie seht ihr denn aus?« Vor uns tauchte Alina auf. »Das gibt es doch nicht, ihr habt das Kleid ja schon wieder ruiniert.«

»Ich bin in den Pool gefallen«, erklärte ich beschämt.

Alina schien nicht glücklich über die Antwort zu sein. »Was macht ihr denn am Pool? Ihr habt dort doch gar nichts zu suchen.«

»Jetzt reg dich nicht auf.« Rob lachte.

Ich ließ die beiden stehen und ging auf mein Zimmer. Ich brauchte ein paar Minuten für mich.

Rob hatte recht, wir sollten darüber reden. Doch was würde das bringen? Er würde merken, dass es ein Fehler gewesen war, er gehörte jetzt zu Irina, nicht mehr zu mir. Das wussten wir beide.

Erst überlegte ich, meine Sachen zu packen und zu verschwinden, doch das konnte ich Alina und den anderen nicht antun.

Also zog ich das nasse Kleid aus, hing es an den Schrank und hoffte, dass es nicht ruiniert war. Dann zog ich das Kleid an, das ich ursprünglich hatte tragen wollen. Meine Haare waren hochgesteckt. Ich öffnete sie und bürstete sie kurz durch. Es würde nicht lange dauern, bis sie trocken waren, sie zu föhnen, konnte ich mir sparen.

Langsam ging ich wieder zur Feier.

Rob hatte recht, wir mussten darüber reden.

Doch ich warf diesen Vorsatz über Bord, sobald ich in den Garten kam und Irina in Robs Armen auf der Tanzfläche sah.

Was hatten wir nur getan?

Kapitel 27

Carlie, 2015

In meinen Händen hielt ich ein neues Glas Champagner. Ich stand etwas abseits und beobachtete Rob und Irina, er ließ sich überhaupt nichts anmerken.

Rob verhielt sich ihr gegenüber, als wäre nichts passiert.

Schmerzlich erinnerte ich mich an unsere Beziehung, auch mir hatte er etwas vorgespielt und sich nicht anders verhalten. Ihn nun so zu sehen, führte mir deutlich vor Augen, dass sich meine einst große Liebe nicht verändert hatte. Das zu wissen, half mir. Ich hatte Gefühle für ihn, doch daran würde ich arbeiten, ich würde zurück nach Los Angeles fliegen, Rob vergessen. Meine Zukunft würde ich ohne ihn beginnen.

Ob diese mit Kyle sein würde, konnte ich nicht sagen. Von dem One-Night-Stand mit Rob würde ich ihm erzählen. Wenn er mir dann nicht verzeihen würde, würde ich das akzeptieren. Dieses Risiko musste ich eingehen. Mit einer Lüge konnte ich nicht leben.

Ich sah wieder zu Rob, die beiden tanzten,

lachten und hielten einander im Arm. Rob hatte Glück, sobald ich in L.A. war, würde Irina nichts erfahren.

Mein Herz brach erneut seinetwegen. Durch einen Tränenschleier beobachtete ich die beiden, konnte mich nur schwer davon abhalten zu weinen. Wie hatte mir das nur passieren können? Vor ein paar Tagen kam ich glücklich in New York an, jetzt stand ich am Rande der Verzweiflung.

**

Mitten in der Nacht kam ich in das Hotelzimmer. Ein langer und aufwühlender Tag lag hinter mir. Am Morgen hatte ich gehofft, dass die Minuten auf dem Weg zum Altar mit Rob an meiner Seite schnell vorbeigingen. Am Ende des Tages hatten wir im Pool miteinander geschlafen. Der Hass, den ich auf mich hatte, wurde immer größer.

Ich zog die High Heels aus und sah auf mein Handy. Vor ein paar Minuten hatte ich eine SMS von Kyle bekommen.

Bist du noch wach?

Ohne länger darüber nachzudenken, drückte ich auf *Anrufen* und wartete. Was erhoffte ich mir? Seine Stimme zu hören oder dass wir uns verpassten?

»Hey Baby-C. Ich hab dich hoffentlich nicht geweckt.«

Ein Kloß bildete sich in meinem Hals, ich musste schlucken, um nicht zu weinen. »Nein«, krächzte ich. »Ich bin gerade erst ins Zimmer gekommen.«

»Dann ist es ja gut. Ich bin auch eben erst nach Hause gekommen. Wir hatten viel zu tun, die Eröffnung lief gut. Zum Glück läuft nächste Woche wieder alles normal. Du fehlst mir.«

»Du mir auch«, flüsterte ich. »Ich möchte deine Frau werden.«

»Was?« Kyle schien verwirrt.

Bevor ich in den Flieger gestiegen war, wollte er, dass ich eine Entscheidung traf. Das hatte ich getan.

»Was ist passiert?«, fragte er misstrauisch nach.

»Rob, wir ... « Ich brach ab, doch ich war mir sicher, er wusste, was ich sagen wollte. »Es tut mir so unendlich leid.« Nun ließ ich meinen Tränen freien Lauf.

Kyle musste die Wahrheit erfahren, so konnte er entscheiden, ob wir eine gemeinsame Zukunft haben würden.

Er atmete schwer aus, seine nächsten Worte schienen ihm schwerzufallen. »Ich sagte ja: Egal, was in New York passiert, ich bin hier und warte auf dich. Das hab ich so gemeint. Ich wusste, dass das passieren könnte.«

Es folgte eine Pause, in der ich nicht wusste, ob ich etwas sagen sollte und was.

Kyle atmete immer wieder ein und aus, dann sagte er mit zitternder Stimme:»Wenn du lieber mit Rob zusammen sein willst, dann werde ich das akzeptieren. Wenn du mich wirklich heiraten willst, dann werden wir das machen.« Die letzten Worte kamen zögernd über seine Lippen.

Ich saß auf meinem Bett und blickte durch die offene Balkontür auf das Meer, welches dunkel vor mir lag. Ich hatte Gefühle für Rob, doch es gab keine Zukunft für uns. Jetzt durfte ich nicht länger zurückdenken. Kyle war der Mann, mit dem ich zusammen sein wollte.

»Es tut mir leid«, flüsterte ich wieder.

»Carlie.« Seit Ewigkeiten nannte er mich noch einmal bei meinem Namen. Ich wusste, dass ich sein Herz gebrochen hatte. Mir war klar, dass ich einen unverzeihlichen Fehler begangen hatte. Es war nicht richtig, ihm meinen Seitensprung zu gestehen und gleichzeitig zu sagen, dass ich seine Frau werden wollte. »Hör bitte auf zu weinen. Du legst dich jetzt in dein Bett und schläfst. Morgen sieht die Welt ganz anders aus. Wenn du am Montag nach Hause kommst, werde ich da sein. Wir werden zusammen sein und vergessen, was passiert ist.«

Seine Worte waren so liebevoll. Wie konnte er nur so gut zu mir sein? Warum war Kyle nicht sauer, so wie es umgekehrt der Fall gewesen war? Konnte er mir wirklich verzeihen oder sagte er das nur, damit ich mich nicht schlechter fühlte? Ich weinte noch heftiger.

»Soll ich Amy anrufen?«, fragte er sanft.

»Warum?«, fragte ich schluchzend.

»Ich will, dass du aufhörst zu weinen. Da ich jetzt nicht bei dir sein kann, sollte vielleicht jemand anderes da sein, um dich zu trösten.«

»Nein.« Ich wollte nicht, dass Amy davon erfuhr. Niemand sollte wissen, was passiert war.

»Ich werde schlafen gehen. Ruhe wird mir guttun.«

»Okay, Baby-C. Dann schlaf jetzt. Übermorgen sehen wir uns wieder. Ich verspreche dir, dass alles gut wird. Ich liebe dich.«

»Ich liebe dich auch«, flüsterte ich und legte auf. Das Gespräch war anders verlaufen, als ich gedacht hatte. Ich war froh, dass Kyle so ruhig und verständnisvoll geblieben war und dennoch wunderte ich mich darüber. Hoffentlich hatte er ernst gemeint was er gesagt hatte. Ich wollte ihn nicht verlieren.

Kapitel 28

Carlie, 2015

Nach einer langen, heißen Dusche machte ich mich gegen neun auf den Weg ins Speisezimmer. Ein gemeinsames Frühstück, dann ging es schon zurück nach New York. Am folgenden Tag würde ich nach Los Angeles fliegen.

Alina und Chris machten sich am selben Tag auf den Weg in ihre Flitterwochen nach Barbados. Die junge Braut schwärmte schon jetzt davon, wie schön es werden würde. Hoffentlich hatten die beiden zwei wunderschöne Wochen.

Meine Koffer waren gepackt und im Wagen von Jackson und Amy. Ich hoffte, Rob gleich zu sehen, damit wir es hinter uns bringen konnten. Sicher bereute er schon, was geschehen war. So wie ich. Das Gespräch mit Kyle hatte mir etwas die Angst genommen, dennoch fühlte ich mich schlecht und kam mir schäbig vor. Das, was mir schon zweimal passiert war, betrogen zu werden, hatte ich selbst dem Menschen angetan, den ich liebte. Eine Erfahrung, die ich gern streichen würde.

Ich betrat das Speisezimmer. Es roch nach Kaffee und frischen Brötchen. Ein Hauch Süße lag in der Luft. Mir floss das Wasser im Mund zusammen, mein Magen knurrte, ich hatte seit dem vorigen Mittag nichts mehr gegessen. Im ersten Moment hatte ich das Gefühl, alle würden mich anstarren und mir anmerken, was passiert war. Ich holte tief Luft und schaute mich um. Viele der Gäste saßen schon an den Tischen und unterhielten sich, zwischendurch war immer wieder Kinderlachen zu hören. Doch keiner sah mich auch nur an.

Rob konnte ich nirgends entdecken, auch Irina war nicht auszumachen. Hatte er ihr vielleicht gebeichtet, was passiert war? Das konnte ich mir zwar nicht vorstellen, mir hatte er die Wahrheit schließlich auch verschwiegen. Doch Rob hatte sich verändert, das wusste ich, und ihm lag etwas an Irina, das wollte er sicher nicht kaputtmachen. Daher konnte ich mir eher nicht vorstellen, dass er ehrlich zu ihr war.

»Na, so in Gedanken?«

Ich erschrak und sah zu Jackson. »Guten Morgen.«

»Wie geht's dir?«

»Gut«, log ich. »Weißt du, wo dein Bruder ist?« Ich musste mit Rob sprechen. Erst dann würde ich mich besser fühlen.

Jackson grinste.

Meine Miene blieb neutral. Von mir würde niemand erfahren, was passiert war. Wenn er es jemandem erzählen würde, wäre das seine Sache.

»Den hab ich an seinem Auto gesehen. Warum?«, wollte er, neugierig wie immer, wissen.

»Nur so, ich wollte noch kurz mit ihm reden, bevor wir zurückfahren und ich nach Hause fliege.«

»Stimmt ja, du musst nach Hause«, stellte Jackson traurig fest.

Auch ich fand es schade, dass ich ihn wieder für längere Zeit nicht sehen würde. Das war leider nicht zu ändern.

»Schade, ich werde dich vermissen, du kommst doch aber bald wieder.«

»Sicher. Ihr könnt mich ja auch besuchen kommen.«

Jackson nickte, zog mich unerwartet in seine Arme und drückte mich fest an sich.

Er schien zu ahnen, dass ich so bald nicht noch einmal nach New York kommen würde. Nachdem wir miteinander geschlafen hatten, war es besser, Rob nicht so schnell wiederzusehen. Außerdem würde ich in den nächsten Monaten nur wenig Zeit haben. Ich eröffnete bald meine Praxis, daran hatte ich in den letzten Tagen kaum gedacht. Die Beziehung zu Kyle wollte ich retten, eine gemeinsame Wohnung mit ihm und vielleicht eine Hochzeit.

Jackson ließ mich los und zeigte auf einen Tisch. »Komm, wir setzen uns.«

»Ich komme gleich, ich muss noch was erledigen.«

Jackson nickte und ging dann zum Tisch.

Augenblicklich verließ ich das Speisezimmer und machte mich auf den Weg nach draußen, ich wollte sofort mit Rob reden. Ich musste ihm sagen, dass er sich keine Gedanken machen musste, dieser Sex hatte für mich nichts bedeutet. Meinetwegen sollte er keine Schwierigkeiten mit seiner Freundin bekommen.

Auf dem Parkplatz des Hotels entdeckte ich

Rob mit Irina an seinem Wagen. Sie lachte fröhlich, Rob wirkte entspannt. Es machte nicht den Eindruck, als hätte er ihr etwas gesagt. Ein klein wenig machte mich das traurig.

Irina sah zum Hotel und entdeckte mich. »Hallo, Carlie.«

»Guten Morgen.«

»Ich geh schon mal rein.« Sie lächelte und küsste Rob kurz auf die Wange.

»Wir kommen auch gleich«, versprach Rob.

Irina nickte und entfernte sich ein paar Meter von uns.

Ich sah ihr die ganze Zeit nach, erst als sie im Hotel verschwunden war, sah ich zu Rob. »Ich wollte mit dir reden.«

»Ich weiß. Wegen gestern Abend.«

Was dachte er? Bereute Rob, was passiert war? Sicherlich. Die Nacht mit Janine hatte er auch bereut. All die vergessenen Erinnerungen kamen in mir hoch. Der Schmerz von damals war wieder da, die Wut und die Enttäuschung. Nun fiel es mir aber leichter, das alles zu beenden, obwohl es nichts zu beenden gab. Ich fühlte mich stärker als vor vier Jahren, im Vergleich zu damals war es leichter von ihm loszukommen.

»Ja ... « ,begann ich, wurde jedoch von Alina unterbrochen.

»Rob, komm schnell!«

Wir drehten uns zu ihr um, sie kam auf uns zugerannt. »Irina, sie ist zusammengebrochen. Sie blutet!«

Rob rannte los Richtung Hotel.

Ich folgte ihm und hoffte, dass es sich schlimmer anhörte, als es war. Doch das Bild, das sich uns bot, zerstörte meine Hoffnungen sofort.

Irina lag vor der Rezeption auf dem Boden, sie atmete schnell, ihre Augen waren geschlossen. Auf den Fliesen hatte sich eine kleine Blutlache gebildet. Der Anblick war grauenvoll und beängstigend zugleich.

Amy saß hinter ihr, Irinas Kopf auf ihrem Schoß.

Peter kniete ebenfalls neben ihr, schien ihren Puls zu messen und redete mit Irina, versuchte sie zu beruhigen.

Ich bekam mit, wie jemand einen Krankenwagen rief.

Rob eilte zu Irina, kniete sich zu ihr und nahm ihre Hand. Die Angst war ihm anzusehen.

Sie war blass und sah wirklich nicht gut aus. Vor ein paar Minuten hatte nichts darauf hingedeutet, dass es ihr schlecht ging oder es zu so einer Situation kommen könnte.

»Irina, wach auf«, flüsterte Rob und sah seinen Vater hilfesuchend an. »Eben war doch noch alles in Ordnung.«

»Es wird alles gut.« Peter versuchte, seinen Sohn zu beruhigen, klang aber verzweifelt. »Ihr Puls ist regelmäßig, die Atmung stabilisiert sich. Hat sie über Schmerzen geklagt?«

»Nein, aber es würde mich auch nicht wundern, wenn sie absichtlich nichts gesagt hätte. Du kennst sie doch.«

Rob hielt ihre Hand, er streichelte ihr über die Wange. Das Bild, das sich mir bot, zeigte mir, dass wir nicht mehr reden mussten. Das würde nur unnötig Gefühle verletzten und das brauchten wir beide nicht.

Kapitel 29

Carlie, 2015

»Was machst du denn hier?« Diana blickte mich verwirrt an.

»Was soll ich denn hier machen? Ich wohne hier.«

»Aber es ist Sonntagabend, du wolltest doch erst morgen wiederkommen. Ist etwas passiert?«

»Es gab ein ziemliches Durcheinander heute Morgen. Irina, Robs Freundin musste ins Krankenhaus. Wir sind alle früher nach New York zurückgefahren und ich hab mich dazu entschieden, eher zu fliegen. Sie haben alle ihre eigenen Probleme, da hätte ich nur gestört.«

»Und deswegen fliegst du einen Tag früher?« Ich nickte.

»Aber sie sind doch nicht alle im Krankenhaus bei ihr«, schlussfolgerte meine Mitbewohnerin.

»Hört sich ja fast so an, als würde ich stören.« Ich schloss endlich die Tür hinter mir. »Glaub mir, es ist nichts passiert.«

»Das glaub ich dir nicht.« Sie schüttelte den Kopf. »Ich bin mir sicher, irgendwas ist vorgefallen und deswegen bist du schon heute zurück-gekommen.«

Ich hörte wieder den Schlüssel im Schloss und Lynn stand vor mir.

Sie sah mich überrascht an. »Ist etwas passiert? Wieso bist du schon zurück? «

»Irina musste ins Krankenhaus. Ich hatte das Gefühl zu stören und wollte lieber eher zurück-kommen.«

»Das versteh ich nicht.« Lynn schüttelte irritiert den Kopf.

Mir hätte klar sein müssen, dass sie mir nicht glauben würden. Die beiden kannten mich zu gut. Im Flugzeug hatte ich sogar darüber nach-gedacht, zuerst zu Kyle zu fahren. Doch ich hatte Angst, wie unsere erste Begegnung nach mei-nem Geständnis verlaufen würde. Daher hatte ich mich dagegen entschieden. Ich konnte Lynn und Diana aber schlecht sagen, dass ich Rob aus dem Weg ging und deswegen zurückgeflo-gen war.

Er hatte mich aus dem Krankenhaus aus ange-rufen und gefragt, ob wir reden konnten, er wür-de am Abend zu Jackson kommen, dann hätten wir etwas Zeit.

Es war eine Kurzschlussreaktion, dass ich mei-nen Flug umgebucht hatte, doch es war das Bes-te. Ich konnte nicht verstehen, wie er in dieser Situation an mich und nicht an seine schwange-re Freundin und ihr ungeborenes Kind denken konnte. Alle bangten um das Leben der beiden und Rob hatte nur eines im Sinn. Mit mir zu re-den. Das war zu viel für mich gewesen. Ich hatte nicht länger bleiben können. Daraufhin hatte ich

Amy gesagt, dass es bei uns zu Hause ein paar Probleme gäbe, hatte den Flug umgebucht und sie hatte mich zum Flughafen gebracht. Von keinem meiner Freunde hatte ich mich verabschiedet. Doch die Flucht vor dem Problem war einfacher gewesen als eine Konfrontation mit Rob.

Ich brachte den Koffer in das Zimmer und ging wieder zurück ins Wohnzimmer, wo meine Mitbewohnerinnen auf dem Sofa saßen und mich fragend musterten.

»Und wie geht es seiner Freundin und dem Baby?«, fragte Lynn.

»Sie ist im Krankenhaus. Dem Baby geht es wohl soweit gut, ich kann da auch nicht viel zu sagen.« Von Amy hatte ich nur eine SMS bekommen, dass es ihr den Umständen entsprechend gut ginge. »Ich geh mal kurz ins Badezimmer.«

»Soll ich uns Pizza bestellen?«, fragte Lynn. »Dann kannst du uns in Ruhe von der Hochzeit erzählen.«

»Ja«, stimmte ich erleichtert zu.

Die beiden würden eh keine Ruhe geben und von der Hochzeit konnte ich ihnen ruhig erzählen.

**

Eine Stunde später saßen wir zu dritt auf dem Sofa.

»Wie war es mit Rob an deiner Seite als Brautjungfer?«, fragte Lynn. »Du scheinst es ja überlebt zu haben.«

»Stimmt.« Diana trank aus ihrem Weinglas.

»Du hast uns gar nicht von Rob erzählt.«

»Da gibt es auch nicht viel zu erzählen.« Ich zuckte mit den Schultern und griff nach dem nächsten Stück Salami-Pizza.

»Kein Streit mehr? Habt ihr euch mal in Ruhe unterhalten können?«

Ich nickte und biss von der Pizza ab. Wie konnte ich ihren Fragen am unauffälligsten aus dem Weg gehen?

»Und? Wie war es?«

»Gut.«

»Komm schon, lass dir doch nicht alles aus der Nase ziehen«, drängte Diana.

»Es ist nichts passiert.«

»Was ist los? Hattet ihr Sex?«, fragte Diana unvermittelt.

Ein einziger Blick, und ich hatte mich schon verraten.

»Dass du nicht viel über ihn erzählen willst, war ja klar, aber dass so gar nichts kommt«, bohrte Lynn nach.

Mein Schulterzucken ließ keinen Zweifel mehr.

Diana riss die Augen auf. »Das gibt es doch nicht, ihr hattet Sex!«

»Ja, hatten wir«, nuschelte ich.

»Wie war es?«

Lynn schlug Diana auf den Arm und schüttelte tadelnd den Kopf.

»Sorry, aber was hab ich denn so Schlimmes gefragt? Es ist passiert, dann kann Carlie jetzt auch Details verraten. Ich will alles wissen.«

»Wir haben einen Spaziergang gemacht. An einem Pool haben wir zusammen getanzt. Ich bin in den Pool gefallen und dann ist es passiert.«

Diana grinste und blickte mich noch immer neugierig an. »Im Pool? Das hört sich ja heiß an. Wie war es? War es gut?«

»Diana«, mischte sich Lynn endlich ein. »Mal daran gedacht, dass ihr das unangenehm sein könnte?«

Diana zuckte mit den Schultern.

»Was ist dann passiert?«, fragte Lynn.

»Ich wollte heute Morgen mit ihm sprechen, dann ist das mit Irina passiert und ich bin in das nächste Flugzeug gestiegen.«

Diana schüttelte den Kopf. »Es bringt aber auch nichts, gar nicht miteinander zu reden. Was willst du denn jetzt machen?«

»Wenn ich das nächste Mal nach New York komme, wird das Baby schon da sein, und wenn Rob ihr nichts sagt, werden die beiden vielleicht geheiratet haben. Es gibt keinen Grund, mit ihm zu reden.«

»Du bist doch gar nicht der Typ für One-Night-Stands.« Lynn betrachtete mich mitfühlend. »Hast du noch Gefühle für ihn?«

»Nein, und selbst wenn ... Die beiden werden in ein paar Wochen Eltern. Ich kann und will das Glück der beiden nicht zerstören. Ich weiß doch selbst, wie das ist.«

»Aber wie glücklich kann er denn sein, wenn er mit dir schläft?«

Dianas Frage machte mich traurig. Rob hatte mich auch betrogen, obwohl wir offensichtlich glücklich waren.

»Ich meine, er ist doch ein Arsch, wenn er eine schwangere Freundin hat und mit dir Sex hat und sie in der Nähe ist. Carlie, ihr solltet miteinander reden.«

»Es ist besser, wenn wir das vergessen, es hätte keine Zukunft. Meine Zukunft ist an der Seite von Kyle. Der mir hoffentlich verzeihen wird«, sagte ich entschlossen. Auch wenn Kyle am Telefon sehr verständnisvoll reagiert hatte, war die Angst noch immer da, dass er das gar nicht ernst gemeint hatte.

Lynn sah mich mitfühlend an. »An ihn habe ich jetzt gar nicht mehr gedacht. Egal was passieren wird, wir sind immer für dich da.«

»Auf uns kannst du immer zählen«, pflichtete Diana Lynn bei.

Meine Freundinnen nickten, wir ließen das Thema ruhen, es brachte nichts, länger darüber zu reden. Ich hatte einen endgültigen Schlussstrich unter Rob und mich gezogen.

Kapitel 30

Carlie, 2015

»Ich bin froh, dass du wieder da bist.«

»Ich auch«, flüsterte ich und küsste Kyle.

Am Abend zuvor hatte ich ihn angerufen und ihm gesagt, dass ich wieder zu Hause war. Ich wollte ihn sehen und mit ihm sprechen, ihm noch mal sagen, dass es mir leidtat. Eine halbe Stunde später hatte er vor meiner Tür gestanden. Wir hatten lange geredet und Kyle hatte mir erneut versichert, dass er mir verziehen hätte. Worüber ich froh war. In dem Moment, in dem ich die Tür geöffnet und ihn gesehen hatte, hatte ich schreckliche Angst gehabt, ihn zu verlieren. Ich wusste mehr denn je, dass ich mit ihm zusammen sein wollte, und hoffte, dass wir es schaffen würden. All die Zweifel, die in den letzten Monaten immer wieder zu einer Trennung geführt hatten, waren verschwunden. Unsere Zukunft schien zum Greifen nahe. Vielleicht hatte dieser Ausrutscher mit Rob doch etwas Gutes. Endlich war ich sicher, dass ich Kyle an meiner Seite wollte. Dies hieß nicht, dass ich mir meinen Fehler schönreden wollte. Das schlechte Gewissen war groß, ich hasste mich immer noch.

»Heute werde ich es Diana und Lynn erzählen.«

»Was denn?«, fragte er nach und zog mich näher an sich. Es war schon fast elf Uhr, wir lagen noch immer im Bett und genossen unsere freie Zeit. Kyle musste erst am Nachmittag in seine surf-Schule. Es tat gut, mit ihm zusammen zu sein.

»Das wir zusammenziehen und heiraten werden.«

Kyle hob seinen Kopf, ich konnte seinen Blick nicht deuten.

»Wenn du das noch willst«, fügte ich deshalb hinzu.

»Warum sollte ich nicht dein Mann werden wollen? Ich liebe dich«, hauchte er und küsste mich kurz.

»Ich bin nicht sicher, ob ich dich verdient habe«, flüsterte ich.

»Was redest du denn für einen Unsinn?« Kyle sah mich ernst an. »Wenn, dann habe ich dich nicht verdient.«

»Vielleicht haben wir uns beide nicht verdient.«

Er lachte und drückte mir einen Kuss auf die Stirn. »Dann passt es doch perfekt.«

Ich legte meinen Kopf wieder auf seine Brust. Für den Moment war alles gut, ich hoffte, dass dies auch weiterhin der Fall sein würde.

**

Später am Tag war ich damit beschäftigt, Kekse

zu backen. Ich wollte im Krankenhaus vorbeifahren und meine kleinen Patienten besuchen. Fragen, was es Neues gab, und mich etwas ablenken. Nachdem Kyle gegangen war, hatte ich gesehen, dass Rob seit dem Vortag viermal versucht hatte, mich zu erreichen.

»Du backst?«

»Ja, ich wollte später ins Krankenhaus fahren«, erklärte ich Diana, die sich einen der fertigen Schokokekse nahm.

»Die schmecken gut.« Sie grinste und nahm sich noch einen. »Wie geht es dir mittlerweile?«

»Gut. Ich bin nicht stolz darauf, mit Rob geschlafen zu haben, doch es ist passiert. Er ruft mich ständig an, wo seine Freundin doch im Krankenhaus ist. Das verstehe ich nicht.«

»Vielleicht will er nicht, dass du es weitererzählst und er Probleme bekommt?«

»Das könnte sein, aber das würde ich nie machen.«

»Ich weiß das, aber weiß er es auch?«

»Rob kennt mich, er weiß, dass er mir vertrauen kann.«

»Menschen ändern sich«, erklärte Diana und griff nach dem nächsten Keks.

»Was meinst du?«, fragte ich irritiert nach.

»Na ja, es sind vier Jahre vergangen. Was, wenn er glaubt, du willst dich jetzt an ihm rächen oder so und machst ihm alles kaputt.«

»Das würde ich nie tun«, warf ich fassungslos ein.

»Das weißt du und ich weiß das auch, aber Rob vielleicht nicht.« Diana sah mich eindringlich an.

»Da bleibt dir nur eines, du musst mit ihm reden. Wenn er das nächste Mal anrufst, gehst du ran.«

»Wird wohl das Beste sein«, gab ich seufzend nach.

»Hast du mit Kyle gesprochen?«

»Ja. Ich hab ihm gleich danach davon erzählt. Er hat mir sofort verziehen.«

Diana riss die Augen auf. »Gleich danach?«

»Wir haben in der Nacht noch telefoniert. Dann habe ich ihm sofort davon erzählt.«

Diana wollte etwas sagen, da klingelte es an der Tür. Sie verließ den Raum und verkündete, dass es sicher Adam wäre.

Ich blieb in unserer kleinen Küche, holte ein weiteres Blech mit Keksen aus dem Ofen und dachte über ihre Worte nach. Ich hatte sein Verhalten völlig falsch interpretiert. Natürlich wollte er nur sichergehen, dass ich nichts über den Sex erzählte. Er hatte Angst, ich könnte ihm sein neues Leben kaputtmachen. Doch darüber musste er sich keine Sorgen machen, ich würde niemandem in seinem Umfeld nur ein Wort erzählen. Am besten würde ich ihn gleich anrufen und ihm das sagen.

Ich wollte gerade ins Wohnzimmer gehen, wo mein Handy lag, da kam Diana wieder in die Küche, sie schien verwirrt zu sein.

»Was ist los? Wo ist denn Adam?«, fragte ich verwundert.

»Das war nicht Adam.«

»Hat Lynn etwa ihren Schlüssel vergessen?«

Diana schüttelte den Kopf und warf einen Blick zurück zur Tür.

»Wer war es denn dann?« Meine Irritation wuchs. »Hast du einen heimlichen Verehrer?«

»Nein«, erwiderte sie lächelnd, »aber du.«

»Bitte was?« Es klopfte an der Tür. »Wer ist da draußen?«

»Rob.«

Ich lachte kurz. Doch Dianas Blick ließ mich begreifen, dass es ihr voller Ernst war.

»Rob?«, stieß ich ungläubig hervor.

Diana nickte.

»Das kann nicht sein.«

»Er steht aber vor der Tür, er will mit dir reden.«

»Das ist doch Unsinn, das kann nicht Rob sein.« Ich stapfte aus der Küche, um mich selbst davon zu überzeugen. Woher sollte er überhaupt wissen, wo genau ich wohnte? Das ergab keinen Sinn. Ich öffnete die Tür, sah in sein grinsendes Gesicht und knallte sie sofort wieder zu.

»Glaubst du mir jetzt?«

Ich drehte mich zu Diana um und sah sie überfordert an. »Was macht er hier?«

»Er will mit dir sprechen«, erklärte sie mir grinsend. »Er sieht ja noch besser aus als auf den Fotos.«

»Diana!«, zischte ich.

Wie konnte sie denn jetzt Witze machen? Mein Ex-Freund stand vor der Tür und wollte mit mir reden. Was sollte ich machen? Darauf war ich nicht vorbereitet. Warum kam er nach Los Angeles, nur um sich zu vergewissern, dass ich Irina nichts sagen würde? Seine Angst schien groß zu sein.

»Du musst ihm aufmachen, er hat dich schon gesehen.«

Ich nickte benommen. Sie hatte recht, doch ich wollte nicht mit ihm sprechen.

»Carlie«, rief Rob, »lass mich doch bitte rein.«

»Lass ihn rein«, stimmte Diana zu. »Es muss wichtig sein, wenn er extra hergeflogen ist.«

Sie hatte recht, also öffnete ich die Tür. Rob trat an mir vorbei in die Wohnung. Weshalb musste er mir jedes Mal hinterherfliegen? Damals in Great Falls, nun hier. Kurz fragte ich mich, was er wohl zu Irina gesagt hatte, warum er sie allein gelassen hatte. Doch das musste mir egal sein, das waren seine Sorgen, nicht meine. Damit war jetzt Schluss. Ich würde mir nicht länger den Kopf zerbrechen, warum Rob etwas tat.

»Was machst du hier?«, wollte ich misstrauisch wissen.

»Wir wollten reden, du hast New York so schnell verlassen, da dachte ich, ich komme her und wir klären das.«

Diana, verabschiedete sich in ihr Zimmer.

Vorwurfsvoll sah ich ihn an. »Warum bist du hergeflogen?«

»Du gehst nicht an dein Telefon und ich dachte, wir sollten nicht noch mehr Zeit verschwenden.«

»Keine Sorge, ich hätte niemandem davon erzählt«, versuchte ich, ihn zu beruhigen.

Rob sah mich verwirrt an, schüttelte dann aber den Kopf und sagte mit gedämpfter Stimme:

»Das meine ich nicht. Ich wollte mit dir reden, ich wollte wissen, wie es dir geht, was du fühlst.«

Irritiert sah ich Rob an und fragte zögerlich:»Warum?«

»Weil du mir wichtig bist«, sagte er überraschend liebevoll.

Meine Augen weiteten sich. »Das geht nicht«, stellte ich geschockt klar.

»Warum denn nicht?«, kam es leise über seine Lippen.

Er strahlte Unsicherheit aus, dennoch schien er ganz gelassen zu sein. Im Gegensatz zu mir, ich fühlte mich noch mehr durcheinander. »Das fragst du noch? Das ist doch offensichtlich.«

Er wollte etwas sagen, da klingelte es erneut. Dankbar für die Ablenkung öffnete ich schnell die Tür. Ich war überfordert, ich hatte nicht damit gerechnet, dass er seine schwangere Freundin im Krankenhaus sitzen lassen würde, um zu mir zu fahren. Das passte so gar nicht zu Rob.

»Hallo, Adam.«

»Hi«, begrüßte mich Dianas Freund gut gelaunt, »ist Diana noch da? Wir wollten zusammen zum Strand, ich bin etwas spät dran.«

»Ja, in ihrem Zimmer, komm rein.« Ich ließ Adam vorbei und schloss dann wieder die Tür. Als ich mich umdrehte, stellte er sich Rob vor.

»Ich geh kurz ins Badezimmer«, teilte ich den beiden mit. Ich musste allein sein, um mir über die Situation klar zu werden. Wie sollte ich mich jetzt verhalten? Mir wurde deutlich, wie sehr Rob sich in den vergangenen vier Jahren verändert hatte. Ich kannte ihn überhaupt nicht mehr.

Ich stand vor dem Spiegel, ließ das kalte Wasser laufen, um dann meine heißen Wangen etwas abzukühlen, und fragte mich, wie ich zu einer Lösung kommen sollte. All das Nachdenken brachte nichts, ich musste mich dem Gespräch stellen. Warum war das Leben nur immer wieder so kompliziert? Und weshalb verband ich kompliziert mit Rob und mir? Das war nicht immer so - unbeschwert, leicht und voller Liebe, so sah ich unser Leben einmal. Jetzt war es kompliziert.

Ich atmete tief durch und verließ das Badezimmer.

Adam war fort, doch Rob stand weiterhin im Wohnzimmer und wartete auf mich. Ich konnte es noch immer nicht glauben.

»Wie geht es Irina?«, erkundigte ich mich neugierig.

Rob lächelte kurz. »Sie ist noch im Krankenhaus. Ihr und dem Baby geht es gut, vermutlich wird sie bis zum Geburtstermin durchhalten. Irina muss jetzt aber im Bett bleiben. Sie hat mich ermutigt, zu dir zu fahren.«

»Was?«, fragte ich verwirrt. »Warum denn das?«

»Sie will, dass wir miteinander sprechen. Nachdem ich ihr von uns erzählt habe, konnte sie es gar nicht glauben. Irina wollte unbedingt, dass ich zu dir fliege.«

Wollte er mich verarschen? »Das kann ich mir kaum vorstellen«, fauchte ich Rob an.

»Warum nicht?«, fragte er überrascht.

»Weil sie deine Freundin ist«, fuhr ich ihn wütend an, »deine schwangere Freundin! Du wirst bald Vater und jetzt erzählst du mir, sie will, dass du zu mir kommst? Ich bitte dich, das kann doch nicht dein Ernst sein. Du hast mir ja schon viel Unsinn erzählt. Aber das übertrifft gerade echt alles.«

Er riss seine Augen auf, sah mich überrascht

an. »Warte«, Rob schüttelte energisch den Kopf, »Warte. Wer hat denn bitte das gesagt?« Er klang völlig überrumpelt.

Nun war ich verwirrt. »Was?«

»Dass ich Vater werde.«

Ich seufzte frustriert. »Willst du mich jetzt für dumm verkaufen? Das ist ja wohl offensichtlich.«

»Da hast du etwas falsch verstanden. Das Kind, es ist nicht von mir.«

Überrascht sah ich ihn an.

Kapitel 31

Rob, 2014

»Ich kann es nicht fassen«, brüllte ich.
Jackson zuckte mit den Schultern. Wie konnte er nur so ruhig bleiben?

»Da muss man doch etwas machen können.«
Mein Bruder schien ebenfalls hilflos zu sein. »Was hast du dir vorgestellt?«

»Ich geh zur Polizei «, sagte ich entschieden.
Jackson schüttelte den Kopf.

Ich wusste, dass er ebenfalls verzweifelt war. Aber er konnte ruhig bleiben, ich nicht. »Das wird dir nichts bringen. Die werden sagen, dass Irina ihn selbst anzeigen muss, und so blöd das jetzt klingt: Die werden sagen, es war nur eine Ohrfeige.«

»Nur?«, fragte ich aufgebracht. »Wie kannst du sagen *nur eine Ohrfeige*?«

»Jetzt beruhig dich.«
Ich sah zur Tür, wo Amy aufgetaucht war.

»Ich werde später noch mal mit Irina reden«, versprach sie. »Aber wenn sie ihn nicht verlassen will, dann musst du das akzeptieren. Dann können wir nur für sie da sein und darauf achten, ob es noch mal passiert.«

Jetzt redete meine Schwägerin Irinas Entscheidung auch noch schön. Ich setzte mich auf das Sofa und atmete tief durch. Ich kochte innerlich vor Wut. Einfach abwarten ... Das war leicht gesagt. Mir lag viel an Irina, obwohl wir seit fast zwei Jahren kein Paar mehr waren. Wir waren mit der Zeit zu guten Freunden geworden und ich wollte sie beschützen. Als sie mich vor drei Wochen weinend angerufen hatte, weil ihr neuer Partner sie geschlagen hatte, war ich sofort zu ihr gefahren. Ich hatte ihr geholfen, ihre Sachen bei ihm zu holen. Sie war in ein Hotel gezogen. Mein Angebot, zu mir und Jane zu ziehen, hatte sie ausgeschlagen. Mich hatte es erst nicht gewundert, dass ich seit drei Tagen nichts von ihr gehört hatte, heute Morgen hatte sie mir eine Nachricht geschrieben. Er hätte sich entschuldigt, sie sei zu ihm zurück. Sie würden an ihrer Beziehung arbeiten, sie wollten eine Familie gründen. Ich konnte es nicht fassen. Er hatte sie einmal geschlagen, das würde wieder passieren. Da war ich mir sicher. Das passierte doch dauernd. Irina wollte nicht auf mich hören, sie glaubte ihrem Freund und war sich sicher, dass es nur ein einmaliger Fehler war.

Eine sanfte Melodie, welche aus der Küche kam, riss mich aus meinen Gedanken.

»Das wird Carlie sein.«

Ich sah Amy hinterher, die in die Küche lief.

Jackson rief ihr hinterher, dass sie einen Gruß ausrichten sollte.

Das hätte ich auch gern gesagt, doch wir hatten leider noch immer keinen Kontakt. Kurz nachdem Amy in der Küche verschwunden war, hörte ich leise die Stimme meiner einstigen großen Liebe. Ich dachte an die letzten Jahre zurück, an die Beziehung mit Irina und an den Tag, als wir uns getrennt hatten.

Carlie war mit ein Grund gewesen.

Ich hatte Irina geliebt, zu Anfang jedenfalls. Ich hatte die Tage über gearbeitet und nicht gemerkt, dass Irina unglücklich wurde. Eine ähnliche Situation wie bei Carlie. Schlagartig war mir das bewusst geworden, fast zeitgleich mit Irina. Wir hatten die Beziehung beendet und waren getrennter Wege gegangen. Am Tag unserer Trennung hatte sie mir den Rat mitgegeben, mit Carlie Kontakt aufzunehmen und mit ihr zu reden. Es war so vieles unausgesprochen, das sollten wir ändern. Dann hätte ich endlich die Möglichkeit, in die Zukunft zu blicken.

Ich hatte gern mit Carlie sprechen wollen und es mir immer wieder vorgenommen. Doch ich wollte nicht in ihr Leben platzen. Es war so viel Zeit vergangen. Vielleicht zu viel, um erneut ein Gespräch führen zu können.

»Ich weiß, dass du dir Gedanken machst«, Jackson sah mich mitfühlend an. »Wir überlegen uns etwas, ich will auch nicht, dass sie bei dem Kerl bleibt.«

»Danke.«

Ich hoffte das Irina bald zur Vernunft kommen würde. Am liebsten wäre ich sofort zu ihr gefahren, um sie dort rauszuholen.

**

Einige Tage später war ich auf dem Weg zu Irina,

sie hatte mir nur eine kurze Nachricht geschrieben, dass sie mich brauchte. Ich hoffte, dass es ihr gut ging und er ihr nichts getan hatte. Aber vielleicht war sie zur Vernunft gekommen und wollte wieder ausziehen. Dabei würde ich ihr liebend gern helfen. Ich würde Irina immer unterstützen. Wir führten keine Liebesbeziehung mehr, aber wir waren Freunde.

Ich stand vor der Tür und klingelte, nichts geschah. In der Wohnung war alles still. Das Gefühl, dass etwas passiert war, wuchs. Daher nahm ich den Schlüssel, den ich für Notfälle von ihr bekommen hatte, und öffnete die Haustür.

»Irina?«, rief ich.

Keine Antwort.

Mir wurde immer mulmiger zumute. Ich lief weiter ins Wohnzimmer und da sah ich sie. Sie lag auf dem Boden, regungslos. Im ersten Moment wusste ich nicht, was ich machen sollte, ich brauchte ein paar Sekunden, bis ich es schaffte, den Notruf zu wählen.

Ich hatte gewusst, dass er es wieder tun würde. Doch mit diesem Anblick hatte ich nicht gerechnet. Ihre Lippe war aufgeplatzt, die Nase blutete, das linke Auge war zugeschwollen, das rechte dick und rot, eine Platzwunde auf der Stirn. Ihre Arme übersät mit Blutergüssen. Alles war voller Blut. Ich betete, dass ich noch rechtzeitig gekommen war, nie würde ich es mir verzeihen, wenn sie nicht durchkommen würde.

Während ich wartete, bis Hilfe kam, saß ich neben ihr. Ich traute mich kaum, sie zu berühren. »Irina. Hörst du mich?«, fragte ich sanft und streichelte über ihre Wange.

Sie reagierte nicht.

»Der Krankenwagen kommt gleich. Alles wird gut, das verspreche ich dir.« Hoffentlich würde ich dieses Versprechen halten können.

**

Tagelang saß ich neben dem Krankenhausbett und hoffte, dass sie aufwachen würde. Doch nichts passierte. Ich fühlte mich hilflos und hatte große Angst, dass Irina es nicht schaffen würde.

Sie kämpfte.

Die Ärzte baten mich darum, Geduld zu haben. Doch das war nicht einfach, Tag für Tag betete ich und meine Hoffnung schrumpfte.

Ihr Zustand veränderte sich kaum. Irina wachte nicht auf.

Wenn ich doch nur verhindert hätte, dass sie zu dem Mistkerl zurückgegangen war, wäre es gar nicht so weit gekommen. Dass sie in diesem Bett lag, war auch mein Fehler. Mit gebrochenen Rippen, einem verstauchten Handgelenk und einem gebrochenen Knöchel. Dazu etliche Hämatome und Platzwunden. Ihre Milz war angerissen gewesen, es war zu inneren Blutungen gekommen. All das wäre ihr erspart geblieben, hätte ich mehr auf sie Acht gegeben.

»Rob.« Ein leises Wispern.

Mein Kopf fuhr ruckartig hoch, ich sah Irina an.

Sie hatte ihre Augen geöffnet, ein leichtes Lächeln lag auf ihren Lippen.

Ein riesiger Stein fiel mir vom Herzen. »Ich hol den Arzt.«

»Bleib«, flüsterte sie.

»Keine Sorge, Sweety, ich lass dich nicht allein.«

Irina schloss wieder die Augen. Später in aller Ruhe würde ich ihr sagen, dass sich der Wunsch nach einem Baby erfüllt hatte und sie schwanger war. Doch sie musste sich keine Sorgen machen. Ich würde für sie da sein und sie so gut ich konnte unterstützten.

Kapitel 31

Carlie, 2015

Mit einem Mal ergab alles Sinn.

In den letzten Tagen hatte ich mich oft über Robs Aussagen gewundert.

Auch Jacksons Reaktion im Auto, als er so angespannt gewesen war, weil es um die Schwangerschaft von Irina von Beginn an nicht gut stand.

Das hatte ich nicht gewusst, woher auch? Ich hatte von Rob nichts wissen wollen. Dass ich von ihrer Trennung nichts wusste, ging dabei unter.

Wir saßen auf einer Bank in der Nähe des Strandes und sahen auf das Wasser.

Rob erzählte mir von den letzten Monaten.

Irina hatte fast vier Wochen im Krankenhaus verbracht, bis keine unmittelbare Gefahr mehr für das Baby bestanden hatte. Dennoch war es eine Risikoschwangerschaft. Vor ihrer Entlassung hatte Rob alles vorbereitet, damit sie bei ihm und Jane einziehen konnte.

»Und ich dachte, du wärst hier, damit Irina nichts von uns beiden erfährt«, gestand ich ihm.

»Nein. Irina weiß alles. Eher war es so, dass sie mich gedrängt hat, zu dir zu fliegen. Ich wollte sie jetzt nicht allein lassen. Das Baby könnte jederzeit kommen.« Rob sah mich direkt an. »Ich bin hier, weil ich gemerkt habe, dass ich Gefühle für dich habe«, sagte er liebevoll.

»Was?«, krächzte ich und starrte ihn an.

Warum war ich überrascht? In den letzten Tagen hatte ich mir das schon gedacht. Doch da hatte ich mich gefragt, wie das sein konnte, wo er bald Vater wurde. Doch jetzt war alles anders. Rob war weder in einer Beziehung noch wurde er Vater.

»Ich denke, wir sollten uns noch eine Chance geben.«

Er griff nach meiner Hand, die ich ihm sofort entzog.

Ich stand auf und entfernte mich von der Bank, ich war zu nervös, um still zu sitzen. Meine Gedanken spielten verrückt.

Rob folgte mir sofort. »Wir haben damals viele Fehler gemacht. Ich war dumm, aber heute weiß ich, was ich will. Ich will dich, jetzt und für immer.«

Ich schüttelte den Kopf. »Es ist nicht so einfach, wie du dir das vorstellst.«

»Nur weil wir so weit voneinander entfernt wohnen? Was ist denn das für ein Hindernis?«, fragte Rob skeptisch.

»Das ist es nicht. Ich bin mit Kyle zusammen. Wir wollen heiraten.«

Robs Augen weiteten sich überrascht.

Dass ich Gefühle für Rob hatte, änderte nichts daran, dass ich Kyle liebte und heiraten wollte. Die Tatsache, dass alles ein Missverständnis war, brachte meine Entscheidung nicht ins Wanken.

»Das wusste ich nicht«, flüsterte er betroffen.

»Wir haben es erst beschlossen.«

Rob sah mich überrascht an. »Nachdem du aus New York zurück warst?«

Ich nickte.

Er zog seine Augenbrauen hoch. »Nachdem du mit mir geschlafen hast?«

Erneut nickte ich.

Rob schüttelte den Kopf. »Das ergibt doch alles keinen Sinn. Weiß er, was passiert ist?«

»Ich habe noch in der Nacht, als es passiert ist, mit ihm gesprochen und ihm alles gebeichtet. Da habe ich ihm schon gesagt, das ich ihn heiraten will.«

»Bist du dir sicher?«

»Natürlich.« Obwohl ich mir mit gar nichts mehr sicher war.

Die letzte Woche hatte ich mich gefühlsmäßig auf eine Achterbahnfahrt begeben. Erst am Morgen, mit Kyle an meiner Seite hatte ich das Gefühl gehabt, ausgestiegen zu sein. Nun stand Rob vor mir, erzählte, dass er weder Vater wurde noch in einer Beziehung war. Ich liebte Kyle und wollte seine Frau werden. Doch die Gefühle, die ich für Rob hatte, waren so existentiell und groß, dass ich gar nichts mehr wusste.

»Das kann ich mir nicht vorstellen. Ich kenne dich … «

»Nein«, unterbrach ich ihn sofort, »du kennst mich nicht. Nicht mehr. Es sind mehr als vier Jahre vergangen, unsere guten Jahre liegen lange zurück. Du denkst jetzt vielleicht, dass du mich liebst und mit mir zusammen sein willst. Doch wer sagt, dass das wirklich so ist? Bis vor ein paar Tagen haben wir nicht miteinander gesprochen und jetzt willst du mit mir zusammen sein? Aus welchem Grund? Du hast Gefühle für mich wiederentdeckt. Ich gebe zu, das habe ich auch. Aber hast du darüber nachgedacht, ob du das wirklich willst oder ob es nur die Erinnerung an unsere Beziehung ist, die sich das glauben lässt?«

»Ich liebe dich. Reicht dir das nicht?«, wollte Rob hoffnungsvoll wissen.

»Nein«, antwortete ich ehrlich. »Nein, das reicht mir nicht, und ich denke, es ist besser, wenn du jetzt zum Flughafen fährst und zurück nach New York fliegst. In ein paar Tagen wirst du anders darüber denken.«

»Ich liebe dich«, flüsterte er zärtlich.

»Manchmal reicht Liebe einfach nicht aus.«

Er riss die Augen auf. »Sag das nicht wieder.«

Ich antwortete nicht. Vor vier Jahren am Strand von Great Falls hatte ich dieselben Worte gewählt. Heute wie damals meinte ich sie ernst.

Rob schüttelte den Kopf, sagte aber nichts, was auch besser war. Unsere Liebe hatte keine Chance mehr.

Ich hatte das akzeptiert.

Er würde das auch bald tun.

Ich wollte ihm sagen, dass ich gehen würde, da griff Rob nach meinem Arm und zog mich zu sich. Wir sahen einander in die Augen, das tiefe Grün, das mich schon oft verzaubert hatte, raubte mir beinahe den Atem. Für den Bruchteil einer Sekunde küsste Rob mich und sah mich dann wieder an. Mein Magen zog sich zusammen, ich verspürte ein Kribbeln, das mir endgültig die

Luft nahm. Mein Herz schlug schneller, raste fast schon. Ich hatte das Gefühl, es könnte mir jeden Moment aus der Brust springen.

»Carlie?«, hörte ich jemanden sagen. Robs Lippen hatten sich nicht bewegt, aber wenn er es nicht war, wer war es dann? Ich sah Rob noch immer an, bis ich von ihm weggerissen wurde und begriff, dass Kyle vor mir stand.

»Kyle«, flüsterte ich und fand ins Hier und Jetzt zurück. »Was machst du hier?«

»Ich war bei dir zu Hause. Diana hat mir erzählt, was los ist. Was soll das hier?«

Er sah hinter mich zu Rob. Ich wandte mich halb um. Rob starrte mich schockiert an.

»Warum küsst du meine Freundin?«, brüllte Kyle.

»Das ist anders als du denkst«, flüsterte ich ängstlich. Was war das doch für eine dumme Aussage? Er hatte gesehen, dass wir uns geküsst hatten. Da gab es nichts zu erklären oder schönzureden. Es war genauso, wie es ausgesehen hatte. Das wussten wir beide. »Rob fährt jetzt zum Flughafen und fliegt nach New York.«

»Werde ich nicht«, fand dieser seine Stimme wieder. »Ich werde erst fliegen, wenn du dich für mich entschieden hast.«

Nun sah Kyle mich enttäuscht an. »Es ist also anders, als ich denke? Ich denke, du hast mir einiges zu erklären.«

Das durfte jetzt doch nicht wahr sein. Ich blickte hilfesuchend zu Rob, er stand vor mir, zuckte mit den Schultern. Warum hatte er das getan? Wieso akzeptierte er meine Entscheidung nicht und ließ das, was zwischen uns war, ruhen?

»Hör zu.« Wand sich Rob Kyle zu. »Ich liebe Carlie und ich werde nicht aufhören, um sie zu kämpfen.«

»Carlie?« Kyle sah mich abwartend an.

Wie hatte es zu dieser Situation überhaupt kommen können? Ich wusste nicht, was ich sagen oder machen sollte, also drehte ich mich um und ließ die beiden stehen. Das war mir alles zu viel. Ich konnte das jetzt nicht

**

Eine halbe Stunde später kam ich zu Hause an. Meinen Kopf voller Gedanken, die ich nicht ordnen konnte. Ich hatte nicht damit gerechnet, dass Rob hier auftauchen würde. Die Möglichkeit, dass Rob und Irina kein Paar waren, hatte ich nie in Betracht gezogen. Nun war er hier und wollte mit mir zusammen sein. Dass Kyle uns gesehen hatte, machte es nicht besser. Ich hätte ihm davon erzählt, sobald Rob auf dem Weg zurück war. So wie ich ihm erzählt hatte, was in New York passiert war. Doch jetzt wollten beide von mir wissen, was ich wollte. Leider konnte ich keine Antwort darauf geben.

Ich öffnete die Wohnungstür und entdeckte Diana, die auf dem Sofa saß und sich ihre Nägel lackierte. Ich ließ die Tür zufallen und funkelte sie böse an. »Warum hast du Kyle gesagt, dass Rob da ist?«

»Warum nicht?« Sie sah mich verwundert an.

»Du hast doch gesagt, er weiß alles. Ich dachte nicht, dass es ein Problem geben könnte. Ihr habt geredet, die Sache geklärt, oder nicht?«

Ich setzte mich neben sie und schüttelte den Kopf. Diana konnte ich keine Schuld geben. Ich hatte mit Rob geschlafen und ihn geküsst, als Kyle es gesehen hatte.

»Nichts ist geklärt. Rob will mich zurück.«

»Was?« Diana war überrascht. »Was ist mit seiner Freundin? Hat er sie jetzt etwa verlassen? Hochschwanger? Was für ein Arsch ist das denn bitte?«

»Das Baby ist nicht von Rob, die beiden sind schon seit fast zwei Jahren kein Paar mehr. Er kümmert sich nur um sie. Das war alles ein Missverständnis.«

»Wow«, hauchte Diana. »Und jetzt?«

»Keine Ahnung.« Frustriert lehnte ich mich zurück und schloss die Augen. »Ich hab Rob gesagt, dass er ins Flugzeug steigen soll, dass es keine Zukunft für uns gibt.«

»Ich gehe davon aus, dass er das nicht akzeptieren wollte?«

»Natürlich nicht. Er hat mich einfach geküsst, was Kyle dann gesehen hat. Nicht nur das, er hat ihm auch gesagt, dass er mich liebt und erst geht, wenn wir wieder zusammen sind.« Aufgewühlt sah ich Diana an.

»Du sollst dich also entscheiden.«

»Ich hab mich schon entschieden. Ich werde Kyle heiraten.«

Diana schien nicht überzeugt. »Ehrlich?«

»Warum nicht?«

»Kyle und du, ihr habt euch in den letzten Monaten zweimal getrennt. Vor der Abreise nach New York war alles gut. Auf der Hochzeit schläfst du mit Rob, merkst, dass du Gefühle für

271

ihn hast, kommst zurück und willst Kyle heiraten. Du musst zugeben, so fest entschlossen klingt das alles nicht. Und wenn du wirklich so sicher mit Kyle wärst, hättest du das Rob auch klarmachen können und er würde zurückfliegen.«

Ich atmete genervt aus, sie hatte Recht. In den letzten Tagen war einiges passiert. Ich liebte Kyle und wollte seine Frau werden. Oder redete ich mir das nur ein? In diesem Moment bereute ich, dass ich zu Alinas Hochzeit geflogen war. Ohne diesen Besuch wäre mein Leben so wie vor einer Woche und ich hätte dieses Problem nicht.

Kapitel 32

Carlie, 2015

Bis zum nächsten Tag hatte ich über alles nachgedacht. Hatte mir meine Zukunft mit Kyle vorgestellt und mich gefragt, ob ich ihn wirklich heiraten wollte oder nicht. Dasselbe hatte ich gedanklich mit Rob durchgespielt. Am Ende wusste ich nur, dass ich nichts wusste.

Am Tag zuvor war ich sicher gewesen, dass ich mit Kyle zusammen sein wollte. Was immer noch der Fall war. Doch der Gedanke daran, mit Rob wieder glücklich zu sein, ließ ein Kribbeln in meinem Magen zum Leben erwachen, das ich lange nicht mehr verspürt hatte. War das nur eine Erinnerung an das, was wir einst gehabt hatten, oder war es ein echtes Gefühl? Wir hatten schließlich sieben Jahre in einer Beziehung verbracht und die meiste Zeit davon glücklich.

Ich saß vor meinem Laptop und rief per Skype bei Amy an. Seit ich New York verlassen hatte, hatte ich nichts von ihr gehört. Ich musste mit ihr reden und wissen, was sie darüber dachte. Dianas Meinung kannte ich, auch Lynn hatte mir gesagt, dass sie das Gefühl hatte, ich wäre zu unsicher.

»Hey«, hörte ich ihre Stimme und sah kurz darauf ihr Gesicht. »Wie geht's dir?«

»Ich hab keine Ahnung«, erwiderte ich kopfschüttelnd. »Seit Rob hier aufgetaucht ist, weiß ich gar nichts mehr.«

»Was? Rob ist bei dir? Ich dachte, er wäre im Krankenhaus.« Sie schaute neben sich hoch, vermutlich zu Jackson. »Du wusstest das und hast mir nichts gesagt?«

»Ich hab es ihm versprochen«, hörte ich ihn sagen.

»Warum lässt er Irina denn jetzt allein?« Sie sah von ihrem Mann zu mir. »Was ist passiert? Warum erzählt mir denn keiner etwas?«

»Wir haben miteinander geschlafen.« Ihre Augen weiteten sich und ich erzählte ihr alles. »Jetzt ist er hier und will mit mir zusammen sein und während ich gestern noch sicher war, dass ich Kyle heiraten möchte, bin ich mir nun bei gar nichts mehr sicher.«

Amy saß da, hörte mir zu. Als ich fertig war, sah sie wieder zu Jackson auf. »Du solltest mal nach den Kindern sehen.« Dann wandte sie sich wieder mir zu. Er verließ wohl die Küche, denn sie sprach weiter. »Du solltest dich nicht für Rob entscheiden.«

Ich war überrascht.

»Ich fände es schön, wenn du vielleicht wieder hier wohnen würdest. Aber ich denke nicht, dass ihr auf Dauer glücklich werden würdet.«

»Du sagst, ich soll mich für Kyle entscheiden?«

Sie schüttelte ihren blond gelockten Kopf. »Du solltest dir klar werden, wen du willst, was du willst. Wenn du Kyle heiraten willst, solltest du das tun. Aber vielleicht ist keiner von beiden der richtige. Erst küsst du Marc. Schon wieder. Dann schläfst du mit Rob.« Sie zuckte mit den Schultern. »Vielleicht soll dir das zeigen, dass du dich gerade auf einem falschen Weg befindest.«

Ich lehnte mich zurück, an Marc hatte ich gar nicht mehr gedacht. Nun wusste ich endgültig nicht mehr, was ich tun sollte.

»Verdammt«, murmelte ich.

»Hat keiner gesagt, dass das Leben einfach ist«, stellte Amy fest und lachte kurz. »Du befindest dich gerade in einer unangenehmen Situation. Aber unangenehm heißt nicht ausweglos.« Wie hatte mein Leben nur so schnell so kompliziert werden können?

**

Nach meinem Gespräch mit Amy hatte Ich Rob angerufen und ihn gebeten, zu mir zu kommen. Ich wollte in Ruhe mit ihm reden, es gab noch einiges zu klären. Danach hatte ich mit Kyle telefoniert, ihm versichert, dass ich ihn liebte und dass ich mit ihm zusammen sein wollte. Selbstverständlich hatte ich ihm gesagt, dass ich Rob zu einem Gespräch eingeladen hatte. Ich wollte Kyle nicht verletzen, deswegen sagte ich ihm alles - bis auf die Tatsache, dass ich nicht wusste, ob ich nicht doch lieber mit Rob zusammen sein wollte.

Vor vier Jahren war es mir genauso gegangen, ich hatte nicht gewusst, was ich wollte. Mich nun wieder so zu fühlen, tat mir nicht gut. Schnellstmöglich musste ich das ändern. Noch heute wollte ich zu einem Entschluss kommen. Vor vier Jahren hatte ich wochenlang gegrübelt, diesmal nicht.

Amys Worte beschäftigten mich sehr, vielleicht hatte sie recht und ich sollte mit keinem der beiden eine Beziehung führen. Möglicherweise wäre es besser, ich würde erstmal allein sein und mein Leben ordnen. Mich auf mich und mein Leben, meine Zukunft konzentrieren. Mehr nicht. Vielleicht war eine Beziehung zurzeit nicht das Richtige für mich und ich fühlte mich deswegen so unsicher.

Ein Klopfen an der Wohnungstür unterbrach meine wirren Gedanken. Ich atmete tief durch und öffnete.

»Hallo, Carlie.«

»Hallo.« Lächelnd ging ich zur Seite und Rob kam in die Wohnung. Wir waren allein, die beiden Mädels waren nicht da und würden auch erst am nächsten Tag wiederkommen. Lynn und Diana waren bei ihren Partnern und hatten mir die Wohnung für ein klärendes Gespräch mit Rob überlassen.

»Ich bin froh, dass du dich gemeldet hast.« Er beugte sich etwas zu mir, wollte mich küssen, doch ich wich ihm aus, drehte mich um und ging vor ins Wohnzimmer.

Ich wusste noch nicht, was jetzt passieren würde. Aber zu viel Nähe war genau das Falsche. »Ich will mit dir reden.«

Er nickte. »Ja, es gibt vieles zu klären.«

»Ich liebe dich«, brach es aus mir heraus, ohne dass ich es gewollt hatte.

Rob lächelte ungläubig und kam etwas näher,

wieder ging ich ein paar Schritte von ihm weg.

»Das tue ich auch, sehr sogar.«

»Ich liebe aber auch Kyle«, gestand ich ihm.

Damit schien Rob nicht gerechnet zu haben. Er ließ sich auf das Sofa fallen, ohne mich aus den Augen zu lassen. »Was willst du jetzt tun?«, wollte er besorgt wissen.

»Das weiß ich nicht« ,sagte ich ehrlich und ging zu ihm.

Rob griff nach meiner Hand, ich setzte mich mit unsicherem Lächeln neben ihn. Er zog mich ganz nahe zu sich und küsste mich. Diesmal ließ ich es geschehen. Es tat gut, seine Lippen auf meinen zu spüren.

»Wir gehören zusammen«, murmelte Rob und zog mich wieder an sich. »Du gehörst zu mir.« Erneut küsste er mich. »Ich brauche dich.«

Es war schön, von ihm festgehalten zu werden und ihn zu küssen. Doch es fühlte sich nicht richtig an. Immer wieder musste ich an Kyle denken. Meine Gefühle für beide Männer waren groß. Ich war zweifelsohne überfordert mit der Situation.

»Das geht nicht«, flüsterte ich und schüttelte den Kopf.

»Warum nicht?«

»Es wäre nicht richtig«, antwortete ich und rückte von ihm ab. »Wir sollten in Ruhe reden.«

»Warum denn? Ich weiß, was ich will. Du musst dich nur für mich entscheiden.«

»Ich weiß aber nicht, was ich will. Ich weiß nicht, was richtig ist.«

»Was haben wir denn zu verlieren? Ich will mit dir zusammen sein.«

Ich stand vom Sofa auf und sah zu ihm hinunter. »Was wir zu verlieren haben? Alles. Ziehst du zu mir? Oder soll ich nach New York kommen und hier alles aufgeben? Ich eröffne bald meine Praxis, das kann ich nicht alles aufgeben und neu planen.«

»Dann ziehe ich zu dir.« Er stand auf und kam auf mich zu, Rob griff nach meiner Hand und lächelte mich an. »Ich komme mit Jane hierher.«

»Nein.« Ich entzog ihm meine Hand wieder.

»Nein, das geht nicht. Wir können nicht alles aufgeben, nur weil wir denken, es könnte klappen. Denn ich glaube nicht, dass es klappen wird.«

»Lass es auf uns zukommen. Wir führen die ersten Monate eine Fernbeziehung«, schlug er hoffnungsvoll vor.

Ich sah zu Rob auf. »Und wann sehen wir uns?«

»Wir finden eine Lösung.«

»Aber ich will Kyle heiraten«, murmelte ich und versuchte, mich selbst davon zu überzeugen.

»Willst du das wirklich? Immerhin führen wir gerade dieses Gespräch.«

Damit hatte er mich. Es war das, was auch Diana schon gesagt hatte.

Ich wusste nicht, was ich antworten sollte und war erleichtert, als Robs Handy zu klingelte.

»Das ist Irina, da muss ich rangehen.«

Ich nickte und ging in mein Zimmer, um ihn allein zu lassen. Für diese kleine Unterbrechung war ich sehr dankbar. So konnte ich kurz meine Gedanken sammeln. Wenn ich mich für Rob entscheiden würde, gäbe es für alles eine Lösung. Das wusste ich und daher war die Distanz kein Hindernis. Aber was war mit Kyle? Mein Herz schlug auch für ihn. Es schlug für beide Männer, doch für welchen mehr? Ich sah zum Fenster raus, suchte in der Ferne nach einer Antwort und fragte mich, ob ich je wüsste, was ich tun sollte.

Nach ein paar Minuten verließ ich das Zimmer, um zurück zu Rob zu gehen.

»Denkst du?« Rob sprach noch immer mit Irina. »Du hast recht, ich muss ehrlich zu ihr sein.«

Es ging offensichtlich um mich.

»Natürlich, ich rufe dich später an.« Rob legte auf, drehte sich um und sah mich überrascht an. Er hatte wohl nicht mitbekommen, dass ich ins Wohnzimmer gekommen war.

Ich kannte den Ausdruck in seinen Augen, egal, um was es ging, er wollte es mir nicht sagen. Auch wenn er Irina etwas anderes versichert hatte. Nichts hatte sich verändert, das wurde mir wieder bewusst. Ich konnte damit rechnen, dass seine nächsten Worte nur Lügen waren.

»Du musst ehrlich sein? Zu mir? Warum?«, fragte ich herausfordernd.

Er legte sein Handy zur Seite und nickte. »Ja. Ich hab Irina versprochen, bei der Geburt dabei zu sein. Ich werde nicht so lange bleiben können, wie ich gesagt habe.«

Das konnte ich mir gut vorstellen, damit hatte ich sogar schon gerechnet, es war verständlich. Rob war die letzten Monate für sie da gewesen. Doch ich wusste, dass dies nicht der wahre Punkt war, in dem er ehrlich zu mir sein sollte.

»Entweder du sagst mir jetzt die Wahrheit oder du gehst auf der Stelle und es gibt nichts mehr, über das wir reden müssen«, sagte ich bestimmend.

Seufzend schüttelte Rob den Kopf, ich konnte ihm ansehen, dass er nachdachte. Ich war enttäuscht von ihm.

»Es gibt noch eine Sache, die du wissen musst. Erst dann können wir zusammen sein«, sagte er leise, ich hörte die Angst aus seiner Stimme heraus.

»Was ist es?« Meine Anspannung wuchs, ich wurde nervös.

Er holte tief Luft und sah mich traurig an. »Ich habe nicht nur einmal mit Janine geschlafen, es ist noch zweimal passiert.«

Ich hatte mit vielem gerechnet, doch damit nicht. Mir blieb kurz die Luft weg. Das traf mich so unvorbereitet wie damals sein erstes Geständnis. Nach all der Zeit war plötzlich Janine wieder ein Thema. Ich konnte es nicht glauben.

»Ich hätte es dir eher sagen müssen.« Er kam auf mich zu, ich wich zurück.

»Ja, als ich dich gefragt habe«, krächzte ich. Wieder wurde mir bewusst, dass er gelogen hatte. Ich hatte ihn gefragt, er hatte mir versichert, dass es nur dieses eine Mal gewesen war.

Rob sah mich ängstlich an. »Es tut mir leid, ich wusste, du würdest mir das nicht verzeihen. Deswegen habe ich gelogen. Irina ist der Meinung, dass das nicht zwischen uns stehen darf.«

Ich stand da und sah ihn schweigend und enttäuscht an.

Es stimmte, was er sagte, damals hätte ich ihn verlassen. Jetzt hätte ich es lieber nicht gewusst. Wieder tauchten die Fragen von damals auf. Wie oft hatte er mich noch belogen?

»Bitte sag etwas«, flehte er hilflos, mein Herz brach erneut.

»Ich möchte, dass du gehst. Ich will allein sein.« Meine Augen füllten sich mit Tränen.

»Wir müssen darüber reden, bitte«, flehte er leise.

Ich schüttelte den Kopf. »Ich will, dass du sofort verschwindest« ,fauchte ich ihn an.

Rob wollte nicht gehen, er stand vor mir und machte nicht den Eindruck, als würde er auf mich hören.

Ich allerdings konnte nicht mehr in seiner Nähe bleiben, und so ging ich in mein Zimmer. In den letzten beiden Wochen war so viel passiert, das überforderte mich jetzt völlig.

»Bitte.« Er stand vor der Tür.

»Geh oder ich rufe sofort die Polizei.«, brüllte ich durch die Tür.

Nur ein paar Augenblicke später hörte ich, wie sich die Wohnungstür öffnete und kurz darauf wieder schloss.

EPILOG

Carlie, 2017

Ich blickte auf das ruhige Wasser, das vor mir lag. Noch immer hatte der Ozean eine beruhigende Wirkung auf mich. Den Trubel um mich herum konnte ich ausblenden, mich ganz auf mich konzentrieren. Eine Möwe flog schreiend über mich hinweg und jagte einen anderen Vogel.

Kelly, die Kellnerin in Kyles Café, das direkt neben seiner Surf-Schule lag, stellte einen Cappuccino vor mir ab und verschwand dann wieder.

»Hallo. Ich bin spät dran, Sorry.« Alina setzte sich zu mir, sie wirkte gestresst. Am Abend ging ihr Flug zurück nach New York.

»Hi. Wie war dein Termin?«

»Diana hat sich so gut um alles gekümmert, ich bin froh, dass ich mich für sie entschieden habe.«

Mittlerweile war die Boutique in Los Angeles ihre vierte Filiale und sollte nicht die letzte sein. Nach Miami und Las Vegas war Seattle ihr nächstes Ziel.

»Diana macht die Arbeit auch viel Spaß, sie hängt sich sehr rein.«

»Ja. Ich hab ihr gesagt, dass wir noch jeman-

282

den einstellen, ich will, dass sie sich in den ersten Wochen auch um Seattle kümmert.«

Alina war ehrgeizig, ich hoffte, dass sie sich nicht übernahm. Ihre Pläne hatten lange auf Eis gelegen. Nach der Hochzeit mit Chris hatte sie monatelang versucht, schwanger zu werden. Bis sie vom Arzt die Diagnose bekam, dass sie keine Kinder bekommen konnte. Da Chris nicht adoptieren wollte, stürzte sich Alina in die Arbeit, sie versicherte mir, dass sie das glücklich mache, ich war mir da noch nicht ganz sicher.

»Hi, Ladies.« Kyle setzte sich neben mich, küsste mich kurz auf die Wange und sah sich um. »Ich wusste gar nicht, dass ihr beide da seid, sonst wäre ich doch eher gekommen.«

Der Mann, in den ich mich einst verliebt hatte, hatte sich in den letzten Jahren sehr verändert. Mittlerweile führte er zwei Surf-Schulen und ein Café. Früher wollte er nur surfen, heute liebte er die Arbeit mit seinen Schülern.

»Meine Schwester kommt gleich noch«, kündigte er an. »Sie fährt zu Mum und überlässt mir Eric übers Wochenende.«

»Echt?«, fragte ich überrascht.

Er nickte und sah sich suchend um. Eric war sein kleiner Neffe, der bald ein Jahr alt wurde.

Seine Schwester lebte jetzt fast ein halbes Jahr in Los Angeles, ihr Mann hatte sie verlassen und Kyle unterstütze sie, wo er nur konnte. Er hatte den kleinen Kerl in sein Herz geschlossen und kümmerte sich aufopferungsvoll um ihn.Obwohl es mir schwergefallen war, hatte ich mich gegen Kyle und eine Beziehung mit ihm entschieden. Ich hatte große Gefühle für ihn, doch sie waren nicht genug. So sehr hatte ich gehofft, mit ihm glücklich werden zu können, doch das hätte nicht geklappt.

Nach anfänglichen Schwierigkeiten waren wir jetzt Freunde und das klappte besser als die Beziehung, die wir geführt hatten.

Seit die Beziehung von Kyle und mir geendet hatte, war ich Single. Damit war ich glücklich und hatte auch nicht vor, das so schnell zu ändern. In den letzten Monaten hatte ich mich auf meine Praxis konzentriert und das war auch im Moment das Wichtigste für mich. Dass ich mich selbstständig gemacht hatte, war das Richtige gewesen. Der Plan, mich nur um Kleinkinder zu kümmern, war aufgegangen und ich war zufrieden damit.

**

Es war spät am Abend, als ich in meine Wohnung kam. Ich hatte Alina zum Flughafen gebracht und mir dann noch etwas zu essen geholt.

Es war still. Seit Lynn ausgezogen war, um mit Ben zusammenzuleben, und Diana fast den ganzen Tag auf der Arbeit war, war es ruhig geworden. Zu Anfang hatten wir über eine neue Mitbewohnerin nachgedacht, uns dann aber dazu entschieden, es dabei zu belassen. Wir wollten niemand Neues mehr in unserer Wohnung. Früher oder später würde das Leben in einer WG auch für uns vorbei sein.

Lange sah es danach aus, dass Diana mit Adam zusammenziehen würde, doch daraus wurde nichts, ihre Beziehung ging kurz zuvor in die Brüche.

Ich betrat mein Zimmer und klappte meinen Laptop auf, es war noch nicht zu spät, um mich bei Amy zu melden. Schnell öffnete ich Skype, drückte auf Anrufen, kurz darauf nahm sie das Gespräch schon entgegen. Erst sah ich nur ihr blondes Haar, dann auch ihr strahlendes Gesicht.

»Hi«, begrüßte sie mich und hielt etwas Rotes vor den Bildschirm. »Was sagst du dazu?«

Ich betrachtete die kleine gehäkelte Mütze, die blaue und weiße Punkte hatte, und lächelte.

»Sehr süß.«

»Ich dachte, immer nur einfarbig wird sicher langweilig.«

Im letzten Jahr waren die fünf in ihr Haus in der Vorstadt gezogen. Kurz darauf hatte Amy begonnen, für die Kinder ihrer Nachbarn Mützen zu häkeln. Bei den Nachbarn war es nicht geblieben und mittlerweile verkaufte sie ihre selbstgemachte Ware über einen Onlineshop.

»Rob hat gerade Jane abgeholt« Sie seufzte.

»Ich hab ihm gesagt, das darf nicht wieder zur Gewohnheit werden.«

Nachdem Rob mir gestanden hatte, dass er mehr als einmal mit Janine geschlafen hatte, konnte ich mich nicht für ihn entscheiden. Vor der Woche in New York war ich glücklich und mit meinem Leben zufrieden gewesen, danach hatte es zwei Männer gegeben, die mit mir zusammen sein wollten, und ich hatte mich für keinen von beiden entschieden.

Das war das Einzige, das sich richtig angefühlt

hatte. Mit Kyle konnte ich danach befreundet bleiben, bei Rob hatte das nicht geklappt.

»Was ist denn mit Stacy?«

»Sie hat Schluss gemacht. Keine Ahnung, warum. Vielleicht hätte ich auch nicht so hart sein dürfen. Aber es war der dritte Tag in Folge, den ich nach New York gefahren bin und Jane in der Schule abgeholt habe.«

Mit Stacy war er knapp neun Monate zusammen gewesen, für mich hatte es sich angehört, als wären die beiden ein glückliches Paar, dem war wohl doch nicht so. Wieder hatte er sich auf Amy verlassen. Dies war auch nach der Geburt von Irinas Tochter der Fall gewesen. Vor einem Jahr war Irina dann auch noch aus der gemeinsamen Wohnung ausgezogen und Rob hatte sich wieder auf Amy verlassen. Das würde sich vermutlich nie ändern.

»Ich hab noch eine Überraschung. Schau mal.« Ich grinste und hielt ein Ticket vor die Kamera.

»Was? Du kommst her?«, fragte sie überrascht.

»Ja, ihr fehlt mir«, gestand ich.

In den vergangenen zwei Jahren war ich zweimal in New York gewesen. Amy und Jackson hatten mich einmal mit ihren Kindern zusammen besucht. Da meine Praxis wegen Renovierungen in zwei Wochen für ein paar Tage geschlossen war, hatte ich mich kurzfristig für einen Besuch entschieden.

»Ich freue mich auf dich«, rief Amy.

Es klingelte an der Tür.

»Diana hat bestimmt ihre Schlüssel vergessen. Bin gleich zurück.«

Ich stand auf und ging zur Wohnungstür.

Ohne durch den Spion zu sehen, öffnete ich. »Hallo.«

Ich blickte in das Gesicht von Marc.

»Hallo.« Ich lächelte überrumpelt. Wie oft hatte ich seit der Nacht am Strand an ihn gedacht, ohne noch einmal mit ihm gesprochen zu haben? »Was machst du denn hier?«, fragte ich zögerlich.

Marc grinste zaghaft. »Ich war vor ein paar Tagen in Great Falls, hab da deinen Dad getroffen, wir kamen ins Gespräch. Er hat mir erzählt, was in den letzten Monaten bei dir los war.«

Mein Dad wusste nur, dass Kyle und ich uns getrennt hatten, er wusste nichts von Rob. Das war auch besser so.

»Und deswegen bist du hier?«, fragte ich misstrauisch nach. Ich freute mich, ihn zu sehen, wusste aber überhaupt nicht, was ich darüber denken sollte.

Marc nickte und fragte sanft. »Darf ich vielleicht reinkommen?«

Ich ging zur Seite. »Wo ist Lena?«

Marc ging ins Wohnzimmer, ich schloss die Tür und folgte ihm. »Wir haben uns Anfang des Jahres getrennt. Sie lebt jetzt wieder in New York.« Marc wandte sich mir unsicher zu. »Carlie, ich bin hier, um dir zu sagen, dass ich dich liebe.«

Seine Worte trafen mich völlig unvorbereitet, mit allem hätte ich jetzt gerechnet, doch nicht damit. Plötzlich sehnte ich mich so sehr nach ihm das ich nicht anders konnte. Ohne ein Wort zu sagen, ging ich auf ihn zu, schlang meine Arme um seinen Hals und küsste ihn.

Rob, 2017

Ob es je wieder eine Frau geben würde, mit der ich mir eine dauerhafte Beziehung vorstellen könnte, wusste ich nicht. Mit Carlie hatte es nicht geklappt. Doch sie würde für immer einen großen Platz in meinem Herzen haben.

»Und du denkst wirklich, das ist eine gute Idee?«, murmelte meine Schwester und sah mich mit großen Augen an.

Ich nickte. Es war die beste Idee, die ich seit Langem hatte. Seit Wochen hatte ich darüber nachgedacht. Die nächsten Monate würde ich mit Jane durch die Staaten fahren. Ich musste den Kopf frei bekommen. In den letzten Jahren hatte es nur meine Arbeit gegeben. Egal, was ich tat, ich war überfordert damit. Damit war jetzt Schluss. An dem Tag, als Stacy sich von mir mit den Worten getrennt hatte, sie hätte nicht die Kraft, sich um mich und meine Probleme zu kümmern, hatte ich gewusst, so ginge es nicht weiter.

Carlie hatte ich vernachlässigt. Auch Irina hatte ich zu viel aufgeladen. Ich befand mich auf dem falschen Weg, hetzte seit Jahren etwas hinterher, wovon ich nicht wusste, was es überhaupt war.

»Meld dich, wenn du angekommen bist «, bat Alina und zog die Nase hoch.

»Ich ruf dich morgen an«, versicherte ich ihr.

Ich hatte Jane von der Schule abgemeldet, ab jetzt würde ich sie unterrichten. Hatte meine Anteile der Kanzlei verkauft. Meine Wohnung aufgelöst. Vielleicht würde ich nächste Woche wieder nach New York zurückfahren, weil das Leben im Wohnwagen nichts für mich war, doch das war mir egal. Jetzt wollte ich leben, an mich denken und endlich für Jane ein guter Vater sein.

ENDE

Danksagung

Wie Dir vielleicht aufgefallen ist, gab es am Ende von ,So bittersüß die Liebe ist' keine Danksagung. Nicht, weil ich undankbar bin, sondern weil die Geschichte erst jetzt zu Ende ist und ich bereit bin endgültig damit abzuschließen. Okay, ich bin ehrlich, ich bin nicht bereit loszulassen. Aber irgendwann muss man es ja tun.

Als ich im Spätsommer 2010 die erste Rohfassung der Geschichte geschrieben habe, hätte ich nie vermutet, dass ich sie Jahre später aus meiner virtuellen Schublade holen würde und sie in die Welt entlasse.
Auch als ich anfang 2020, intensiv an der Überarbeitung von ,So bittersüß die Liebe ist' saß und den Text für die Veröffentlichung fit gemacht habe, konnte ich es noch immer nicht richtig glauben.
Im Dezember 2020 hat sich der Traum dann erfüllt, doch meine Reise war noch lange nicht zu Ende. Das Ende von Teil 1 war der Beginn von Teil 2 und schon einen Tag nach der Veröffentlichung habe ich die letzten Kapitel geschrieben und nach über 10 Jahren die Geschichte von Carlie und Rob beendet.
Ein emotionaler Moment, der jetzt noch anhält, wo du diese Zeilen hier ließt. Denn wenn ich ehrlich bin, kann ich es noch immer nicht ganz glauben. 11 Jahre nachdem ich die ersten Worte getippt habe, halte ich zwei Bücher in den Händen, die mich so unglaublich glücklich machen, dass ich die ganze Welt umarmen könnte. Das, was ich hier schreibe, zeigt nicht ansatzweise, wie glücklich ich gerade bin.

Der größte Dank gilt meinem Mann Timo, er ist immer da, wenn ich nicht weiter weiß, und unterstützt mich immer und überall. Ich bin ihm unglaublich dankbar. Vielleicht gäbe es ohne ihn und seine Hilfe dieses Buch gar nicht. Ich danke dir.

Dass ich diesen Weg erfolgreich bestritten habe, verdanke ich vielen Menschen. Luise, die mich durch mein erstes Lektorat geführt hat und mich zu einer besseren Autorin gemacht hat. Ohne sie wäre das Buch nur halb so gut geworden.

Für den zweiten Teil hatte ich Anja, die mich einiges gelehrt hat und ebenfalls dafür gesorgt hat, das die Geschichte von Carlie und Rob einmalig geworden ist und zum perfekten Ende gekommen ist.

In den letzten Monaten, seit ich das erste Mal auf Veröffentlichen gedrückt habe, haben mich, so viele Nachrichten erreichet, in denen man mir sagte, das, *So bittersüß die Liebe ist*, eine schöne Geschichte ist, die berührt und nachdenklich zurücklässt. Damit hätte ich nie gerechnet. Dieser Zuspruch, den ich von meinen Lesern bekommen habe, hat mich überwältigt.

Nach der Veröffentlichung von Teil 1 erreichen mich viele Nachrichten, eine davon war von Natalie. Was soll ich sagen? Darüber bin ich sehr froh. Sie ist auch ein Teil von meinem Bloggerteam, doch noch so viel mehr. Bin ich mir mit etwas unsicher, dann kann ich sie immer fragen. Sie hat mir schon oft den passenden Tipp gegeben, worüber ich sehr froh bin. Danke.

Ich muss ehrlich sein, ich hatte vor einem halben Jahr nicht viel Ahnung von dem, was ich tat, und bin froh, das ich den Weg so gut gemeistert habe.

Daher will ich mich auch bei all meinen Bloggern bedanken. Ihr habt mich so gut unterstützt, habt mein Buch gelesen, in euren Storys und eurem Feed auf Instagram geteilt, ich bin für jede Rezension von euch dankbar. Ihr habt die Geschichte in die Welt getragen und anderen davon erzählt. Ihr tut es auch jetzt immer noch. Am liebsten würde ich jeden von euch hier aufführen, doch das würde wohl den Rahmen sprängen. Aber jeder der das hier ließt, dem empfehle ich, kurz bei Instagram vorbei zu schauen. Dort findet ihr all meine Blogger, besucht sie und lasst ihnen etwas Liebe da. Sie haben es verdient.

Erinnerst du dich noch an den zweiten Song der Playlist? *Clean* von *Hey Violet*, vor ein paar Wochen hat mich auf Instagram eine Nachricht von Ruth erreicht, sie gehört auch zu meinem Bloggerteam. Sie erzählte mir, dass sie den Song gehört hätte, und findet das er perfekt zum Ende von, *So bittersüß die Liebe ist*' passen würde. Ich hab mich so sehr darüber gefreut das er, nachdem ich ihn gehört hatte, sofort auf die Playlist gelandet ist. Er passt nämlich auch gut zum Beginn dieses Buches. Wahrscheinlich sogar zum Ende, als Carlie sich gegen Rob und Kyle und für Marc entscheidet.

Zu Beginn wusste ich nicht, was ich schreiben sollte. Jetzt am Ende der Danksagung will ich auch Dir Danke sagen. Danke das Du die Geschichte von Carlie und Rob gelesen hast. Danke das Du mitgefiebert hast. Danke das Du mein Buch in Dein Bücherregal hast ziehen lassen. Ich bin Dir so unglaublich dankbar. Wenn ich könnte, würde ich Dich umarmen, da das nicht geht, kann ich nur danke sagen.

Und zu guter letzt, danke ich jedem der an mich geglaubt hat. Ob es meine ersten Schreibversuche waren, oder später als ich mich getraut habe es in die Welt zu tragen. Mein größter dank gilt jedem von euch. Ein großes danke an *Dich*.

Darf ich Dich noch um etwas bitten?

Würdest Du bei Amazon, Lovelybooks oder einem Portal Deiner Wahl vorbei schauen und eine Rezension hinterlassen? Nur so werden noch viel mehr Leser auf meine Bücher aufmerksam und können sich ein Bild von der Geschichte machen.

Besuche mich auch gerne auf Instagram unter *@melissa. schneider.autorin* vorbei und erfahren mehr von mir und meinen Büchern.